程青｜作品

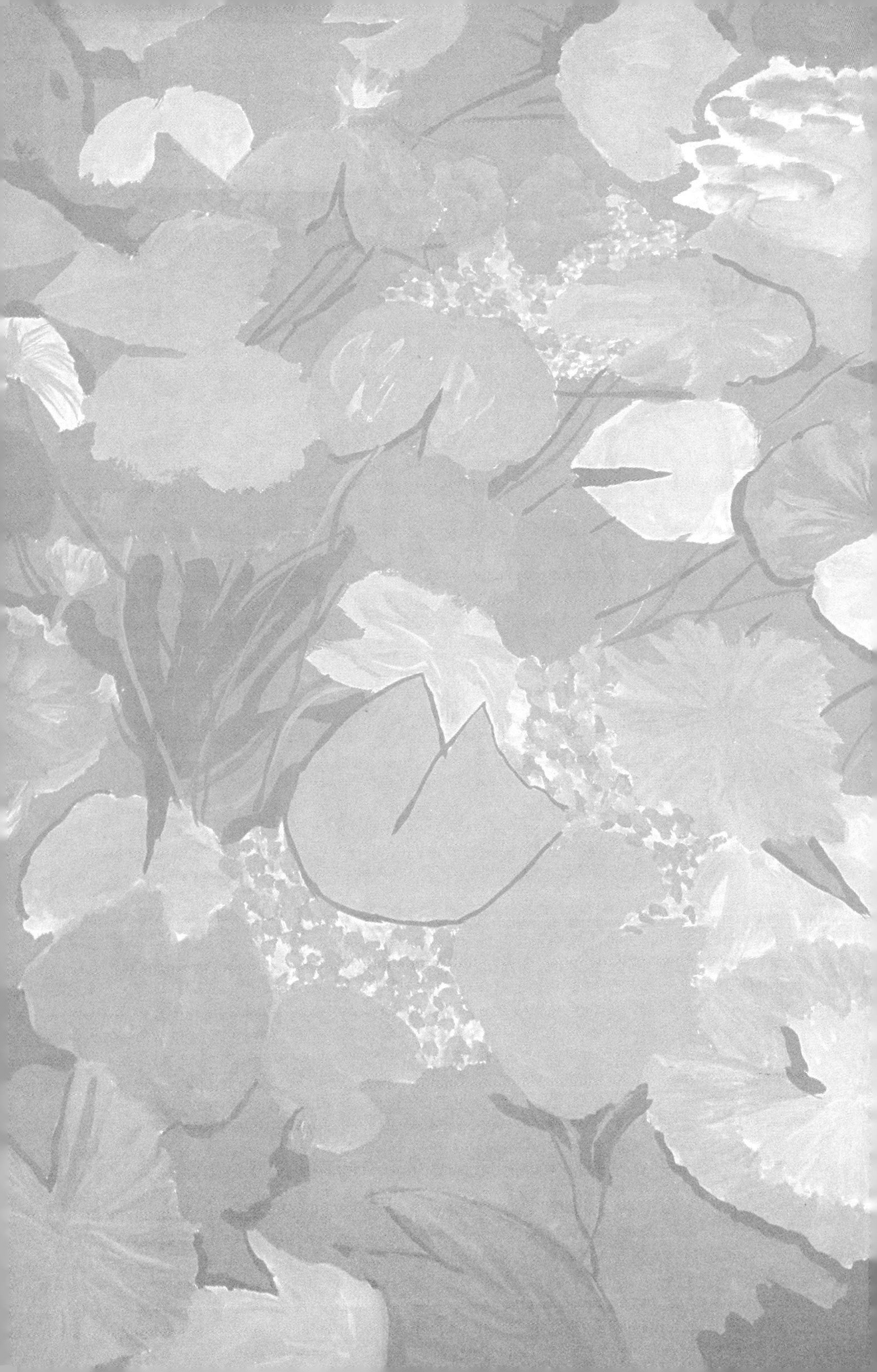

恋爱课

程青 著

文化发展出版社
Cultural Development Press

图书在版编目（CIP）数据

恋爱课 / 程青著．－－ 北京：文化发展出版社，2016.12
ISBN 978-7-5142-1312-6

Ⅰ．①恋… Ⅱ．①程… Ⅲ．①长篇小说－中国－当代
Ⅳ．① I247.5

中国版本图书馆 CIP 数据核字 (2016) 第 295168 号

恋爱课

程 青 / 著

策划编辑：肖贵平	
责任编辑：肖贵平　孙　烨	责任设计：侯　铮
责任校对：郭　平	封扉设计：纸墨春秋设计工作室
责任印制：孙晶莹	排版设计：金　萍

出版发行：文化发展出版社（北京市翠微路 2 号　邮编：100036）
网　　址：www.wenhuafazhan.com
经　　销：各地新华书店
印　　刷：北京新华印刷有限公司
开　　本：889mm×1194mm　1/32
字　　数：200 千字
印　　张：10.5
印　　次：2017 年 3 月第 1 版　2017 年 3 月第 1 次印刷
定　　价：35.00
ISBN：978-7-5142-1312-6

◆ 如发现任何质量问题请与我社发行部联系。发行部电话：010-88275710

纸上的世界

程青

不时听到有人说，写作是多么辛苦的一件事，每次听到这样的话，我都不由一怔，感到无从应答。我既无法说是，也无法说不是。

对我来说，通常一部长篇小说写完初稿之后，需要扎扎实实修改两遍，第二稿是往纵深走，做出起伏；第三稿是去除瑕疵，尽力做到逻辑自洽首尾呼应。这还没有完，之后至少还要修改三五遍，这三五遍或许才可以叫作"润色"。我的体会是，写小说是非常耗费时间的，尤其是长篇，经常是写一稿就得几个月，一本书写上一到数年很正常。我读到过一位美国女作家写的创作心得，她说她并不知道一篇小说什么时候完成，只有当她觉得这篇小说不再需要修改时，这个小说才算写完。我和她有类似的感触，我同样认为小说是在结束修改时才最终完成，而不是在写出结局时就完成的。可以说我写每一篇小说，当我写下第一个字起，心里就在企盼那个不再需要修改的时刻到来，或者说就是在朝那个时刻努力。这段时间或长或短，但几乎每时每刻都需要聚精会神全力以赴，用"跋山涉水"和"披荆斩棘"形容丝毫也不过分。而且，说不定辛苦一场，到头来却是颗粒无收一无所获。有时候一个貌似不错的构思，甚至是让你激动不已的灵感，真等落到纸上，很可能与你最初想的大相径庭。我的电脑里就有不少长长短短的小说弃稿，它们有的是先天不足，有的是发育不良，也有的就像是中了病毒，还有的就像是偏离了轨道，总之一句话，我没有办法把它们塑造成我想要的样子，或者说它们没有达到我的预期也没法达到我的预期，因此我只能放弃它们。无论这种放弃多么心痛和不舍，却只能这么做，别无他法。因为在我看来这是一个正确的态度，是写作者不能改变的自我要求，也可以说是写作者基本的自律。我曾经一次次让那些我无法挽救和挽留的文字沉入忘却的水底，尽管我也曾为它们苦思冥想耗费心血，但我的夜以继日废寝忘食的工作却无法让它们屹立纸上，成为纸上世界的一部分，我只能平静地接受这样的失败，然后重整旗鼓从头再来。而即使有幸写完小说，甚至它们就是想象中的那个样子，你也无法断定它们是不是真正意义上的好作品。即便它们真的是好作品，当它们完成，就会像长大的孩子一般离你而去。你无论是在璀璨的灯光下谢幕，还是一个人孤独地留在暗影里，都阻止不了它们与你的分离。完成一个作品，犹如结束了一场演出，假如运气足够好，还有新的、更多、更难的演出在等着你——这要说不辛苦肯定不是真话。可是，这是一种乐在其中的辛苦，就像养育孩子，许许多多的时候，乐趣远远超过了辛苦。同样就像生育孩子使种群得以延续一样,这样苦心孤诣和匠心独运地一个字一个字记叙描述,也使人类的经历、感触、悲喜、梦想及精神风貌得以记载和传承。我暗自以为这是上天的一种巧妙安排,是造物设计中的精彩亮点。

在我看来,小说的绝妙在于它虚构的本质。它无中生有,却具备无与伦比的生命力和感染力,令人着迷并相信它给出的对人性和世界的解答。比如以子之矛攻子之盾的事情在现实生活中被视为逻辑有问题,而在小说里它却是成立的,不仅可以作为合理的存在,甚至能够堂而皇之地成为经典——在文学世界中,貌似你可以不必那么清晰精准地去区分正义与非正义,也无必要明白无误地去判定对与错,你可以支持强者,也可以同情弱者,你既可以站在鸡蛋一边,也可以站在石头一边,甚至可以既站在鸡蛋一边又站在石头一边,因为这个世界遵循的一条更高的法则叫人性。小说可以表现种种在我们现实世界里被认为是最疯狂、最不可理喻的事情,并给出最宽容最通达的所谓合理解释。小说可以使黑暗、荒唐、残酷变得明亮、爽朗、欢畅,并让我们为获得了这样的体验而饱尝人生的丰饶,为之倍感欣慰。

我一直惊叹小说中那些从来没有发生过并且永远也不会发生的事情为什么那样撼动人心,在我们心里引发的震动甚至超过真实发生的事情。我曾经在一篇文章里写道:"从我个人来说,我最期盼的就是一个作家写出用全新的口吻讲述世界和人的书——对我们身居其间的世界充满了怀疑和质疑,对人生充满了透彻的感悟,却不故弄玄虚。作者不是告诉我们发生在这个世界上的某一件事,而是那种从未发生过的事和从来没有可能发生的事,它们对我们的生活竟然一样能够起着如此巨大的影响,并不亚于那些真正发生的事。我想这可能就是文学经久不衰的魅力和意义,是文学无法估量的力量。"在我还是个孩子的时候,八九岁的样子,刚刚认识一些字,我读到了一生中第一本小说,我旋即被那个既朴素又绚丽的纸上世界深深吸引。从此我迷恋这个世界,也相信这个世界,甚至依赖这个世界。这个世界对于我就是一个和我生活其间的现实世界平行的世界,它和现实世界同样真实有力,它比现实世界更加直击心灵。

从写作第一篇小说起,我实际上就是尝试在纸上构建自己的世界,或者说是在给那个对我产生非凡吸引力的迷人世界添砖加瓦。对我来说,这个世界无形,却又应有尽有;它无色无味,却又色彩斑斓;它一秒长于一万年,而千百万年却又是一瞬间;它包藏着人类和万物最大的秘密,却又可能瞬间揭开谜底,令真相大白;它亘古矗立,却又能顷刻瓦解,烟消云散,不留痕迹。因为有了这个世界,或者说因为感知和触碰到了这个世界,使我具有了穿透力的眼光,我可以看到世界和人心的微妙之处。也因为具备了这样的目光,使我能够看到事情的边界在哪里,突破口又在哪里,或者说能让我洞见可能性和毫无可能性。我说不清写小说的时候何以在一个句子之后接上另一个句子,在一个词语之后接上另一个词语，并最终完成那个想象中的呈现，对我来说这简直就是上帝和写作者之间的秘密，甚至可以说是秘密奇迹。我不是要把写作这件事故意神秘化，对我而言它本身就是一件神秘之事。我在马尔克斯的书里看到，不少拉美作家有一个迷信，他们正写着的小说初稿都是秘不示人的，我自己也是如此，而且在没有写完之前也不会跟别人讲述自己正写着的东西，讲出来之后很可能就再也写不下去，就像开了瓶盖酒会走味一样。我一向认为能够把比鸽子还轻盈的小说捕捉到手，是一件很不容易的事。因此我个人认为，小说作为虚构文本，理应得到更大的尊重。

　　对我个人来说，小说提升了我的认知能力，不仅令我变得聪明、敏锐、犀利和目光精准，更多的时候它帮助我机智地掩盖了自己的不聪明、笨拙、混沌、愚蠢以及无知与无能。就像张爱玲《天才梦》里写的："当童年的狂想逐渐褪色的时候，我发现我除了天才的梦之外一无所有——所有的只是天才的乖僻缺点。"然而，她因为懂得怎么看七月巧云，懂得享受微风中的藤椅，懂得欣赏雨夜的霓虹灯，当然最主要的是因为她会写作，她留给了世人那么多精彩的小说，因此她在我们心里总是像明珠一般熠熠生辉。我当然也很高兴能亲手来构建这个纸上的世界，用自己的经历、体验、感悟、灵性来浇灌那些芬芳的花草，并看着这个世界繁花似锦。

2016 年 9 月 19 日

CONTENTS 目录

第一章

蓝天碧海 /2

吃龙虾的何先生 /10

北星的情史 /19

婚姻岂是儿戏 /33

第二章

一家之主 / 64

围绕一个"吃"字 /79

将就将就吧 /96

会做人也是一门学问 /107

第三章

秋林 /118

约会 /123

简单生活 /128

像流星一闪而过 /133

第四章

人工流产 /142

男人爱潇洒 /155

沙尘暴 /163
前因与后果 /171

第五章

男人和女人是不一样的 /178
一个温暖和煦的下午 /189
等你等到花儿都谢了 /197
柠檬的滋味 /217

第六章

一日夫妻百日恩 /234
散了 /250
爱情原来就是这么一回事儿 /265
冬去春来 /272

第七章

蓝天碧海 /284
又见何先生 /298
大团圆 /304

第一章

蓝天碧海
吃龙虾的何先生
北星的情史
婚姻岂是儿戏

蓝天碧海

陈陈到蓝天碧海大酒楼上班没多久,酒楼就火爆起来。老板大梁是个迷信的人,认定是她为自己带来了财运。来蓝天碧海的客人,确实有不少是冲陈陈来的,但也并非个个都是因她而来。大梁不管这些,对这个女孩儿另眼相看,而且处处对她特别优待。遇到熟客,再加上喝了几杯小酒,大梁的话题绕来绕去总会绕到陈陈身上。客人们只要会意捧场,就能听见他从胸腔间喷发出一阵阵底气十足的笑声。

大梁四十岁不到,长得和米其林轮胎那个人一样胖大,肥白的面孔,大眼睛双眼皮,眼球白多黑少。因为没有腰,皮带松松地绕在肚子上,走路带一点儿外八字脚,看上去有一点儿不修边幅。陈陈第一次见到他的时候,他穿了一件针织衬衫,短袖翻领，上面有一排排立体感很强的小方块，第一眼看上去都是凹下去的，再看一眼就凸出来了，晃得人眼晕。衣服的质地很像是丝绸，但显然不是丝绸，比丝绸密实柔韧，胸口左侧还绣着一个小标志，估计是一个挺不错的牌子，可是却带着一种南方小县城的乡土气。所以大梁给她的第一印象就像一个进城不久做点儿小买卖的南方农民，和这么一个金碧辉煌的大酒楼，说真的，是有那么一点儿不相称。

那天陈陈是由一个同乡的阿姨领着一起去的，事先阿姨已经向她介绍了大梁的为人，自然是一些好话：人挺不错，厚道，不像一般做老板的那样奸诈和唯利是图，"你见了他人就知道了"，阿姨这样说。这个阿姨是父亲的老相识，所以是靠得住的。果真大梁见了她一点儿没搭架子，也没绕弯子，他就像家里人一样亲切平常地对她说："你就在这儿干吧，我不会亏待你的。"

陈陈在蓝天碧海上班没多久就听说了大梁的很多事情，他从前的确就是一个农民，最初跟亲戚借了钱包了池塘养蟹，赚了钱投资股市，误打误撞发了一笔。别人劝他股市靠不住，潮涨潮退不由君，一眨眼工夫不仅毛发就是皮肉筋骨都能让它吞个一干二净。大梁听劝，撤资退市，进城开起了餐馆。后来竟然做火了，一口气把餐饮事业发展到了县外和省外，一直把酒楼开到了首都北京。他老婆也不闲着，还留在家乡养蟹。两口子好几年前就成了四乡八村最有钱也是名气最响的企业家。

平常大梁不爱待在楼上的办公室里，有事没事他喜欢在大厅里转悠，移一移桌椅，押一押桌布，检查一下调味罐里还有没有醋和酱油。他还喜欢站在水族箱前看那些空运过来的水产，一看就是好半天。有人过来，也不管是谁，他带着由衷的喜爱说："瞧瞧，多棒啊，个个活蹦乱跳！"他亲自动手帮着伙计捞鱼捞虾，嘴里不住地自言自语："锅里一过端上桌马上又变成了钞票，多好啊！"

陈陈还听说大梁特别花，传说他和酒楼里姿色好些的跑堂小姐都睡过。不过他对她一向非常礼貌，连看她的眼神都是敬重的。陈陈心里暗暗得意老板把自己和她们区别对待。蓝天碧海招聘来的服务员当中，也只有她一个人是读过书有旅游管理专业文凭的，所以大梁首先在服装上把她和酒楼里的跑堂小姐区分开来。他让跑堂小姐都穿粉红上衣，翠绿小格的长裙，腰间扎一条滚了一圈花边的小白围裙，个个打扮得像村姑一样俗气，一看就是侍候人的丫头。唯有陈陈例外，她穿一身职业装，藏青色的西服配短裙，气温高的时候是白衬衣，小坎肩儿配短裙，显得气质很好，而且格外地端庄文静。

因为听说了大梁和小姐们的传言，陈陈对她们都客客气气的，至少表面上从来不伤和气。可她们一个个就像串通好似的都远着她，不和她亲热，或者说根本就没把她当她们中的一员。二楼更衣室有一排衣柜，比人数要少三四个，好几次小姐们为了争衣柜吵了起来。大梁规定以后按先来后到，每天先到的一人一个，晚来的就两人合用。不过大梁没忘记专门给陈陈一个指定的衣柜。因为小姐们十点之前就得上班,陈陈可以晚到半小时。这也是大梁的一项特别规定。小姐们心里恨恨的,却敢怒不敢言。

大梁自己对陈陈很恭敬,对围着陈陈的几个大师傅和小伙计看得也非常紧。他目光很锋利,看到他们和陈陈说笑得太热闹,脸马上就拉得跟擀面杖一样长,五官也都挪了位置。那帮子也是在江湖上混迹多年的,一个个都是有眼色的人,一看大梁那副样子就全明戏了,心里暗笑,脸上不露。他们谁也不想得罪老板,也不想因为跟个小妞不过就是过过嘴瘾就打碎了自己的饭碗。所以他们都很识趣,对陈陈敬而远之。

在店里陈陈不用本名,叫"樱花"。熟客们一来就会问:"樱花呢?"或者是:"叫樱花来点菜!"绝大多数时候是陈陈及时地迎出来,脸上含着微笑,为客人们领座。她身材细细溜溜,走路风摆杨柳,窈窕柔媚,风情万种。但她却并不妖艳,也不特别迎合客人,和谁都不特别亲近,态度一概淡淡的,但又绝没有怠慢的意思,总之是有那么一点儿的可望而不可即,却又像一朵正在盛开的花朵发出的香气一样给人以一种不可忽略的招引。只要她一出现场面即刻就不一样了,普通的一桌席也成了盛宴。除了举止端凝,风度绝佳,客人还喜欢她机智俏皮会说话,即使碰到尴尬的场面也能化解自如,既不让自己难堪,更不会让对方下不来台。所以客人,尤其是男客都喜欢樱花,谁来都要跟她说说笑笑逗一逗。这种时候大梁反倒不吃醋,脸上笑眯眯的。

北星和陈陈就是在蓝天碧海相识的。北星的老板吴文广和客户在那里吃过一次饭就喜欢上了那地方，闲了就约北星一起去。吴文广和北星除了公司里这一层上下级关系，两人还是远房表兄弟。如果细论起来，就是北星外公的父亲和吴文广爷爷的母亲是姑表兄妹。远是远了点儿，但两家是老亲，几代人下来没断了来往。北星农大毕业后能到吴文广的广告公司谋到一个职位也是靠的这层关系。北星在农大学的是农药，读书的时候就毫无兴趣，也没打算以后致力于这方面的科研和生产，只想混个文凭毕业算了。他也知道自己不是块读书的料子，从小就坐不住，他妈说他屁股是尖的，尤其是面前再摊一本书，过不了一会儿不是抓耳挠腮就是上下眼皮一个劲儿地往一块儿凑，撑都撑不住。好容易熬到了毕业，一出校门立马就把学的那点儿专业知识全抛到了脑后，仅剩下的一点儿就是对蔬菜瓜果上的残留农药十分警惕，在外面吃饭绝对不点带叶子的蔬菜。北星和文广两个人打小就认识，文广比北星大了五岁，和北星的二哥北林同岁，但他长得白净瘦削，看上去不显年纪，加上生性活泼好玩，和北星更合得来。

北星喜欢跑跑颠颠，吃吃喝喝，在远房表哥手下做了两年，感觉不坏。平时在公司里当着人他一本正经地称吴文广"老板"，不当着人只叫他哥。吴文广非常喜欢他的这位小表弟，在他眼里北星除了伶俐、和气，人品还极好，有真心，靠得住，从来不会对他的事儿说三道四。从前吴文广老婆在家的时候他哥儿两个就常常结伴儿出去，深夜不归。只要知道是和北星在一块儿，表嫂总是特别放心。最近文广的老婆去了澳大利亚，他又成了单身一人。文广是个正派人，这些年在外头尽管也少不得拈花惹草，但和老婆始终是一夫一妻，从没养过小蜜包过二奶，老婆出国把他放了单，免不了闲极无聊。北星嬉笑着逗他说要不要给他介绍一个女朋友，吴文广嘴上骂他胡闹，脸上却笑得像一朵花。

蓝天碧海他们来过好几回，吴文广跟别的客人一样喜欢樱花，相中的却是翘翘。翘翘是一个丰满无比的大丫头，胖脸蛋儿永远红扑扑的，客人一逗就嘎嘎直乐，一副没心没肺的样子。翘翘有个要结婚的男朋友，斜眼，斜得并不算厉害，一只眼看着你的时候，另一只眼就看着你身边不远的地方。不过想要把他两道目光同时捕捉住恐怕没人能做得到。这位斜眼儿男朋友对翘翘很上心，每天夜里酒楼打烊前都赶过来接她回去，风雨无阻。翘翘在给客人点菜上菜的时候有意无意亮出右手无名指上戴着的订婚戒指，有些熟客就会逗她说戴错地方了，你还没嫁人呢，戒指不该戴那个手指上。吴文广从来不跟翘翘说这类的废话，有一次他把翘翘戴着戒指的小胖手儿握在手心里，用大拇指在她的手背上轻轻一扫，又轻轻一扫，一双眼睛眯觑起来，全是柔情蜜意。他并没有喝多，眼光一离开翘翘，脸上的表情又很正经斯文。翘翘见了吴文广这般人品，心下已是十分中意，

恋爱课　7

长这么大还没有过这样一位有钱有身份又长得一表人才的老板肯垂青自己,如果把他和自己的男朋友相比,那还不是强出千倍万倍!翘翘受宠若惊,岂有不愿意的?她立马主动贴迎上去,倒酒时一对大乳有意无意常常蹭在吴老板的肩膀和脊背上。

后来再到蓝天碧海,北星每次去洗手间的时间都特别长。那么长的时间他不可能全待在厕所里,就跑去跟樱花小姐聊天。每次说不上几句话,樱花就得去忙事情。不过有这几句和没这几句大不一样,见过樱花之后北星心里就踏实了,一晚上觉得没有虚度。

吴文广不久就跟翘翘同居了,包间里毕竟不方便,他干脆把她领回了家。家里是新装修的四室两厅的房子,空着也是空着。翘翘比吴文广想象的还要疯,床上表现极好,做起来不肯歇,每次身下的床单湿漉漉的,叫床的声音惊天动地。吴文广怕邻居听见太不像样,一做爱就把音响开得高高的,那一阵子白天黑夜地把楼上楼下吵得不善。

翘翘对吴文广一片真情,好得由内及外。只要能讨吴文广喜欢,她都心甘情愿,一颗心儿全给了他,跟斜眼儿男朋友当然是毫不犹豫地告吹了,尽管文广并没有要求她这么做。从床上下来翘翘就替吴文广做家务,她替他做饭、擦地、擦窗户、洗衣服、洗床单还替他按摩甚至包括铰指甲,手脚不停,比真正娶回家的小媳妇还要勤快周到。文广什么世面没见过,可这个女孩儿把他侍候得如此这般,心里多少也有点儿不过意。

和翘翘弄到一起之后吴文广就不去蓝天碧海了,他说他早吃腻了那儿的饭菜。几个月之后他连翘翘也腻了,给了她一笔钱,让她不要再来家里了。吴文广是儒商,这些话说得特别委婉,告别戏演得也相当动情。他对翘翘说老婆快要从国外回来了,自己也没办法,心里实在是舍不得她,不过只能到此为止了。万一要是让那个黄脸婆撞上了,那个母老虎是绝不会善罢甘休的,估计连买凶杀人这样的事情她也做得出来。吴文广先把翘翘吓住,吓住了她之后又来些软的,少不得用些"天下没有不散的筵席"和"两情若是久长时又岂在朝朝暮暮"之类伤感又抒情的话劝慰她,弄得翘翘泪落如珠,柔肠寸断,一步三回头,伤心不已,却从此再没有找过吴文广(的麻烦)。

这个时候吴文广才知道北星和樱花谈上了恋爱,两个人甚至还说到了婚嫁。

吃龙虾的何先生

来蓝天碧海吃饭的客人里头也不光是北星一个人看上了陈陈,有个姓何的先生见了"樱花"一面以后也是念念不忘,隔三岔五就过来请客吃饭。

何先生不英俊,但是很潇洒。他喜欢点菜谱上标着"时价"的那些菜,龙虾是他每次必点的。而且何先生点龙虾从来不问价,不管今天是全价六百八十八一只,还是特价二百八十八一只,他都无所谓。何先生也从来不在乎龙虾怎么个吃法,刺身、椒盐、头尾做汤,还是像一度很流行的那样熬粥,他都无所谓,让他的秘书拿主意,有的时候就由饭桌上任意一位小姐或者先生做主。

有一次何先生来吃饭,龙虾刚好卖完了。何先生弯起中指的关节敲着镶着大理石的桌面,问点菜的小姐:"龙虾呢?你们这么大一个海鲜酒楼龙虾怎么可以没有的？干脆叫人去把外头'海鲜'两个字涂了或者找东西遮起来算了！"

何先生威而不怒，说话还带着几分幽默，可是却把那个小姐吓坏了，愣在那里，不知道该如何回话。

陈陈马上就过来了。她建议何先生换一道菜，比如鲍鱼，比如蚝，或者别的海鲜，这些东西也都是刚刚运到的，新鲜极了。何先生欣然接受，还兴致很好地对坐在他身边的先生说他有一个朋友在澳洲工作，在那儿一待就是八个年头。龙虾在澳大利亚根本算不上什么高级和高贵的东西，便宜得就跟北京街头的大白菜呀心里美萝卜呀什么的差不多。每次那家伙都买一堆回家吃，吃了不计其数。原来见了龙虾不要命的一个人，现在最听不得的就是"龙虾"两个字，一听就晕菜，反胃，你要是请他吃饭给他上龙虾，他脸色马上就白了，而且白里泛青。

何先生说："再好的东西吃多了就没味儿了。"

何先生又说："什么东西蘸上芥末和酱油，其实味道都差不多。"

何先生说的话很平常，但是脸上的表情很暧昧，桌上的人听了都哈哈笑起来。

他们同样表情暧昧地附和道："想吃吃不着的才是好东西，容易吃到嘴的统统没意思。"

何先生听了，也随着他们一起哈哈笑。

每次饭后何先生都用支票结账，吃剩的菜从不打包。对这

恋爱课　11

样的客人大梁关照过要特别重视，因为百分之九十九是公款消费。你想吧，什么钱是花着不心疼的？当然是公款啦。而且公款还有一个好处，就是轻易不会花光。所以何先生的开胃小菜、餐后果盘都是酒楼免费赠送的，逢上年节连整瓶的茅台、五粮液也都是酒楼免费赠送的。何先生对这些不过是心领，最多是一句两个字的"谢谢"，也是出于礼貌，送不送的他根本无所谓，也不在乎，而且他心里也清楚这些小恩小惠说穿了还是羊毛出在羊身上。何先生来这儿就是为了见见樱花小姐，她肯赏他一个如花般的笑脸，最好是心照不宣的眼风，这才是他真正想要的呢，也是他风雨无阻来这儿消费的巨大动力。

何先生来酒楼很少一个人来，多半是带着一干朋友一起来。他的那些朋友都是些很体面也很放得开的人，都清楚何先生对樱花的那点儿意思，在包间里一落座就嘴巴不停地逗何先生，当然时时都不忘了捎带上樱花小姐，只是话说得机智到位却不直露，玩笑开得也是婉转俏皮不庸俗。他们都是些围着何先生转的人，就好像行星围绕着恒星，卫星和星云围绕着行星旋转一样，中心尽管是一个，却各有各的轨道，喧哗热闹，忙而不乱。他们个个玲珑剔透，话来话去，欲盖弥彰。本来应该是一个人隐秘的小心思，一来二去就成了一件众望所归的事情。何先生对此很开心，樱花也从来不恼，这帮人的胆子便愈加大了起来，话说得也越来越直白。

有一天也是在包间里，樱花也在场，他们半真半假地劝何先生:"有爱就要说出来嘛!"

何先生态度谦逊地说:"不敢。"

他们便鼓励何先生送花,每天一束,直到"心仪的小姐"接受他的"爱情"。

何先生双眼紧盯着樱花,凝神放电,一瞬间脸上嬉笑的表神全退掉了。

他问她:"我给你送花,你会收吗?"

话是虚拟的,态度却是实在的。

她嬉笑地回说:"会呀!为什么不收?"

他又问她:"不会有人跟我决斗吧?"

她仍是嬉笑地说:"我怎么知道呢?"

第二天陈陈刚到酒楼,花店的小工就给她送来了一大束阳光玫瑰,颜色是很稳重的深红,朵朵都是鲜艳欲滴,的确很能打动人心。次日在相同的时候又送来一束,一连送了一个星期。这个星期何先生没有露面,好像有意制造一个悬念。每天玫瑰送来的时候酒楼里的人脸上都是笑笑的,等着有戏可看。背着陈陈,跑堂的小姐们又羡又妒,把何先生一通恶损,说他老得头发都掉光了,胖得一肚子油,还玩儿浪漫,老黄瓜刷绿漆不嫩装嫩。其实何先生比大梁也大不了几岁,正是男人风华正茂的好年华呢。他远比不上大梁胖,头发也一根一根在头上长得好好的,而且每回露面总是梳理成形,相貌、体形也应该说完全过得去。可是到了这帮跑堂小姐的嘴里,他立马变得面目可憎,

恋爱课 13

成了一个被广大劳动人民耻笑的人。

大梁完全是另一种态度，假装并没有看到有人来给樱花送玫瑰。有一次他恰巧撞上两个小姐在更衣房里背着人对樱花嘀嘀咕咕，一个说她妖，一个说她喜欢跟男人怎样怎样，都是一些不三不四的话。大梁走进去狠狠地训了她们几句，找的借口是拖拉磨蹭该做的事情没好好做。两个小姐被老板当头剋了一顿，都灰溜溜的，也清楚老板不过是借题发挥，但赶上了也只好自认倒霉。大梁下楼见采买回来的草鱼有两条是死的，又大大地发了一通火。平常他很少发火，更不会为两条不值钱的草鱼生气，是出了名的好脾气。所以他一发火整个酒楼的气氛就很沉闷，每一个人都小心翼翼的，生怕做错了什么。

一个星期之后何先生又登门了，还是一帮子人，男男女女的，迤逦而来。他进门就找樱花，大梁也照样笑脸相迎。

在包间里坐定，何先生很温和地问樱花："这一个礼拜过得好不好？"

樱花回答说："好啊！"

何先生又问："我为你锦上添花了吧？"

他的温和自然而然地过渡到了温情和温柔，樱花只是笑而不答。

都听懂了何先生的双关语，有人为他叫好，包间里一时笑语喧哗。

何先生一边点菜一边对樱花说："今天晚上下班后我来接

你怎么样？"

樱花往单子上记着菜名说："不用啦，您别客气。"

何先生说："就这么定了，我这人从来不会假客气。"

当晚，陈陈下班走出酒楼，果真看见何先生坐在车里等着她。他摇下一半车窗，正朝这边张望，见了她兴奋地招手。陈陈没想到他真的会等她，只得走过去。

何先生以一种邀请的姿态微笑着对樱花说："上车吧。"

陈陈推辞说："太晚了，我想回家了。"

何先生说："晚什么？还不到十点钟。"

陈陈还在犹豫，不想上车。

何先生笑着说："你怕我吃了你啊？快上来吧，我请你去吃夜宵！"

说着他从车里出来，很绅士地替她打开副驾驶座那边的车门，一片诚意地等着她坐进去，陈陈也就没好意思也没忍心再拒绝他。

吃夜宵的时候何先生话不多，他一眼也不看送上来的各式点心，老是看着樱花。包厢里就他们两个人，因此何先生的眼光很大胆。何先生很由衷地夸她真是做这一行的料，待人接物那个劲儿拿捏得就是好。他本意是夸她不卑不亢，端庄大方，或许还有优雅得体等等意思，可到了陈陈耳朵里这句话等于说她天生就是声色场中的人物。何先生不知道对这行的人不该这么个夸法，看她渐渐收敛了笑容，不自觉地就板起了一张俏脸儿，

恋爱课　15

心头不由一动，觉得她越发娇美可爱，让人情不自禁。何先生的心里热起来，有一种蠢蠢欲动的东西在躯体里涌动着，有点儿压制不住。他一脸浓情蜜意地哄着这个让他心动的小妞道："像你这么年纪轻轻的女孩儿不可以板起面孔，小脸儿一板就像个内心复杂的女人，知道吧，男人都畏惧那种女人。你没看报纸上总说男人心理压力大吗？"

何先生很想把樱花纤细白嫩的小手放在自己手里握一握，但看她一脸正色的样子还是忍住了。

陈陈心里急着回家，吃了几口就放下筷子不吃了。何先生的心思也不在面前的这些碗碗碟碟上面。两个人又上了车。说好了送她回家，开到地方何先生却不停车。陈陈说到了，何先生说时间还早，想不想到我那里坐一坐？陈陈说算了，时间太晚了。何先生也不强求，把车停在离她住的塔楼二三十米远的小马路边上，熄了火。陈陈刚想下车，何先生伸手拉住了她，说再坐一会儿，说说话儿。

其实也没有什么话说，何先生的胳膊像长臂猿一样从座椅后面绕过来搂住了她，两片肥厚的嘴唇也热乎乎地贴了上来。她一个劲儿躲，没躲开，人被何先生很有力地抱在了怀里，嘴唇也被他整个儿吸进了嘴里。何先生的一双手也不失时机地伸到了她的胸前，停在那里摸摸索索，很快就伸进了她的衣服里，利索地解开了她的胸罩。何先生的呼吸浊重起来，心跳也加速了。他的手在她的衣服里很快又改变了方向，一路向下摸到她光滑柔软的小腹。她使劲推开他，同时扭动着身子躲避他。她不敢发出太大的声音，害怕被碰巧从马路上经过的邻居听见。何先生却当她是挑逗，觉得她的扭动和躲避是先抑后扬，非常催情，不由意乱情迷欲火中烧，浑身散发出强烈的荷尔蒙气息，欲罢不能，脸上的表情既快乐又痛苦。

也说不上来何先生的拥抱接吻有什么不同之处，被他抱着吻着陈陈心里却很害怕。她对何先生的情况差不多是一无所知，却认定了他是在骗她和玩弄她，心里顿生反感。这个时候她想到了北星，和他也吃过夜宵，他也送过她回家，他们也一样在这条马路上拥抱亲吻过，北星给她的感觉是温柔体贴毫无风险的，而眼前这位何先生却恰恰相反，让她深感和他在一起危机四伏。

何先生还不肯停手，拉拉扯扯之间她突然喊了一声："放开我！"

声音没敢高，还是把何先生吓了一跳。她幅度很大地扭着身子，同时很用力地推了他一下，这下何先生再不觉得她是有意挑逗了。

何先生松开她，笑道："我真的没把你想错，我猜你就是一个挺正经的女孩儿，守身如玉，冰清玉洁，洁身自好。你是不是还从来没跟别人做过啊？"

最后一句话是附在她耳边说的，而且说得极轻。他嘴里的热气喷在她的脖子里，让她有一种急于躲开他的冲动。她扭过

恋爱课　17

身去，不理他。

何先生微微一笑。

何先生的神色更温和了，他和颜悦色地对她说："那你就跟我试一回吧，我相信我不会让你失望的。也许做过一次你从此就放不下了呢！跟我回家好不好？今天我老婆正好出去不回来，这么好的机会也不是总有的。"

她扬手打了他一个耳光，推开车门就要下车。

但她还是慢了一步，何先生及时地把她推开的车门又拉上了。他抓住她那只打他的手，放到嘴边吻了一下，说道："咱们还是个刚烈女子呢！"

说完他哈哈大笑，丝毫没有生气的意思。

何先生把车一下开到了院门口，轻踩刹车停稳了车，又恢复了儒雅斯文的样子，眼神很正地望着她，问她："你没生我的气吧？"

陈陈跳下车，头也不回地走进院子。刚进楼门她就听见他"滴滴"鸣了两声笛，显然他是在目送着她的身影。然后她听见汽车开走的声音，在深夜里格外清晰。

安全感又回到了她的身边。她想起爸爸的话："一失足成千古恨"，庆幸自己刚才躲过了一劫。

北星的情史

北星是个情运极佳的人，长这么大没有刻意追求过谁，可身边从来女孩儿不断。他妈生他那年已经快四十了，本来以为到这个年纪不会再有孩子，没想到好几年没动静之后竟然又怀上了。老蚌怀珠，所以爹妈对他极疼爱。他出生那一年街坊四邻生的差不多都是闺女，从小他就在女孩儿堆里混大，和贾宝玉一样，跟女孩子相处比跟男孩子相处要融洽自在得多。

北星出生不久就有了一个青梅竹马的女朋友小玉。小玉姓白，所以她的名字很好听，叫白玉。在一个明丽无风的秋日，北星妈抱着刚满百天的北星出来晒太阳，在院门口的柿子树底下看到了小玉和她的妈。小玉比北星大几个月，粉雕玉琢的一个小人儿，唇红发乌，还不到一周岁就出落得山清水秀。而且

恋爱课　19

小玉极安静，睁着两只亮晶晶的大眼睛十分专注地看着眼前的一切，从来不哭不闹，特别听话，乖得叫人心疼。北星妈一见之下就被这个小妞儿迷住了。

两个妈聊起了闲天儿。怀里都抱着孩子，不愁没有话题，聊着聊着便有了同志和知音的感觉。

两个妈越聊越热乎，一个妈对另一个妈说："咱们结个娃娃亲吧！"另一个妈马上喜上眉梢。那时候正是七十年代初中期，大家收入都不高，家家都没什么钱，除了孩子可以敞开来生，买肉买布买油买鸡蛋买火柴买肥皂买自行车买缝纫机等等都要凭票，所以也都没有什么门第观念。况且本来也就是两个女人之间心血来潮的一句话，当真不当真都没关系。不过从此两个妈亲厚之情溢于言表，一个自称"婆婆"，一个自称"岳母"，对对方的孩子疼爱有加。两个妈挂在嘴边上的一些话也让局外人听了好笑。

北星妈说："玉儿啊，让婆婆抱抱，瞧瞧我们一岁的孩子就是一朵花儿了，你要是我闺女多好哇！"

小玉妈说："宝贝儿，快让你丈母娘好好亲亲，等长大了就亲不成了啊！"

北星和小玉一块儿长大，两个人就像亲姐弟一般。他们一块儿上学，一块儿做作业，一块儿玩。在别人面前小玉是个争强好胜爱拔尖的孩子，但她处处都肯让着北星。北星有了好吃的好玩的也都要留给小玉。大人们看了，笑说这两个孩子真是有缘。

后来两个人上了不同的中学,就不怎么来往了。

北星高二那年暑假在家闲极无聊,约小玉看了一次电影。小玉已经搬家,北星找到她颇费了一番周折。那天的电影实在不怎么样,是一个国产的战争片,从头到尾飞机大炮狂轰滥炸,连人影儿都不怎么看得到。让小玉看这么一个破电影,真让北星羞愧难当。他生怕小玉不耐烦,一次次偷偷地看她。黑暗中小玉却坐得端端正正的,拿着上课认真听讲的劲头儿专心地注视着银幕。北星本来想叫她走的,看她这样,只得耐着性子在电影院里坐到终场。

电影结束之后北星请小玉喝汽水,之后是散步。所谓散步就是顺着马路瞎溜达。在那个时候,北星对女孩儿还没有什么经验,根本想不起来接下来应该安排什么节目。本来他是希望和小玉看一个爱情片,借它制造一点儿气氛,至于制造好了气氛之后要干什么,他也并没有想好。结果却连制造气氛都落了空。

两个人沿着柏油马路一直走到了天黑。

让人尴尬的是没有话说,北星想拉她的手也一直找不到机会。或者说机会倒是有,就是缺乏勇气,下不了决心。他内心斗争了一番,就放弃了。

他请小玉去一个小店里吃东西,小玉很随和,没有犹豫马上就答应了。小玉吃了一碗辣油馄饨,北星吃了一碗鸡丝面。吃完馄饨和面条,北星说要不我送你回家吧,小玉点点头,非常柔顺地说了声好。

快到小玉家楼下的时候,北星拉住了她的手。他在心里对自己说这是最后的机会了,如果再不动手回家就喝敌敌畏自杀算了。好在小玉没有拒绝他,和他手拉手在夜风里站了很久。北星一鼓作气趁势又吻了她。

这是他第一次吻女孩子,完全没有体会到小说里描写的那种脸热心跳和血液奔涌的感觉。两个人的嘴唇都是干干的,害怕让人看见,碰一碰就分开了,倒弄得人都紧张兮兮的。这一下短暂的接触不像是亲吻,就好像是相撞了一下,或者是拉扯了一下。所以北星对初吻并没有留下任何美好的记忆,更说不上有什么强烈的感觉了,还差点儿让他以为男女之间不过如此。

两个人一吻之后就放下了,好长时间谁也没去找过谁。小玉已经参加过高考,却没有如愿收到录取通知书,一个夏天心情都很坏。如果这个时候北星主动上门去给她一点安慰,应该是可以乘虚而入的,可是这个时候北星却从家里的一个破柜子里翻出了一套《射雕英雄传》,从此迷上了金庸,暑假里剩下的日子就再没出过家门。再到开学,北星已是高三学生,进入复习迎考的冲刺阶段,每日书山题海,再加上对武侠书的痴迷,无暇惦记小玉。一年之后他们再度相见,北星是戴着簇新校徽的农业大学一年级学生,小玉已经自费上过电脑培训班,被一家报社招聘去做电脑排版。两人把前情续上,谈起了恋爱。

也许是因为打小在一起太熟了,北星在小玉身上发现不了太多的吸引力。小玉的举止和说话,包括她的想法和心思,北星都有一种似曾相识的感觉。如果拿数学题打比方,小玉就是简单的加法或者减法,连四则混合运算都算不上,所以和她相处北星觉得尽在掌握之中,毫无挑战性可言。因此在和小玉恋爱的同时,他始终也没断过和自己校内以及校外的一些学姐和学妹们约会。在北星眼里她们都比小玉有趣,比小玉会疯,比小玉会闹,也比小玉会来事儿。她们至少也是代数或者几何,她们既是有理数也是无理数,既是定理也是逆定理,她们吸引他,有的时候也很让他头疼。除了小玉,北星倒也没有另外一个相对固定的女朋友,他和她们的关系随意而松散。她们对他来说就好像是圆周率小数点后面长长的一串数,他可以随意地省略掉她们。不过一旦让她们进入视野或者头脑,她们又会折腾他,招惹得他寝食难安,带给他的兴味和快意也是巨大的。她们个个都出乎他的意料,个个让他有惊喜之感,所以她们在他眼里风情万种,销魂蚀骨,才下眉头却上心头,所以更多的时候他去找她们而不是去找小玉。还有一道障碍是他爹给他设置的。这位退伍军人出身的电视机厂保卫部主任读过几本书,最喜欢用一些千古至理名言教导自己的孩子。比如"知之为知之,不知为不知,是知也""温故而知新""工欲善其事,必先利其器"等等等等。不过在男女大防上,杨师傅的教诲却是直截了当的大白话,他对小儿子说:"做人一定要正正派派的。"他还说,"你这个岁数刚好是闹的时候,女孩子可千万碰不得,听到了没有?"把他的话直译过来就是"你和小玉怎么样都可以就是不能跟她睡觉"。"女孩子"在这里特指小玉。这也是杨师傅结合当时的情形给予儿子一针见血的性教育。北星当然都明白。不过为人正派的杨师傅压根儿想不到儿子除了小玉之外还有别人,北星也因此更加淡着自己的女朋友。

不过两个人的恋爱还是照常进行着,甚至从来也没有发生过那种情侣间的争吵。在北星放暑假的时候两个人还结伴出去过,最远去过北戴河,不过有北星的二哥北林同行,既是旅伴也算是监护人,北林自嘲是给他们俩当电灯泡。两边家里可以说都默认了他们的关系,大概都等着他们到年龄主动提出结婚。

一晃北星大学毕业快两年了,有一天小玉突然吞吞吐吐起来,后来终于说出来自己想结婚了。北星愣住了,因为他可不想这个时候就结婚,还没玩够呢。再说最主要的他和小玉也没热到那个程度,两个人就像一锅温乎乎的水,总也没有烧到沸点的时候。北星想想从此要和她一个被窝里睡觉、一口锅里吃饭,日日夜夜厮守在一起,实在是一件不可思议的事,也是一件难以接受的事。他仔细听了才明白小玉不是要跟他结婚,而是要和另一个人结婚。

其实小玉真正的意思是要北星明确表个态,这样不冷不热有一搭没一搭的可不行。她已经二十四周岁了,比北星还大呢,他耗得起,她耗不起。她妈也总在她耳边絮叨,希望女儿能适龄结婚。她妈说:"女孩子二十五岁前挑挑拣拣,过了二十五岁就被别人挑挑拣拣。"小玉何尝不明白？她想不如拿话试一试北星，如果他急，说明他们还有戏，即使他让她等，她也一定会等他，而且豁出去了等到哪天算哪天。可是北星听了竟然一点儿不快的意思也没有，就好像她是一根接力棒，现在总算有下家伸出了热情洋溢的手。小玉心里寒寒的，结婚的决心当即就下定了。

不久小玉嫁了一个生意人，比她大六岁，长得英俊挺拔，生意上精明强干，介乎"有志青年"和"大款"之间。他为结婚新买了一套复式房，一辆崭新的帕萨特汽车，银行里还有数额不小的存款。而且房契、车证、存折包括户口本的户主栏里都写着白玉的名字。北星的父母喝完喜酒回到家里很感慨，北星倒是无所谓。

北星这时候的心思早已经转移到陈陈的身上，怎么看怎么觉得这个南方小妞娇媚可人，不胜妖娆。她长得就像古书里形容的那般腮凝新荔，鼻腻鹅脂。北星尤其喜欢她天真稚气的模样，一笑起来脸颊两边两个青杏一般的小酒窝。可是北星却不怎么弄得懂她，有时觉得她十分单纯，可是她又不会轻易上当；可你认为她十分精明，她又显得那样憨态可掬。明明看她温柔婉顺，忽然之间她又任性骄横，伶牙俐齿，得理不让人。总之是怎么看怎么觉得她可爱，聪慧狡黠，冰雪聪明，千般好处全在她身上——北星的心都乱了,认准了非她不娶。

为了把陈陈追到手,北星确实是用了一番心机,花了一番功夫。首先他对形势进行了分析,做到"知己知彼"。通过观察和思考,他做出如下判断:一、她的追求者颇众;二、他们都比他有钱;三、不过他们都不如他有诚意。北星看清楚了自己的优势和劣势,准备好了为陈陈打一场持久战,作战手法概括成一个字就是"泡"。

北星没什么钱,但有的是时间。公司的作息时间本来就比较灵活,再说又是小公司,所有成文不成文的规定都是看人下菜碟子的,松的时候干脆就是聋子的耳朵。北星是老板的亲戚大家都知道,他早点晚点来谁也不会去多问。况且一年三百六十五天也不是天天有要紧的事要办,也不是天天都有业务要忙,生意淡的时候也就只需去班上点个卯,转一圈走人。北星闲下来就去找陈陈,每次都不空手去。一次是一个毛绒小狗熊,女孩儿喜欢吊在背包上的那种,果然陈陈爱不释手。下次便是一本新出刊的《时尚》,不仅陈陈喜欢,酒楼里别的小姐也凑过来先睹为快。再下面正好赶上情人节,北星给她送去一枝红玫瑰和一盒果仁巧克力。再去时给她拿了好几张流行的CD盘,连同自己的激光唱机也一起送去了。只要她不拒绝,在他看来都是进展。当她的枕头边堆满了他送给她的七七八八的小玩意儿,她也就很自然地接受了他每天的接接送送。

接接送送不是北星的目的,不过是可喜的进展。一个风和日丽的休息天,北星打电话约陈陈一起去爬山,陈陈欣然答应。他们一起坐地铁到苹果园,然后乘小公共去了香山。暮春时节草长莺飞,城外比城里显得空气清新,景色宜人,天气又是不冷不热,两个人心旷神怡。北星心里打好了如意算盘,一会儿爬山的时候他就有机会拉她一把或者扶她一下,到山上没人的地方他就可以……一切自然而然,水到渠成。可是那天不知是个什么日子,登山的人特别多。从香山脚下一直到鬼见愁一路都有不少人同行,害得北星除了拉她一把和扶她一下也没找着更有利的下手机会。

爬山回来北星请陈陈吃西餐。这是他第一次请她吃饭,他想她是做酒楼的,进一般的馆子没意思。果真陈陈对吃西餐很喜欢,心里更喜欢的是北星有情调。餐馆里的灯光很柔和,每张条桌上都铺着洗熨得没有一丝褶痕的雪白桌布,高脚玻璃杯里盛着半杯清水,漂浮着点燃的红色小蜡烛,音乐是柔柔的钢琴曲,像水波一样清澈舒缓,沁人心脾。菜做得也不错,不过这个时候他们的心思也没放在食物上。这餐饭吃得可以说是物超所值,北星在陈陈的心里噌噌长分,她看他的目光愈加温柔多情,顾盼生辉。

西餐之后北星吻了她。一切和料想的一样顺利。他拉住她的手,她便顺势扑进了他的怀里。他激动得大脑一片空白。他闻到她身上有一种淡淡的芳香,比花香更轻柔体贴,还有她身上棉布衣服本色的香气,对他都成了抵挡不住的诱惑。他抱紧了她，一直抱得她喘不上气来。他把脸贴上去，马上就感到了她也正在向他贴过来。她的脸有一点儿潮湿，就像一只汁液饱满的苹果，嘴唇也是潮湿的，带着一种纯真而又迫不及待的渴望。心跳和血液的流动顿时都无法抑制地加快了，北星觉得自己在飞快地融化，而且飞快地达到了沸点，就像水蒸气一样蒸发到空气当中。他用最大的力量搂住她，只想和她一起不顾一切地倒下去。两个人吻得如痴如醉，水乳交融，不过当北星渴望找到一个突破口却被陈陈坚决挡住了。

在焦躁和渴望当中北星恢复了理智，他提出送她回家，她答应了。但她只允许他送到院门口，却又有情有义地指给他看哪个窗户是她的。北星目送她进去，看着她窗口的灯光亮起来，又看着她窗口的灯光暗下去。夜深了，北星一个人痴痴地站在她院外的小马路上，忘记了时间，也忘记了目的，只觉得满心甜蜜。

陈陈和姐姐雪雪住在一起，姐姐不是嫡亲的，是她父亲在她母亲去世后续娶的后母带过来的，不过她们俩关系很不错，从小衣服玩具从来不分，比人家亲姐妹还亲。雪雪读书特别好，在学校里年年都是三好生，高考考到了北京，大学毕业进了大部委。大部委人才济济，尽管不像外人想象的那样工作惬意和收入高，但总的来说工作环境不错，机会多，隐性收入也不低。每天姐姐衣着得体、装扮一新地去那个门口有大片青碧如茵修剪得整整齐齐的草坪需要出入证才能进入的单位上班，都令陈陈羡慕不已。姐姐唯一的不如意就是婚嫁方面屡屡遭挫，今年二十八岁了还没能够把自己嫁出去。她谈过许多次恋爱，但总是谈一个吹一个，最长的也没相处到一年。雪雪长得不难看，性格也不孤僻，为人也不各色，对异性也不算太挑剔，可就是这件事总是弄不妥当。半年前经同事介绍谈了一个本单位的，还没来得及论及婚嫁，那个人就被派到印度尼西亚去了，现在这件事还悬在那儿，弄得心神不宁。

每天早晨七点一过姐姐准时坐班车上班去了，房间里就陈陈一个人安静地睡觉。有一天姐姐走了不久她听见门上"笃笃笃"几声响，轻轻的，犹犹豫豫的，好像是邻居家的小孩儿在捣乱。她没理会。过了一会儿敲门声又一次响起来，还是那么轻轻的，犹犹豫豫的。陈陈从睡梦里醒过来，跑去开了门，看见站在门外的竟是一脸笑容的北星。

北星进了门，看她姐姐不在，就把陈陈温香软玉抱满怀。陈陈逃到床上，盖上被子，不让他碰，却架不住他软磨硬泡。

一来二去北星也蹭上了床，接下来两人衣服就都脱光了，鱼一样滑溜溜地抱在了一起。

两个人都沉浸到了撩人的激动之中，嘴唇和身体迅速严丝合缝地贴到了一起，都有了要在对方怀抱里化去的冲动。但是陈陈首先清醒过来，警告北星说："不要过分啊！"

北星带着喘息异常温柔地说："你放心吧，我保证不会过分的。"

两个身体越抱越紧,既无奈又绝望。也说不上谁主动,他们自然地就到了一起,就像鱼遇到了水。

事已至此,两个人都没什么说的了。他们安安静静地躺在床上,一时都很拘谨,竟有了疏远的感觉。

两个人静止了许久,北星打破沉默侧过身搂紧了陈陈说:"跟我结婚,好不好?"

陈陈不说话,叹一口气。终于她声音幽幽地说:"不嫁给你我嫁给谁?"

北星心里激动无比,似乎到这时候才真正尝到了恋爱的滋味。一离开陈陈他满心想的都是她,她粉嫩的小脸,她纤细的腰肢,她甜甜的笑容,还有她那头乌黑发亮会随风飘动的长发。北星有生以来第一次体会到了放不下一个人是怎样的一种滋味。他常常一个人发呆,痴痴地回忆着和陈陈在一起时的那种醉心的感觉,真想每分每秒都和她缠绵。现在除了早晨趁她姐姐走后到她家里和她幽会,北星有事没事就往蓝天碧海跑,就为多看一眼那个把他的心偷走了的小妖精。

樱花和北星卿卿我我大梁全看在眼里,心中像有骨头梗着,隐隐作痛。对北星他不能像对自己店里的伙计和厨房里的师傅那样,北星在不在这个店里吃饭,上他的门就是客人,当老板的自然没有向客人甩脸子的道理。大梁只能在一旁默默地看着这个白脸小帅哥儿嬉皮笑脸地来向樱花小姐献殷勤,他不动声色地在暗中窥视着他们的一颦一笑,一举一动。两个人就像草叶儿上的露珠一样晶莹透亮,一样的俊俏漂亮,一样的青春焕发,他们站在酒楼前面的宽廊下脸儿对着脸儿说话,阳光斜斜地照在他们身上,就像一对玉人儿。大梁看着,心里又怜又爱,又酸又涩。

北星把他和樱花的事情告诉了吴文广,文广却不以为然。听北星说要打算跟她结婚,他马上从沙发里坐直了身子,拿出一副老大哥的派头对北星说:"这你可得想想好,玩玩吧我也就不说什么了,我这个人思想从来就不保守,不过换我自己我是绝对不会和这样出身的女孩子结婚的。"

北星说:"我觉得她真是挺好的,她跟那些女孩儿不一样。"

看吴文广沉默着,北星马上想到他和翘翘有过一段,生怕这话得罪了他。

文广想了想,换了个角度劝北星。他说:"樱花人品是不错,长相更是没说的,可你父母能愿意你跟她结婚吗?"

北星嗫嚅着说:"我就是没把握呢。尤其是我爸,挑肥拣瘦的,脾气又不好,话还特别多,我还真是挺怵他的。"

文广说:"老年人嘛,他们讲究的跟我们可不一样。我们不在意的吧,他们特看重。他们的心思我最清楚,要挑人家女孩儿家庭清白,身体健康,品貌端正,还得是个处女。最好结婚头年就能不打磕绊儿地给他们生一个大胖孙子。现在你给他们弄回去这么一个做酒楼的小美人儿,我真替你担心,怕难中他们老两口儿的意。"

北星便求文广道:"所以呢,我想请你出面帮我说句话。"

文广嬉笑地问北星:"你这么急着结婚结婚的,是不是跟那个樱花悄悄结了樱桃了?跟你哥可得实话实说啊!"

北星扑哧乐了,挺实诚地说道:"没有没有,我们完全按规程操作。"

文广说:"那——不就得了?"

北星说:"那——我不就不来求您了吗?"

文广笑起来:"你还真算是找对了人,我最拿手的就是哄老头儿老太太高兴了。好吧好吧,我来帮你运作吧。都这时代了,总不能再闹什么'棒打鸳鸯散'吧?哥哥一定让你们有情人终成眷属。"

婚姻岂是儿戏

吴文广不是个好事的人,却肯为朋友两肋插刀。北星除了是他哥们儿还是他兄弟,更是非比常人。文广找了一个休息天,上门替北星说亲。他备了中华烟、五粮液、一坛十八年的花雕酒还有一箱时令水果四色礼物去登门拜见他的表姑妈和表姑父。到吴文广这辈人平常和亲戚之间已经很少走动了,一年到头甚至连春节都不一定上门,也就打个电话拜个年。算算他少说也有三五年没到过北星家了,所以这次去礼物不能太轻。

尽管事先通过了电话,文广到的时候杨家的惊喜程度仍然好像他是从天而降。文广的汽车刚在院门口停下,杨家的人便倾巢而出,连北星爹妈也都迎了出来。北星爹亮开超高的大嗓门热情地招呼这位拐了好几道弯儿的内侄儿,招得大杂院里好几位邻居以为出什么事儿了，都探出头往这边看。有个老头儿脸上笑嘻嘻的，抢在北星爹前头握住了吴文广的手。文广不认得他是谁，正诧异，北星爹赶紧介绍说这是老侯，退休前是玩具公司的党委书记，你小的时候他还领你放过风筝，他还记得你呢。文广在写字楼里坐得久了，已经不太习惯这样的邻里情深，不过看在北星爹妈的分儿上，加上自己一贯的良好修养，只得恭敬地对那老头儿叫一声"侯叔"。

进屋坐下来，北星妈忙忙地沏了茶上来，又端出早就预备好的几碟干果和水果，摆在桌上。北林的儿子塔塔来了劲儿，爬到椅子上，伸手去够一个橘子，却把一盘瓜子打翻在地上，哗啦一声把几个大人吓了一跳。北星妈赶紧去拿了扫帚和簸箕，收拾完又重新倒上一盘，端端正正放在桌上，一边高着嗓门叫二儿媳晋丽过来把孩子领走。孩子出去之后尽管北星妈一再招呼也没人动这些东西，摆着就像供品一样。

文广劝表姑妈不要忙，自己人不必客套，坐下来说说话儿。北星妈嘴里答应着，还是去了厨房。北星爹在这边陪着客人，他详细地问了吴文广父母的情况，血压高不高？有没有回老家去看看？又把文广家哥哥、姐姐、爱人、小孩一个一个问了个遍，然后聊到上个月突发心脏病去世的文广的三叔，感慨了一番人生无常。文广听着，甚无趣味，却又不便打断，只得敷衍。

本来文广坐一坐说了话就要走的，无奈表姑妈热情地留饭，挽着手儿坚决不让他走，他也不便拒绝。既然要等吃过饭才能走，也就不急于切入正题。北星爹和北星陪着吴文广的时候，北星妈和北星的大嫂李梅、北星的大姐兰兰在厨房忙着煎炒烹炸，"嗞啦"的过油声、锅铲的"咣当"声、一阵一阵的油烟味儿都蹿进北房来了，在这边说着话都能闻到搉了很多五香八角的炖肉的香味儿。

吴文广已经记不清楚上一次是什么时候来这里的，他感觉时间在这个家里好像是不走的。还是许多年前的屋子，许多年前的床，许多年前的大衣柜，许多年前的五斗橱，许多年前的竹壳暖壶，一套印着红梅花儿的玻璃茶杯也是很早以前的，居然每一只都还健在，而且没有一点儿磕磕碰碰的痕迹。吴文广十分感慨，在这个家里，仿佛连照在窗台上的淡淡的阳光也像是许多年以前的。唯一不同的是小的长大了，老的更老了，就像有一条看不见的河流缓缓流过，变化是缓慢的，却无法忽略，想假装看不见也不行。文广想，这大概就是沧桑吧，不由心里一阵凄凉。

饭点儿一到桌子就摆上了，文广硬被让在了主位。他不肯坐，说当着长辈，自己不能这样造次。北星爹死活要他坐，也不跟他讲理。他没辙，嘴里说着"恭敬不如从命"，勉强坐了。桌上摆着八个凉菜：酱牛肉、老醋蜇头、五香熏鱼、盐水鸭翅、糯米藕、粉皮、炝薹菜、腌笋丝。因为文广带了五粮液来，北星爹便郑重其事地拿出了珍藏多年的茅台酒。他把茅台酒捧在手里，十分珍爱地用一条旧毛巾擦着上面的尘土，十分陶醉地回忆着这瓶茅台酒的来历。小酒盅也按人头摆上了，北星爹提高了嗓门喊北星妈过来开酒。吴文广赶忙拦住，说："又不逢年又不过节的，这么好的酒您还是收起来吧。"

北星爹爽气地说："开了开了，你来了就是过节，比过节还高兴呢，咱们就喝它！"

文广推说自己开车，不能喝酒，把那瓶茅台酒接在手里，放到离餐桌几步之外的五斗橱上面。北星爹还是执意要开，走过去又把酒瓶拿在手里，对文广说："要不你少来两杯？吃过饭也别急着走，多坐会儿，出门哪还闻得出什么酒味儿。"

文广说："我真不喝，本儿上就剩两分了，还不够刷的呢，让警察查着麻烦。"

一番推搡，茅台酒终于还是没有开。北星爹和大哥北疆喝白酒，还是他们平常喝惯的二锅头，文广、北星和北林喝啤酒。晋丽喂塔塔吃饭没有上桌，北星妈和李梅也都没上桌，在厨房里忙着炒菜。热菜看得出也是狠下了一番功夫的，第一道是茭白河虾，第二道是蟹黄豆腐，第三道腰果鲜贝，第四道啤酒焖羊，第五道蜜汁河鳗，第六道栗子野鸡，第七道拔丝山药，第八道是蛤蜊清汤，一张八仙桌早就堆得满满的。文广好几次起身说菜太多了，叫姑妈、大姐和两位嫂子都来入席。北星妈并不入座，笑吟吟地对文广说："你天天在外面吃的，什么没吃过？山珍海味怕早都吃腻了吧，想来想去给你弄几个家常小菜，换换口味。"

文广站起来给表姑妈敬酒，北星妈也不推辞，站在桌边用老头儿的酒杯喝了一小盅，又去厨房里忙。不一会儿端上来清炒丝瓜和松鼠桂鱼，最后是一盘三鲜馅儿的饺子和一大盘佐料齐全的扬州炒饭，一桌席算是齐活了。

饭后收拾了桌子，又沏了滚滚的茶水来喝，大家嗑着瓜子儿说话。吴文广向表姑妈、表姑父道喜，话题一下子就引到了北星和他的"小朋友"身上。儿子谈对象当爹妈的也不是完全不知道，总往外跑，没白天没黑夜的，打进打出的电话也特别多，说话的口气也和跟别人说话不一样，老头儿老太太也常能听个三言两语，但太具体的情况他们不清楚，因为小儿子从来不对他们说，要是问他他就嫌烦。他上头的姐姐哥哥都不像他这个样子，个个听话得很，对父母孝顺，毕恭毕敬，到他这儿全不是这回事儿，一不高兴就会跟爹妈翻脸，老两口儿拿这么个心尖子儿子还真没啥法子。就说他对自己的婚姻大事，好像也根本没放在心上，人替他急，可他自己偏不急。二十五岁眼瞅着都快过了，还成天晃荡着，当爹妈的早就心急如焚了。今天文广主动提起这件事，老头儿老太太的情绪全给调动起来了。

文广说："北星的眼光不错，这个女孩儿长得好，性格好，又能干，他们两个还特别投缘，我来当个现成的媒人。"

北星爹尽管喝了三两酒，一开口还是说到了问题的关键。他问文广："那个女孩儿是做什么工作的？"

文广回答说："在一个非常高档的酒楼上班，做领班。"

北星爹的脸色顿时就暗了下去。文广赶忙解释说:"那酒楼只是个餐馆,就是吃饭喝酒,别的乱七八糟一概没有。"

北星爹转过脸望儿子一眼,面色不悦地说:"像咱们这种普普通通的老百姓家庭,最好就是找一个普普通通的女孩子。我不是早说过了吗?朴素大方就行,你小子怕又挑花眼了吧!人家在高档酒楼做领班,每天见的都是什么场面?能跟咱们过到一块儿吗?"

北星没吭声,文广赶紧接过话头说:"姑父您是没见着那女孩儿,见了准保您喜欢。南方小孩,老家好像是杭州那边的,小姑娘长得干净水灵,还特乖特懂事儿。"

北星爹还是一根筋地说:"我们家就剩这最后一房儿媳妇了,别的都不说,就想找一本本分分的,一家人在一块儿和和气气。长得多漂亮要我说呀真无所谓——相貌只要能过得去就行啦,居家过日子嘛,主要不在这上头。我知道这小子不肯听我的,他就是一心想挑个漂亮出众的。漂亮的在外边被人捧惯了,人家哪里肯听你的?老话说婚姻岂是儿戏,光注重外表是不行的,你跟他说这个他哪里听得进去?其实甭管怎么说结婚成家和顺才是第一位,我活这么大岁数,见得多了,家和万事兴嘛!"

北星妈在一旁听着,怕老头儿话多不靠谱,今天又比平日多喝了两盅,文广人家兴兴头头来的,操心的又是北星的事情,可别让他下不来台,便对老伴儿说:"文广的眼光肯定错不了,他见得多!"顺手把麻将盒从抽屉里拿了出来,问文广想不想玩牌？北星明白他妈的意思，赶紧说文广哥难得来一回，陪他来几圈。

北星爹酒劲儿泛上来，没有上桌，歪到躺椅里歇着，不一会儿就发出了一阵夏天雷暴雨前雷声风声一般的打鼾声。北星妈、北疆、北星和文广麻利地码好了牌，玩"推倒和"，下的是二四八块的注。平常吴文广和他那一帮子哥儿们玩得最小也是二十四十八十，通常都是百元以上，还要"加磅"和"数番"，一把牌下来几百上千的输赢是常事，玩得这么小对他来说实在是毛毛雨，有点儿提不起精神来。可是表姑妈兴致这么高，他也不好意思推托。再说今天他本来就是为北星来的，干脆好人做到底了。打过风头他坐到了东风的位子上，第一把他坐庄，第一把就输了。

"千刀万剐不和头一把！"杨家母子三人异口同声地说。文广哈哈大笑。四圈牌下来，文广毫无起色，倒是北星妈一家卷三家。

老太太笑着说："平常在前院玩儿，我输的时候不少，往这儿一坐倒赢孩子们的。"

北疆附和他妈说："您今天做菜辛苦！"

文广笑说："我记得姑妈跟我们玩儿好像从来不输牌，真没见过手这么熵的。"

北星妈笑道："没准是切过羊肉忘记洗手了，还真熵（膻）。"

时间还早，他们又摸了四圈，后四圈输赢不大。天色刚好暗下来，北星妈还要留文广吃晚饭，文广起身告辞。

文广走时北星妈也拿出礼物回赠，送给他一盒雨前西湖龙井，一条羊绒围巾，这两样都是老两口儿收的人情往来和儿女孝敬的礼物，连自己都舍不得享用，一直留着，今天正好拿出来派用场。还有一盒吉林人参和北星妈自制的一大包腊肠，让文广带给他父母。这些礼物老两口儿悄悄商量过才定下来，为了北星，礼不能薄。

吴文广走后，趁北星爹到前院串门儿，北星妈向北星仔仔细细问了他女朋友的情况。北星跟他妈向来极亲，妈问什么，他都说给她听。陈陈家里的事，上的什么学，怎么留的北京，包括和她姐姐不是一个妈生的等等，都对妈说了。老太太听到陈陈很小的时候母亲就去世了，父亲娶了后妈，后妈又带来一个女儿，便红了眼圈儿说："这孩子够不易的！当妈的哪个不偏着自己亲生的？她爸爸在家里再能够做主，一个大男人，总不可能处处替女儿想到。你想啊，妈带一个女儿，爹带一个女儿，两个孩子又是相差不多的年纪，她准没少受委屈！"

老太太一下子就对这个尚未谋面的儿子的女朋友有了几分怜爱，她让北星找个机会领她到家里来。既然有文广出面做媒，他爹再不乐意也不能不给这个面子。

当晚北星爹躺在床上对这件事又嘀咕上了，他长吁短叹地说："人家小玉多好哇，长得端正不艳乍，和气懂事，又是从小看着长大的，两家也都知根知底，我看北星要是娶小玉最合适。"

北星妈鼻子里哼一声说："真是老糊涂了你，你也不想想，是人家小玉先结的婚，又不是咱北星吹的她。"

北星爹反唇相讥道："你还真别说我老糊涂，要是你儿子对小玉多上点儿心，对人家热情点儿，体贴点儿，小玉也不会嫁给别人了，你说我说得对不对吧？"

北星妈无话可说。叹气道："都这会儿了，说这些管啥用？您还是'向前看'吧。"

北星爹也软了口气说："是啊，我也不就是说说。婚姻就是个缘分，过去讲究'父母之命，媒妁之言'，现在父母的话算个屁！咱们这几个孩子也就是这小子最听不进我的话，还指不定给弄个什么样儿的回来呢，等着瞧好吧。"

北星专门挑了一个家里没人的日子请陈陈去他家。他很怕一大家子人把她给吓住了，也怕她瞧不上他家，因此多存了一个心眼儿。

来之前尽管已经听北星描绘过他家的情形，一见之下陈陈心里还是凉了半截。以前她走在一些幽静的小马路上见到四合院总是感到很神秘，青砖砌的厚厚的墙，台阶，门洞，油漆的大门，讲究一点儿的门口还有石狮子和上马石，从门口往里张望一眼能看到雅致的大玻璃窗，或者是洋槐、石榴、柿子树青碧的叶子，地面是方砖或者是青砖的侧面铺的，给人一种清静安逸冬暖夏凉的感觉，天冷的时候刮到院子里的风似乎也不像外面的那样硬，天热的时候外面热浪滚滚里面却透着阴凉。住在四合院里的人家也完全不同于四合院之外的住家，在陈陈的感觉里他们有一点儿与世隔绝的味道。然而四合院本身又是充满了人情味和烟火气的，站在门口可以闻到里面居家过日子的那股子暖融融的气味，既安宁又祥和，陈陈本能地对里面的生活有几分心向往之。上大学的时候她去过一个同学的家里，住的也是这样的院子，不过不是独门独院，好几家子同住在一起，四合院成了一个名副其实的大杂院，和北星家住的这个院子差不多。北星家这个院子里面至少住了有十几家，到处都是搭出来的简易的小屋子，简直到了见缝插针的地步。院里仅有的一点儿空地堆着砖瓦和杂七杂八的东西，走路要十分当心才不碰上什么。院子里的房屋比陈陈想象的还要破败和肮脏，门窗上的油漆都脱落了，家家户户的玻璃和窗纱都是灰蒙蒙的。院子里的路面也是高低不平，进门铺着一溜大小不一的石头，估计是下雨天地面有积水用它们垫脚的。其中一块最大的，一脚踩上去下面就有一股脏水冒出来。

北星家有三间半房，每间十一二个平米。一间半北房他父母住着，两间朝西的屋子面积大一点儿的一间北林一家三口住着，小点儿的一间北星住。好在大姐和大哥成家以后都不住在家里，否则真不知道要挤成什么样子。挨着北屋外墙搭建了一个小厨房，三面墙都没有粉刷，砌墙用的砖也新旧不一，显然是个违章建筑。

陈陈跟着北星进了他的房间，因为西晒，这间屋子到了下午光线特别明亮。房间的摆设十分简单，一张小床，一张写字桌，一把椅子，还有一个旧的大衣柜，式样已经非常落伍了。屋里很醒目的是墙上贴着一溜儿的旗袍美人，也不知是从哪年的挂历上剪下的，里面有一两个还是重样的，看着就像是队列里的双胞胎一样。旗袍美人肩并肩地站着，眉眼各异，一样的笑容可掬，摆着夸张的S形，挺乳凸臀，卖弄地展示着裸露的胳膊和大腿，同时也肩并肩地掩饰着墙上的斑点和下雨洇进的水迹。美人们遮不住的地方还是露出爆起的墙皮和流淌感极强的黄褐色的线条，弯弯曲曲地向下方延伸着，就像地图上画的那些不断改道分岔的河流。

北星在边上察言观色，他感觉到了陈陈情绪不高。他朝她温柔地一笑，她也勉强回报了他一个笑容。他拉着她的手，带她去参观他父母住的北房。

北房比北星住的房子明显地要好一些，主要是里面的家具要多得多。矮柜、衣柜、五斗橱、桌椅、沙发、茶几等等，新旧都有，把一间屋子放得满满当当，没有多少空间。屋里收拾得还算整洁干净。一只石英钟"嚓嚓嚓"地走动着，里面白颜色的衬底有些地方已经变成了灰白色，看来也是相当有年头了。

北星从后面搂住陈陈，下巴抵在她肩上，笑着对她说："我家够可以的吧？你要是现在后悔还来得及。"

陈陈没说话，继续往里走。几步之后就没处可走了。

北星又说："说心里话我真舍不得你跟着我受苦，如果你说不想跟我结婚了,我保证不纠缠你。"

陈陈转过脸,扑哧一笑。

"你笑什么?"

她一笑北星更觉心虚了。

"既有今日,何必当初?"她说。

北星的脸慢慢红起来,他睁圆了眼睛辩解道:"什么当初?当初我也没有骗过你啊。"

陈陈笑起来:"我说你骗我了吗?我说我自己呢,你傻啊!"

一个"傻"字让北星心有所动,他伸出胳膊紧紧地把她搂在了怀里。

陈陈也搂紧了他,在接吻的间隙对北星说:"我是嫁给你,又不是嫁给你家。"她心里想的是结婚一定不住这里,到外面租房子住。

北星一把把她抱起来,心里充满了幸福感。他非常由衷地说:"我真没看错你!"

晚上见到姐姐,陈陈告诉她下午去了北星家里,不过没敢说得那样凄惨。雪雪还是笑话妹妹:"原来你谈过的那两个要我看哪一个都比这一位不差。人家对你多用心啊,带着你到处吃到处玩儿,送你东西出手也大方,我从来也没听你说过要跟人家结婚。这回好容易要嫁了,结果倒是要嫁这么个苦孩子,真不知道你哪根神经搭错了！"

陈陈说："你别看表面现象，以前那两个对我是不错，一转身他们对别人也一样。我从来不跟他们认真，我也没敢指望他们对我是真心。"

"那你就能肯定你的这位北星对你就一定是真心啦？"

"不过我还真从来没怀疑过他对我不是真心啊！"陈陈反唇相讥。

"别这么自信，说不定有你哭的那一天。"

"别整天危言耸听的，"陈陈说，"怎么说他总不会比有钱人更花心吧？不是说'男人一有钱就变坏'吗？你要是去一趟他家你就知道了，我们小时候房子也不好，住得还没有他们家现在这么差。都这年头了，还得到外面上公共厕所。看他整整齐齐的样子，那么阳光那么时尚，我怎么也想不到他家那样子破旧不堪！我真的是脑子进水了，怎么偏偏就看着他好？"

雪雪讥刺道："我们都嫌贫爱富，就你嫌富爱贫。你愿意嫁入寻常百姓家我也拦不住你，以后我就可以坐在家里听你讲述老百姓自己的故事了。"

不过在跟父母汇报这件事的时候雪雪还是很帮妹妹。她给陈陈出谋划策，让她给爸爸妈妈写了一封信，说些诸如北星人品多么好，他父母多么通情达理，兄弟姐妹之间多么和睦友好，等等，还特别提了一笔要不是路远，北星早就想登门拜见爸爸妈妈。没几天家里的回信就到了，是雪雪的妈写来的。信里说女儿找了北星这么一个优秀的青年人,爸爸妈妈都十分高兴。孩子大了,自己做主,也是自立的表现,爸爸妈妈都不是封建的人,同意并且尊重孩子自己的选择。

回信的内容基本跟预料中的差不多。陈陈的爸爸在家里只是个二把手,真正说了算的都是雪雪的妈。雪雪的妈向来心里只有自己的女儿,对陈陈只图个大面子上过得去,这点姐妹两个心里都十分清楚。因为和姐姐感情好,陈陈对后妈并不挑理。如今在她婚姻大事上,后妈一如既往地非常明智,好坏由她自己定,不仅不插手,连嘴都不插,不想以后好啦坏啦落她埋怨,所以不过是睁一只眼闭一只眼顺水推舟而已。不过有这么一来一往两封信,彼此把话都说清楚,过场就算是走完了。

没几日北星家正式邀请陈陈上门,陈陈一大早就起来精心梳妆,擦了桑子红的胭脂,抹了银色闪光的眼影,涂了流行的保湿珠光唇彩,一张脸儿亮晶晶的。又用啫喱摩丝把刘海和耳朵两边修剪过的头发打得直直的,做出丝丝缕缕的效果,简直就像时髦杂志上当红的电视明星。

北星来接她,见了面就笑起来:"你是去参加晚会呀?"

陈陈瞟他一眼说:"我可是为你去义演。"

"我领情,我领情!"北星赶紧赔笑脸,好言好语地劝她说,"不过我还是劝你把头发扎个马尾巴。"

陈陈反问他:"干吗?"

北星求她道:"你就听我一句话,我家老爷子保守得很。"

陈陈很不以为然地说:"那我就让他老人家开开眼!"

雪雪在一旁插话,不容置疑地对妹妹说:"你是不是去他家呀?去他家你就听他的。"

陈陈很不情愿,还是找出皮筋儿把头发扎了起来,又把耳朵边的几绺头发拽出来,弄得乱纷纷的,像被风吹过一样。北星看着,笑而不语。

为穿什么衣服又乱了一阵。北星觉得陈陈的上衣太短也太艳,裙子也不够长。天气也没热到那个份儿上,就这么白晃晃露着两截小腿,走在大街上倒还算平常,到他家那个大杂院里就很惹眼很不像样子了,不定要招多少街坊的眼光。他亲自动手帮她挑选衣服,要她打扮得尽可能端庄一点儿。

陈陈赌气地说:"还不端庄啊?那我干脆就穿上班的那身衣服去你家得了!"

最后陈陈穿了北星指定的一件酒红色衬衣,下面是一条黑色棉布长裙。裙子是姐姐的,穿在陈陈身上略显肥大。临出门前陈陈左照一回镜子右照一回镜子,悲愤地说:"弄得都不像我自己了!"

雪雪抱着胳膊冷着脸儿给妹妹一句:"祝你成功!"

三个人全乐喷了。

见面活动进行得相当顺利。陈陈拜见了未来的公婆,按礼

恋爱课　47

节向未来的公婆献了礼物，未来的公婆也按礼节给了见面钱，并且留她吃了一顿丰盛的午饭。吃饭的时候北星的哥哥姐姐嫂子们都到齐了，以示这件事在这个家里的重要性和全家对此的重视。每个人对陈陈都很客气，也很照顾，饭桌上说的都是一些喜兴的话题，尤其是北星的两个哥哥，言谈之间也都亲切地把她当作这个家里的一员。北星妈一眼就看上了陈陈，心里很喜欢她。没想到的是北星爹比北星妈还要喜欢她，一高兴就喝高了。

陈陈一走北星妈就逗老伴儿说："还是不如咱们小玉吧？"

北星爹嘿嘿笑着说："还行吧。"

北星妈追问他："就'还行'啊？"

北星爹如实说道："比小玉不差。"

北星妈哧地一笑，说："那您老一直是瞎操心啦？"

北星爹一点儿也不生气，挺开心地说："这回婚礼咱得办得体体面面的，我们省了一辈子，这回别想着省钱了，把亲戚、朋友、街坊都好好请请，咱家再喝就得是孙子辈的喜酒啦！"

这年的盛夏天气比往年都热，北星妈说这么热的天摆酒结婚实在是有点儿不适宜，让客人顶着大太阳过来，一顿喜酒喝得满头大汗这又何苦？再说家里也没装空调，一个人在床上都躺不下去，两个人就更甭说了。不如错开些日子，等秋凉以后再办。

北星想结婚，但不想违拗自己妈。既然妈都替他们决定了，他也乐得听妈的。不过尽管天气热，他和陈陈在床上却没空过，两个人正是干柴烈火，天热一点儿算得了什么？北星常在一早一晚赶到陈陈家里和她相会，两个人比蜜糖还甜，一见面就往一块儿黏。雪雪是个明白人，早主动避开了，给他们最大的方便。既然床上的事情能够顺利解决，早一天晚一天结婚也就无所谓了。

除了和北星做爱，陈陈最有兴趣的事情就是上街买东西。难得有结婚这样一个好借口，陈陈真想一次买个够。陈陈对恋爱和婚姻一直有着这样一个理想，就是女的挽着男的胳膊一个一个地逛商场，女的看中什么男的没有二话掏钱买下来。现在她跟自己的理想很接近，只是北星差一点儿，他对逛店没兴趣，尤其是还要挑挑拣拣，还要货比三家，没进商店就晕得慌。他潜在的心理是怕花钱，本来手里的钞票就不多，她看上什么他不飞快掏钱显然不合适，如果劝阻她不让她买那就更加不合适，还不如把有限的金钱交给她随便花。所以陈陈一说要逛店，他就推说公司有事走不开。北星不陪她就自己去，一样是一个一个商厦细细地逛，把喜欢的东西一样一样挑过来挑过去。家里给了她一万块钱作为陪嫁，她正好可以痛痛快快地买东西。长这么大她还从来没像这一段这样花钱如流水，她很快活，也很满足，她想现在她才能算得是一个真正的女人。

这一段酒楼的生意也特别火，每天都要加班。加上偷期缱绻和购物劳累，陈陈不胜疲倦。有一天夜里下班淋了一点儿雨，要说也没什么，到下半夜她却发起烧来。第二天病情又加重了，咳嗽伤风，懒进饮食，一躺就是三四天。从床上起来腿是软的，人是飘的，下巴都尖了。

歇过几天陈陈又去蓝天碧海上班，大梁特意凑近了瞧了瞧她的脸色说："你的气色不太好，还没好利索吧？"

陈陈说："就还有点儿咳嗽。已经躺了好几天了，骨头都睡疼了。"

大梁说："那也不必强撑着，该歇还得歇。"

陈陈说："没事儿。"

大梁说："别'没事儿'，你最好还是打车回去吧。"

下午停业的时候大梁又看见了陈陈，问她怎么还没回去歇着，陈陈说不用，这会儿倒比上午好多了。

见周围没别人，大梁问陈陈："快结婚了是不是？"

陈陈含笑点头。

大梁又问："婚礼准备办得很隆重吧？"

陈陈不好意思地一笑，说："都随他们家去弄，我不管。"

大梁说："他们操心他们高兴！"又问陈陈，"结婚以后你们自己单过还是跟着他家里一起过？"

陈陈摇头道："还没说定呢。"

大梁问她："他家都有些什么人？"

陈陈说："他爸爸妈妈，大姐一家不住在家里，大哥大嫂也不在家里住，二哥二嫂和孩子跟着他父母，还有就是我们一家。"陈陈清点着未婚夫家的人口，人数这么多，自己也吓一跳，还没敢说他大姐的儿子是个弱智。

大梁很替她着想地对她说:"这可是一个大家庭啊,老话说'锅不响碗响',这么一大家人一天两天好说,时间长了免不了磕磕碰碰,要我说你们还是趁早出来单过的好。"

陈陈说:"我也是这么想的。"

大梁又问她:"你结婚你父母肯定会来北京吧?"

陈陈说:"他们说了他们不过来。"

"不过来?"大梁瞪大了眼睛,"嫁女儿这样的大事都不过来?"

陈陈说:"他们都上班,挺忙的,没时间。再说了,我也不是我这个妈亲生的。"

大梁默默地听着,默默地想了一会儿,问她:"那你娘家有谁来参加婚礼?"

陈陈说:"就我姐姐。"又补充一句,"她是我妈生的。"

大梁沉吟片刻,一笑,换了一种明朗的语调,显得比较随意地说:"听说你要结婚,我打算送十桌酒席给你,就是担心你婆家那边人会有想法——这种老北京人家讲究最多了。"

陈陈马上替她婆家分辩道:"他们不是老北京,也是从南方过来的。"

"那说不定讲究更多。"大梁说,"不过既然你父母不过来,娘家就一个异母姐姐也没别的什么人,好赖我们也算是老乡,这十桌酒席我就送定了,给你壮壮声威。"

陈陈心里很感动大梁对她这么好,又如此设身处地替她想。十桌酒席她既没好意思接受,也没好意思推辞。

跟北星一说,他满心欢喜,笑着说:"结婚有老板送酒席你够体面的呀!干吗不收呢?你不收不等于驳人家面子吗?"

北星从来对大梁没什么好感,他认为有钱人都不是好东西,尤其是钱特别多的人,肯定没一个是干净的,"抓起来杀掉都不冤枉"。不过这一回他还是忍不住夸奖了大梁,他说:"大梁这人还真义气!"

回家告诉爹妈,老头儿老太太两个都淡淡的,不像北星那样高兴。

屋里没别人的时候北星爹对北星妈说:"都说他们江浙人精明,这个老板倒是不小气。一送十桌酒席,那么高档的一个酒楼,上壶茶就是好几十块钱,一桌不说多高级,随便弄几个菜一两千就没有了,这可不是个小数目呢。"

北星妈也满心疑惑地说:"就是啊,我们陈陈不过在他那儿做个领班,要是每个小姐结婚他都送十桌,那还不送赔啦?要说他单送陈陈一个,凭什么他对她就格外好些呢?"

老两口儿商议了半夜也没商量好这十桌席是接还是不接,不接又怎么去回。

第二天北星下班回来,北星妈把儿子叫到里屋颤颤地问他:"陈陈那老板怎么回事儿,你清楚吗?"

北星妈又把昨晚上和他爹说的话一五一十给他学了一遍,

北星"嘿"了一声，说："有你们这么瞎操心的吗？他要跟陈陈真有什么，这会儿躲还来不及呢，还有这么破费着往前凑的吗？什么事情让我老爸一搅和，好事全变成坏事了。人家说'把好人心当驴肝肺'，我爸就是这德行！"

北星妈赶紧摆手，让儿子小声点儿。她心里还是悬悬的，不过也不好再多说什么了，怕惹得儿子不高兴。

等婚礼那天，北星爹妈见着了大梁本人，才算放下心来。

陈陈因为生病加上天热懒怠，倒有好些日子没上北星家里去。北星妈念叨了好几回，让北星去接她。恰好她周末轮休，本来有一大堆的零碎事情要做，可架不住未来的婆婆这样一遍遍地催，老太太一片热心肠，比亲妈还亲，陈陈也不好意思不过去。

到北星家北房里静悄悄的，老头儿老太太恰好都不在家。西边屋子却是热热闹闹的，两个民工正在屋外和水泥，屋里传出叮叮咚咚砸墙的声音，二哥北林正里里外外忙着督工。陈陈看了吃了一惊，问北星这是怎么回事儿？北星悄悄把她一拉，笑说："看不出来啊，大兴土木为迎娶你呗！"

两人进了北房。陈陈说："不是说好不住这儿吗？我姐姐已经托朋友替我们找房子了。"

北星用胳膊圈住她说："我跟我爸我妈说了，他们不愿意我们住出去。"

陈陈挣开了北星的胳膊,不高兴地说:"什么叫你爸你妈不愿意?你应该问问我愿意不愿意。"

北星故作自艾自怜地说:"做个男人真不容易!"

陈陈扭过脸去不搭理他。

北星便哄她道:"其实我也想到外面住,不过家里也有家里的好处。我们住在家里,老头儿老太太心里高兴。"

陈陈还是赌气地说:"我不想住你家。"

北星仍嬉笑着说:"别'你家''我家'的,得说'咱家'!住在家里就算委屈了你,每个月我们至少还省一两千块的房租吧?再说了,你不会做饭,我也不会做饭,咱们在家守着老太太怎么还能吃口现成的吧?"

陈陈生气地说:"你就是图省钱,那要住出矛盾怎么办?"

"绝对不会。"北星说,"你住在这儿就知道了,我妈不知有多疼你,她怎么会跟你闹矛盾呢?"

正说着北星爹妈从外面回来了,大包小包买了不少菜。北星妈放下东西用手背捶着后腰,满面笑容地对陈陈说:"去看了吗?正给你们拾掇屋子呢,看看去吧!"

陈陈笑得很勉强。北星赶紧拉了她的手过去看装修。

墙皮已经铲了,墙上的一溜美人儿一个不剩全被清除了。小玻璃窗也被拆掉了,四周又砸掉了些砖,房间里比平常豁亮了许多。从这个砸开的窟窿往里看,北星的小床上盖着旧床单,旧床单上还苫了一层报纸,报纸上面落满了碎砖屑和尘土。北林穿一身运动衫裤，也沾了一身的尘土。

北星妈走过来，满脸喜色地说："我让他们把这间房子好好弄弄，过几天再看，这屋就全变样儿了！"

北林笑着对他妈说："要不干脆把你们大屋也重新装修一下？"

老太太说："还是你们结婚那年跟着一起装的，算算也有六七个年头了。"

北林的媳妇晋丽在厨房里探出头说："可不是吗？塔塔都五岁啦。"又说，"妈您也别嫌费事儿，一只羊是赶，一趟羊也是赶，让北林多盯两天不就得了？我还想把房间重新装一下呢，就算借北星结婚的东风吧。"

北林听老婆这么说飞快溜了她一眼。

他妈看在眼里，说："我们屋这回不装，不添这个乱。"

晋丽知道婆婆什么意思，花钱是一桩，大家都装哪里还能显出新房的好来。想想这么一间小破屋子要说装不装修也的确没多大意思，不如等自己分了房子再说，便顺坡下驴道："那就干脆等我们塔塔结婚再跟着一块儿装吧！"

屋里屋外几个人全笑了。

装修后北星的房间焕然一新，墙上刷了淡紫色的乳胶漆，地上铺了深灰色的地砖，窗户换成了塑钢的，装了流行的百叶窗帘，还简单吊了一个顶，原来的节能吸顶灯换成了一盏捷克进口的水晶灯。除了窗帘有点儿不伦不类，很容易让人想到公

恋爱课 55

司或者写字楼,别的陈陈看了也说不出什么。

　　房间里的家具也全换了,不贵,却是时髦的款式和颜色。到结婚前一天李梅晋丽两个嫂子来替他们铺床,褥子、垫被、床单、棉被、鸭绒被、暖被、凉被、羊毛毯、蚕丝毯、床罩等等层层叠叠全铺了上去,把一张床垫得高高的。这些都是陈陈娘家的陪嫁,有的是她家里千里迢迢地寄来的,有的是陈陈自己转了一个又一个商场买来的。两个嫂子遵照婆婆的指示按风俗在里面藏些红枣、花生、桂圆、瓜子,取意"早生贵子",想一想又觉得太俗气,怕陈陈那么个时髦人儿觉得她们古板,又在床罩外面按着她的口味放了两个毛绒玩具,还特意让两个毛毛熊亲亲热热地相偎在一起。

　　两个嫂子相视一笑。

　　李梅从鼻腔里发出一声笑说:"瞧老太太那个高兴劲儿,好像一辈子从来没娶过儿媳妇。"

　　晋丽也从鼻腔里发出一声笑说:"北星是老太太的心尖子,新娶这个就成了家里的头一碗菜。"

　　李梅说:"新出锅的馒头——也就是这会儿最热乎!"

　　晋丽说:"说心里话我挺不理解的,现在也不像头几年大家脑筋不活泛,像她这么个年纪不大相貌也还算不错的女孩子怎么还愿意嫁到这么个破院子里来,真不知道她是怎么想的!"

　　李梅说:"不错啦,现在还能有四合院住,过不了几年说不定哗啦一下全拆光了,只能在电视里面看看了。再说嫁过来也亏不着她，你看老两口儿那股子上赶劲儿！"

晋丽说："老的是心甘情愿，就不知道小的领不领情了。"

婚礼那天杨家人人齐上阵，没一个闲着。北星一大早就陪着陈陈去了美容院，盘了头发，化了艳丽妩媚的新娘妆。两人回来换过衣服，装扮一新。大姐和大哥大嫂一早就回家来帮忙。这边北星爹妈和北林晋丽也早早地起来了，烹茶煮水，招呼接新人的车队，又打发人去酒楼看菜，就怕有什么不周到的地方（事实证明完全是多此一举，大梁早已经安排得妥妥当当）。塔塔难得见到家里有这么多人，个个衣裳光鲜，面带喜色，而且也没人管束他，不由兴奋无比，跑里跑外，一刻不歇。一会儿踢翻了花盆，一会儿弄湿了衣服，又添出几分忙乱。

酒席很热闹。除了大梁送的十桌，杨家又另加了二十桌，三十桌酒席正好把一个中宴会厅摆得满满的。婚礼中西合璧，或者说不中不西：新娘穿一身大红旗袍，开气儿高高的，下摆绣着一朵盛开的牡丹花，新郎穿一身闪闪发亮的银灰色西装，牌子和款式都是很有讲究的；酒楼的乐队用笙管箫笛胡琴琵琶等等演奏《婚礼进行曲》；新郎新娘讲恋爱经过之前先请双方领导和家长讲话；新郎新娘当众接吻改成了合咬一个用红丝线吊着的樱桃，不一而足。

除了新郎新娘最出风头的是吴文广，作为领导和媒人在短短的一个婚礼上他连着讲了两次话，好在他两番话不重样，前面是鼓励新人在事业上相互帮助，共同进步，后面则是祝愿新婚夫妇身体健康，幸福绵长。吴文广的发言好就好在用了许多含义丰富的隐语，字面上句句都是能上报纸的正经话，细细一琢磨后面都有名堂，微言大义，能让人产生丰富的联想，不时引起来宾们一阵阵会心的哄笑，比春节联欢晚会上的小品还要出彩。新郎新娘一次次地羞红了脸。

席间陈陈和北星又下去换过一次衣服，陈陈复古打扮，上身是大镶大滚的缎子红夹袄，下面是绣着花穗草叶的褶裙，北星是一身三件套的奶白色西装，有人笑话他们就像二三十年代土洋结合的夫妇。两个人一桌挨一桌敬酒，男客照例要新娘子给他们点烟，照例又是不让她轻易点着。北星公司里的一帮同事尤其闹，一定要听新嫂子唱歌。没办法，陈陈和北星合唱了一首。唱到一些煽情的字眼，他们便一阵阵起哄，唱完还是不肯放过。陈陈干脆放开了，又唱了几首。

年轻人这边开心，北星妈心里却不怎么高兴。歌里那些伤情的句子，她听着觉得在这样大喜的日子里唱不吉利，他们小年轻儿也没个忌讳，老太太脸上的笑容渐渐地没有了。大梁看在眼里，心里也有同感。等陈陈唱罢，他让酒楼的乐队再次登场，把平常席间助兴的曲子一个接一个一刻不停地拉。一顿酒席下来，听得宾客们一个个脑袋都嗡嗡的。

宴席结束的时候杨家的人簇拥着一对新人站在门口送客，突然有人轻轻拉了北星一下，他一回头，竟是小玉，不由一怔。小玉结婚的时候是北星爹妈做代表去赴的宴，所以这次的请柬也是寄给小玉爹妈的，当然也有避免两个人见面尴尬的意思。北星一点儿没想到小玉会来，而且小玉一只手还挽着一个长相相当不错的男人，很明显是她的老公。北星看了小玉的老公一眼，忍不住又看了他一眼，心里颇有一点儿不自在。小玉好像对此浑然不觉，她对北星说她爸爸妈妈出国旅游去了，所以他们就来了，到得晚了一点，错过了新郎新娘敬酒。北星只得做出欢迎的样子，还硬着头皮和小玉的老公握了握手。

有近一年没见到小玉，北星最大的感觉是小玉比以前漂亮多了，皮肤白白的，眼睛亮亮的，态度落落大方，穿得也十分雅致，很有几分成熟女性的风韵。尤其是她说话的样子娇娇的，也是以前没有过的，却一点儿也不显得做作，北星真弄不明白她这一手是怎么练成的。

和小玉说话的同时北星也一直暗中留意站在边上的她的老公，他不急不躁地等在一边，很耐心也很随和，态度悠然自得，一点儿也不局促，并且没有丝毫吃醋的迹象。北星不由觉得这个男人挺了不得的，很有城府，而且能看出来他对小玉非常疼爱。心想小玉命还真不错，遇到的这位绝不比自己差，心里不由酸酸的。

小玉把手里提着的一只彩色纸袋子递给北星，说："送给你的结婚礼物！"

她没有说"你们"，让北星心中一喜，显然小玉对他还是有情的。

席散回家，又有一帮子亲戚朋友跟过来闹洞房。说说笑笑天就黑了，又从馆子里叫了菜一起吃了晚饭，宾客们兴致很好，没有散的意思，北星妈就张罗着摆上两桌麻将。两桌显然不够，还有好些人闲着，于是又开了两桌。家里摆不下，一桌摆在文大妈家，一桌摆在侯大爷家，这两位除了是许多年同院住着的老街坊，也是成天在一块儿搓麻的老牌友。四桌牌一开局，牌声哗哗，笑语不绝。北星妈和两个嫂子穿梭走动，忙着往各个屋子端茶送水，院子里灯火通明，热热闹闹，喜气洋洋。

一对新人一直陪着，直到四桌牌全部结束。回到新房两人都已经哈欠连天，不过两人也都没有睡意。北星早就想看看小玉送他的是什么礼物，可惜一直乱哄哄的没有机会。这会儿趁陈陈忙着拆那些喜宴上收到的礼品，悄悄翻出了小玉送他的那个纸袋。里面就是几张 CD 唱盘，都是他们恋爱期间一起买的，也在一起反复听过。其中有一张是普罗科菲耶夫的《罗密欧与朱丽叶》，北星记起是他送给小玉的生日礼物。他清楚地记得那天刮着极大的风，是一个寒冷的日子，他骑车穿过大半个北京城去她家里，自行车几乎蹬不动，好几次他都想调头回家。等到了小玉楼下，他一眼就看到她穿了一件红色的小风衣站在马路边等着他，大风把她吹得摇摇晃晃站立不住。那天晚上他们搂抱着倒在小玉的小床上，听的就是这盘《罗密欧与朱丽叶》。他们在音乐声里亲吻拥抱，说了许多海誓山盟的话。不过他已经许久不去想这些了,都看作是前尘旧事,他甚至记不清楚那天小玉过的是多少岁的生日,十八岁?十九岁?二十岁?或者是她二十岁以后的某一个生日。他也已经有很久没听过这些音乐了,现在手上又拿着这张盘,一颗心顿时浸泡在惆怅之中。

北星正独自出神,陈陈叫他过去看那些东西。最多的就是酒具、茶具和花瓶,北星不由笑了,对陈陈说:"我们就是在一起过上十辈子恐怕也用不了这么些东西,除非开发它们的另一种用途。"他坏坏地一笑,"日后我们打起架来就把这些瓶瓶罐罐往地上摔,一定清脆好听。"

陈陈瞪他一眼:"乌鸦嘴!"

北星把一个桃红撒金薄皱纸包着的礼盒拿在手里,笑嘻嘻地对陈陈说:"猜猜,里面是什么?"

陈陈戏言道:"不会是奶油点心吧?"

北星还想卖关子,陈陈有点儿不耐烦:"什么了不得的好东西?我不看了,我要睡了,困死了。"

北星挺神秘地说:"看了保证你就不困了。"

他把包装纸一层一层拆开,是一卷刻在骆驼骨头上的春宫,比麻将牌大,边上打了小孔,像竹简一样用细麻线穿着。打开是一男一女在小河边柳树下戏耍,有穿衣服的,也有不穿衣服的,情态姿势各异。一幅幅图画和连环画相似,不过没有情节。春宫图上的女人长得很娇美,表情很淫荡,男人长得很健壮,阳具极粗大,画面上的性事相当夸张。陈陈只瞄了一眼立刻用

恋爱课　61

手把眼睛一捂说:"这么淫秽的东西也拿出来送人,真恶心!"

北星乐滋滋地说:"这才叫体己东西呢,你不懂。"

陈陈问他:"是谁送的?"

北星挺得意地一笑说:"你猜呢?"

陈陈说:"不会是什么好人。"

北星说:"文广送的。"

陈陈哼了一声说:"我早就知道吴文广不是个好东西!"

"可别这么说,文广除了是我表哥,他还是我老板,况且还是咱俩的大媒,除了送春宫,他还送我们一个大冰箱呢!"

一对新人在床上躺下已经是下半夜了,整个院子灯黯人寂,秋虫唧唧一片地鸣唱着,有一种秋凉浸骨的静谧。月亮像街上的路灯一样明亮,黄澄澄的光从百叶窗帘外面漏进来,把桌上一只玻璃花瓶照得亮晶晶的。

经过了前期的亲热,北星把陈陈搂抱在怀里,附在她耳朵上求她像骆驼骨牌上那样做一回。陈陈不肯,放下脸儿说:"想什么呢,你当我是鸡呀?"

新婚之夜,不便强求,北星只好作罢,心里很不尽意,有一种说不出来的惘然若失。脑子一转便想到了小玉——这个时候想到小玉,他自己都不由暗暗好笑。

洞房花烛夜的欢爱草草了事。两个人总算成了夫妻,却毫无过渡地就成了老夫老妻。

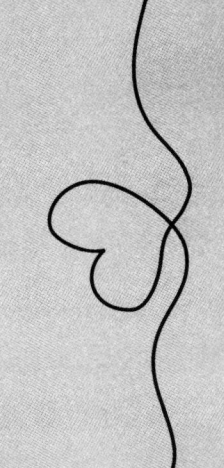

第二章

一家之主

围绕一个「吃」字

将就将就吧

会做人也是一门学问

一家之主

在这个家里，北星妈是当家人，一家之主，也最知道看人下菜碟子。陈陈一嫁过来就看出来了，北星爹尽管脾气大，遇到事情咋咋呼呼，但他只是动静大，真抓实干的还是北星妈。平心而论，婆婆和公公对她都挺不错，陈陈心里也明白公婆事事把她放在前头是因为沾了北星的光,跟他们宠爱北星分不开。北星对她当然没的说，新婚丈夫做得有模有样，处处护着她、哄着她，连她去上厕所都不离左右地陪着她。北星不仅自己做得体贴入微，对他的爹妈也要求甚高，如果老两口儿做得不合他意，他就会把小脸儿拉下来，如果超过了某个限度，他还会对爹妈发发小脾气。老两口儿对这个小儿子纵容惯了，娶了媳妇还一样由着他。好在他们对这个小儿媳非常地称心如意，也是怎么看着怎么好，因此吃的喝的冷的热的处处把她奉若上宾，真比亲生的孩子还要亲，陈陈就是在自己家里也从来没有享受过如此的待遇。

不过陈陈在北星家里过了一段，却发现这个家跟她原先想象的很不一样，甚至跟她结婚以前来走动时留下的印象也大有出入。就好像以前是远远地眺望一座山，看见的只是轮廓和颜色，即使偶尔走近，看见的也都是游山时看到的好看的景致。现在不一样了，她就身在此山中，原来看到的轮廓、颜色、好看的景致反而都看不见了，每日感触到的完全是另外的一些东西。陈陈也说不出是好是坏，总之是真实了许多，切肤了许多。

从前陈陈上门，是老杨家的一件大事，北星的爹妈甚至为了她专门换上体面的衣服，言谈举止也相当注意，见面就像大年初一见到一样一团喜气、和蔼亲切，连北星都觉得他们无可挑剔。老爹老妈通过自己的一言一行展现出一个京城普通百姓家庭的和睦温馨，远比电视里播放的那些节目更加感人至深。如今经过一番忙碌，儿媳妇娶回家了，煮熟的鸭子轻易不会再飞了，他们也就自然而然恢复到了原来的样子。既然成了一家人，再端着拿着没必要，那样反倒是见外不亲切了。北星的爹妈不拿陈陈当外人，所以在她面前该怎么样还怎么样。

老头儿老太太有一个共同的爱好就是喜欢打麻将，退休一晃小十年，这小十年就没断过搓麻，差不多到了日日不息风雨无阻的地步。每天中午饭一吃完，两个人就匆匆去前院了，或者就是中午饭还没有吃完，那几个老牌搭子就过来候着了。有的时候人多了，又不够开两桌，老两口儿就争相上桌，互不相让，免不了还要嚷上几句。一般是一个打前四圈，另一个接后四圈，有时北星爹主动让贤，让老伴儿一人尽兴。但他不上桌，不等于他不对这把牌发表意见，所以有他坐在后面看牌就有热闹了，先出哪张、后出哪张，留饼还是留条，打大还是打小，他都要参与意见，因此老两口儿随时都有可能吵起来。牌友们是见怪不怪，都一起摸了十来年了，彼此的脾气早摸熟了，他们相互贬损也好，恶语相加也好，再怎么吵也没有一个人出来劝解，正好趁这工夫专心算自己的牌。有时桌上坐着的另两位恰好也是夫妻，常常两家各吵各的，互不相扰。陈陈看了甚觉可笑。

每天牌局结束差不多已是黄昏时分，老两口儿一般还要坐在一起切磋一番牌艺。假如他们兴高采烈得意扬扬地论说"拆了二三条单等孤张卡五条，最后还给我等上了"，或者"我和的那个一饼是海底捞月，运气到了挡都挡不住"，那么肯定这一天是赢钱了；如果输了，一个会说另一个"三六九万等不上一个，你真是背到家了，下次趁早别上桌了"，或者"我让你掰风头你偏不听，单留个'发'字顶屁用，还以为留发就真能发哪"，那么这一天一定结局不妙。两个人起先还能心平气和地论牌说理，说着说着就不说牌也不讲理了，气也粗了，脾气也暴了，出来的话也难听了。

北星爹说："在牌桌边上坐的年头倒也不短了，不过我看你还是没有学会打牌。打牌讲究一个字就是'算'，你是来的就是你们家亲戚，哪张牌都不舍得放，最后耗子掉进米缸里——和屁去！"

北星妈说："就你行，怎么你上桌就没什么开壶（和）的时候？你就是嘴上功夫好，人家是'眼里没活'，你是'手底下没活'，就你那两下子也能叫会打牌？你是高射炮打蚊子——可惜不对路子。我不说你罢咧！"

北星爹说："我讲的是技术，你别用和牌不和牌来扯。"

北星妈说："和不了牌要那狗屁技术干什么使？不行就是不行，别说那虚头巴脑的扯淡话。"

北星爹说："是我不行还是你不行？你自己算算吧，是我输得多还是你输得多？"

北星妈说："我输了不像你急赤白脸。"

北星爹急了："到底是我急赤白脸还是你急赤白脸？我操你妈的！"

北星妈也急了："你是自己瞧不见自己一张猪肝脸，你还骂人，我操你奶奶的！"

通常都是要骂到这个火候上才肯收场。不过老两口儿有一点好，就是为了牌局无论怎么吵，吵过之后就跟夏天下过雷阵雨一样，雨过天晴，两个人神清气爽，该干什么干什么。

到第二天说不定又如此这般再来一次，成了这个家里上演不休的节目。

陈陈渐渐也习惯了，公婆在北房里祖宗八代地相互痛骂，她可以静静心心地在自己屋里做自己的事情，一点儿不受影响。不过她心里终究还是觉得公婆这样破口大骂，都是上岁数的人了，动气伤肝不说，也实在有失体面，邻居听了像什么样子？真是很替他们难为情。她自己不便出面说，悄悄让北星劝劝他爹妈，相互留点儿面子。北星说："他们从来就是这个样子，大半辈子都这么下来了，随他们去吧，管他们做什么？"脸上却是讪讪的。陈陈一笑，也就不再多说什么。

　　北星爹妈上牌桌也不纯粹就是娱乐，麻将桌实际也是一个交际场所，交流信息，互通有无，有时候起的作用还不小。当然最通常的还是一边出牌一边谈些家长里短，娱悦身心，增进健康。比如"李大妈买回来十斤鸡蛋，打开里面尽是沙子"，"老于在商场抽奖抽着一台电视"，刺激一点儿的比如"后头小王媳妇带人回来睡觉让小王给堵屋里了""对面小区听说有人入室抢劫，抢完之后还在人家又吃又喝住了三天"等等等等。北星爹和北星妈对诸如此类的社会新闻和道听途说的无稽之谈都相当感兴趣，听了回来在饭桌上再原原本本讲给家里人听，抛砖引玉，再搜集了新段子带到麻将桌上去说给麻友们听，乐此不疲。更多的时候老麻友们也就是说说闲话儿,除了张家长李家短,不过是些东拉西扯有一搭没一搭的话,有的时候这个人起了个头,那一个人就给岔到不知哪里去了。有的时候一个人想说一件什么事,还没说上两句正题,连自己都不记得自己想要说什么了。人老了就是这个样子,脑子一阵清楚一阵糊涂。不过北星妈却不这样,她一直是头脑清爽,精明强干,一是一二是二,多少年前的事都记得十分清楚。跟北星爹比老太太明显胜过一筹,尤其是在搓麻的时候,她耳朵和嘴巴都不闲着,脑筋也格外活络好使。老头子不留意的她留意,老头子不琢磨的她琢磨,还真在麻将桌上办成过好几件事情。所以在儿女们心目中老太太的威望很高。

　　杨家四个孩子,只有北林一个在国家机关上班,他在一家报社做校对,尽管工作兢兢业业,但因为人过于老实本分,错过了一个又一个提拔的机会,冷板凳一坐近十年,看来还要继续坐下去。早两年北林就想辞职不干了,想和朋友合伙开个书店,有一阵又想开家茶艺馆。他爹一听就急了,冲他一通嚷嚷。老头子说:"你好端端捧着国家单位的铁饭碗,旱涝保收,多少人想进还进不去呢,干吗自己去打碎它?别以为做生意就能赚钱,赔得裤衩都不剩的有的是,你得先看看自己是不是那块料!"北林挨了老爷子当头一棒,渐渐把这个念头打消了。但是他媳妇不答应。本来是夫妻两人商议好的,让他爹几句话就把一盆火给扑灭了,晋丽的脸色便很不好,时不常不咸不淡地给自己老公两句，埋怨他混得不如别人，钱挣不多，房子分不着，人家吃肉在边上连汤都喝不上，想腐败也捞不到机会。晋丽从来不叫不嚷，说出的话却是句句软中带硬，绵里藏针。她出身书香门第，父母都是大学教授，下嫁北林已经有些委屈，结婚这么多年北林也没有混出个人模人样，本来以为和父母挤个一年半载就能分到房子，结果一住孩子都五岁了。北林在老婆面前便有一点儿挺不直腰杆，平常连去岳父岳母家里都不那么理直气壮。

有一天老太太在牌桌上听文大妈说起她有一个侄儿最近荣升了区人民政府办公室主任，心里不由一动。文大妈丧偶多年，子女要不在国外要不在外地，都不在身边。孩子们接她她不肯去，乐得一个人在家过清闲日子。平常有一个外甥女常上门来看望她，帮她买买东西，做些事情。不过文大妈很要强，自己能做的尽量不麻烦别人。北星妈和文大妈向来彼此挺照顾，一个院里住了二十好几年的老街坊，谁有不便谁都会主动搭把手。自从听说文大妈侄儿坐上了这么个高位，北星妈对文大妈更加关心体贴。家里隔三岔五做了好吃的就端一大碗送到文大妈屋里，买菜也经常捎带手儿给文大妈带一点儿。文大妈本来就吃不多，一个人做饭一样买、洗、煮啥都省不了，有北星妈照应她，真省了不少事。有几次文大妈头疼脑热，北星妈更是嘘寒问暖，忙里忙外，替文大妈端汤递水，把她服侍得就像自己家里人一样。

文大妈也是个心里极有数的人，"人敬我一尺，我敬人一丈"，所以当有一天北星妈愁眉不展地跟她说起正替北林着急，便有心想帮帮她。不过既然北星妈没向她开口，她也不好主动去过问。

北星妈在家里对老头子说："北林的事我想托托文大妈，兴许她侄儿能有办法。"

北星爹说："他怎么能管到北林？他是区里的，北林是中直的，两个单位隔着山隔着水呢，我看你真是病急乱投医。"

北星妈说："我心里头也是这么想，不过要是他能给北林的领导打打招呼什么的，说不定三言两语就管用了。"

北星爹说："你这不是为难人家吗？我劝你趁早别忙乎！"

北星妈干脆利落地说："好了，这件事你甭管了。"

北星爹缓和了语气说："你要是托了文大妈，文大妈也跟她侄儿说了，人家不好办，或者压根儿不给你办，不也一样是白搭？"

北星妈说老伴儿："你没试试怎么就认定不行呢？成得了成不了去说说又怎么了？种高粱还有收不上来的时候，你还指望牌桌边一坐把把和啊。"

北星妈找个时候把这件事和文大妈一说，文大妈满口答应让她侄儿想想办法。文大妈说，这个侄儿跟她最亲，他肯定会当件事情去办。文大妈还问北星妈有什么具体点儿的想法，她好跟侄儿说。北星妈对单位的事情要说也不是知道得很清楚，平常北林倒是肯跟她聊，不过都是些细枝末节，现在要她拿大主意,倒差点儿把她给问住了。不过老太太有自己的见识,她想了想说:"要不给北林弄后勤那边吧,就说他搞校对眼睛受不了。"

从前她上班的时候就在单位的食堂干,知道食堂就是归后勤管,她想怎么样后勤总比校对有油水吧。

没想到的是没过多久事情就真的成了,北林被调到了报社办公室。尽管管的是报社众人的吃喝拉撒睡,一天到晚忙的尽是杂事,但跟领导近了,也有机会直接侍候头头脑脑。几个月之后他当上了办公室副主任,成了副处级干部。待遇自然而然也就上去了,何况手里还有些实权,跟当权的领导又说得上话,与人方便的时候自己也日渐滋润了起来。

北星妈和文大妈的感情也因此更加深厚。

尽管两个老太太有说不完的知己话,在陈陈眼里婆婆和文大妈并不是一路人。

文大妈微胖,长着一头漂亮得少见的白头发,面色白皙红润,几乎没有皱纹,完全不像她那个年纪的人。她喜欢唱戏,京剧、昆曲、越剧、黄梅戏到评剧、梆子样样都能来上几段,至今还是街道上难得的文艺人才,登台演出总能捧回奖状奖杯。文大妈生活讲究,是一个会享福的人,什么时候首先都是把自己弄得舒舒服服的,也从来没见她着急上火。她花钱大方,而且有足够的钱可花。大家都说文大妈是一个有福的人。

相反北星妈却操心劳碌得多,关键是她也喜欢操劳。在家里她事必躬亲，不经过她的手她总是放心不下。她和文大妈同岁，脸上的皱纹已经像核桃壳上的纹路一样深了。每天文大妈喝起床茶的时候，北星妈已经把菜买回来还做好了一家人的早饭；文大妈笑眯眯地和邻居谈谈说说的时候，北星妈正忙着洗涮烹调；文大妈靠在真皮沙发上津津有味地观看电视连续剧的时候，北星妈还得给小孙子洗洗涮涮哄他睡觉。除了一把麻将是两个老太太的共同爱好，她们实在没有更多的共同之处。

陈陈认为从根本上说婆婆是一个劳动人民，劳动人民的一大特点就是能吃苦，再辛苦的钱也挣，而且大钱小钱都想挣。所以每天上午是北星妈最忙碌的时候。早饭做完就得忙午饭，除了做自己家里人的饭，她还要给家前屋后几个父母上班路远回不来的孩子开"小饭桌"。这也是她比较稳定的一笔收入，每月至少也能净挣几百元。不过挣多挣少她从来不说，在孩子们面前只说挣俩零花钱吧，在老头子面前却是一副洋洋得意的面孔，就像发了大财一样。结果几个孩子都觉得老太太没有说实话，老头子却嘲笑她从小饭桌上挣来的钱说不定还不够她到麻将桌上去输的。北星妈听了只是抿嘴一笑。他们猜不透她，她越来劲儿。

"小饭桌"之外，北星妈在挣钱方面还有一个较大的举动就是炒股。行情好的时候老太太一空下来就往证券交易所跑，去那儿看电子大屏幕，听股友们传递一些捕风捉影的利好消息。其实老太太连 K 线图都看不太懂，她能从股市获益全亏了背后有一个高参秋林。

秋林是她的一个表侄，经济学博士，资深财经分析师，经常以嘉宾的身份出现在下午三点半电视台的股评节目里。无论牛市、熊市，他同样出镜频繁，谈股论市，鞭辟入里。股市行情好的时候上街经常会被爱看电视的股民朋友认出来。他的粉丝们见到他的惊喜劲头有时就像球迷见到球星一样，不同的是没人找他签名，而是都想跟他谈股，比如向他打听某某股后市如何，某某股是不是进货时机，某某股已经被套，是等着解套还是赶紧割肉，等等。只要有人找他说话，秋林从来不会像那些傲慢的人一样转身走掉，而是有问必答，不厌其烦，自己的事倒常常耽误了。从小他在家里就有个绰号叫"呆子"，杨家人背后也都这么称呼他。一茬孩子当中，就他最好说话，人也最厚道。跟他相反的是吴文广，机智聪敏，猴精一个，用北星妈的话说他是个"蹚着水走也能不湿鞋的主儿"。他也有一个绰号，叫"油子"。如今"呆子"成了著名财经分析师，"油子"当了老板，都比杨家哥儿几个有出息，真是好果子偏偏都长在别人家的枝头上。

但是无论"油子"还是"呆子"，要说对杨家都挺够意思，当然这也跟北星妈会做人分不开。从前大家都穷的时候，只要有亲戚家的孩子上门，不管远近亲疏，北星妈都会倾其所有给他们做一点儿好吃的，其实也不过就是一碗汤面，里面顶多有一到两只荷包蛋，如果再有几根肉丝简直就是盛宴了。有时候她会往他们手里塞一两块水果糖，也都是虎口夺粮从自己孩子嘴里省下来的。到春节小辈们上门拜年，再穷也总有压岁钱给他们，哪怕只是一块两块。因此北星妈在亲戚之间有"大方"的名声。尤其是秋林，家里弟兄六个，父母又都是有事业心的人，对孩子粗枝大叶，每天他们谁吃了谁没吃做爹妈的都不清楚，晚上熄灯之前顶多就是床上数一数脑袋或者床下数一数鞋子。秋林性格内向，排行又夹在当中，父亲母亲常常无意间就忽略了他。倒是表婶心里还有他，记得上中学的时候她看他的书包破得实在不像样子，省下油盐钱买了一个新书包送给他。秋林考上大学，表婶又送来了脸盆和暖壶，而他自己的亲爹妈竟然没想到这些也是需要自己家里准备的。尽管点点滴滴都是小事儿，但秋林记在心里，看股市行情不错就来劝表婶入市。他亲自领着她去开户，又教会她如何用磁卡和通过电话进行交易，还把自己听来和分析得出的最可靠的内幕消息告诉她，算是知恩图报。

秋林可靠的消息准确的判断再加上老太太自己蛮不错的运气，自从入市起按秋林指点买进卖出的股票竟一次也没赔过。起初北星妈只投了一万块钱，一个月之后就变成了一万二。眼看着鸡生蛋、蛋生鸡，不由对这个神奇的股市充满了兴趣，也充满了信心。兴奋之余又从北疆那里悄悄拿了五万块钱投了进去，一年之后净挣了一万多，比存银行拿利息明显要多得多。

股市里的盈亏和在麻将桌上的输赢以及小饭桌的收入一样，

恋爱课　75

老太太对家里人也不肯说实话，连北星爹对此都弄不太清。老头儿从来是不当家不管柴米油盐，乐得清闲。对老太太的私房钱最感兴趣的是大的和二的两个儿媳妇，没少在背后替老太太七七四十八、八八六十八地计算，两个儿媳都在自己丈夫面前说老太太越有钱越抠门儿。

大儿媳李梅恼火的是婆婆自己小金库的钱不舍得拿出来用不说，家里有额外用钱或者要用大钱的时候准会跟北疆要，名义上是借，可从来没见她还过。而北疆只要他妈开口，即使自己手头不富余，也会想方设法凑齐了给他妈送去，从来不会有半个"不"字。

平心而论，在杨家的几个弟兄当中，北疆挣得确实是比他们多，但他吃的苦也一样比他们多。他挖过煤、烧过锅炉、做过搬运工、当过司机，还做过其他一些七七八八的事情。现在他还是开车，替一家食品公司送货。送货之外北疆有一手就是倒腾古玩。他有过一段和朋友一起伙货，低价买进，高价卖出，有点儿和做股票类似。后来做放开了手，开始卖假，因为这才来钱快。古玩行里以假充真、以假乱真的事情极多，比如以复制品充真品，以朝代靠后的充朝代久远的，残破的可以修复完整，没锈的可以做锈，没字的可以镌上文字，没有花纹的可以刻上花纹，瓷器可以做后挂彩，字画可以临摹，还可以做假御题、落假款等等，不一而足，而且成年累月制作出来的赝品早已充斥市场，让人难辨真假，非行家里手都极难鉴定，即使遇着一两个识货的真佛,也还有看走了眼的时候。这个行当里有句话叫"买主看真,卖主看假",既然真货假货鱼龙混杂,你不识货买了假东西那是你活该。自古就有古董商把赝品放在王府显贵或者名人雅士手里出售,做了圈套让人钻,就为能卖一个高价。所以骗人在这行的行规中不禁止,也不认为可耻。当然到了北疆这儿没这么些讲究,他只认为这是赚钱的一条路。既然大家卖的很少有真货,那么比的就是嘴上功夫和骗人的本事。北疆长得一副老实敦厚的模样,大高个,国字脸,皮肤黝黑,态度诚恳,话不多,但说起谎话滴水不漏,常常一蒙一个准儿。

北疆做这件事只有他老婆最反对。李梅三番五次对他说真没必要挣这种昧心钱,说不定哪天就让警察给逮了,太平日子就算到头了,真到那时后悔就太晚了。北疆对老婆的话听不进去,他说我要是让逮起来你们不会走走门子塞点儿钱,不就出来了?他总挂在嘴边的一句话:"我不挣你们花什么?"这个"你们"自然还包括了他爹妈,所以李梅一听便有气。而他爹妈只要大儿子拿钱回家永远是喜笑颜开,从来不问问这钱来路正不正,干净不干净。老两口儿明知道儿子在外面干这个,从来也没动嘴劝过他一回,李梅觉得他们心里根本就没有这个大儿子,她这个大儿媳当然也就更加说不上了。她在背后恶狠狠地数落老公:"你就是做鸭子拉皮条只要能挣钱你老爹老娘也不会管!"北疆很无所谓,根本不理老婆挑唆,对老头儿老太太该怎样还怎样。李梅认为他是执迷不悟,一味愚孝,话也就更加多起来。

以前北疆给他妈钱不管多少还会跟老婆说一声，后来实在是被她烦怕了，两个人还为此大吵过几架，就再不对她说了，问他也是满口谎话。说谎本来就是他的强项，李梅拿他没办法。想到老公起早贪黑辛辛苦苦而且冒着很大的风险挣来的钱都送到了他老娘手里，李梅心里又气又恨。

　　二儿媳晋丽不高兴的是婆婆手里不缺钱，每月还要让他们交六百块钱的伙食费。六百块钱确实也不算多，单过没准还花不下来。可是晋丽这六百块钱交得心里不痛快，平常自己也不少给这个家里买东西，比如牙膏、卫生纸、洗衣粉、洗发水、沐浴液等等，单位里发的鱼呀，油哇，水果，饮料等等，都是拿回家全家一块儿享用的，偶尔还给家里添点儿大东西，比如微波炉、影碟机、电取暖，也从来没跟公婆算过钱。有一阵子她赌气什么也不买了，等快用到弹尽粮绝的时候婆婆就去买。一样也是牙膏、手纸、洗衣粉，婆婆买的都是早市上最便宜的杂牌货，有的干脆既没牌子也没出厂日期和厂家地址的地地道道的"三无"产品。婆婆一辈子节省惯了，买任何东西都贪图便宜，觉得一样是用，好赖都差别不大。而婆婆眼里的"差别不大"，在晋丽眼里却是"差别很大"，婆婆买回来的那些日用品，晋丽一眼也瞧不上。不过她也长了个心眼儿，再买了只放在自己屋里用，单位发了东西也自己留起来，或者送到娘家去。婆婆看在眼里，却只做不知。

围绕一个"吃"字

星期天杨家向来有全家聚餐的习惯，前一段为迎娶陈陈，兰兰、北疆、李梅时常回家来帮忙，顺便就在这边吃一口，正儿八经的聚会倒是好久没搞过了。北星爹是个好热闹的人，最喜欢一家人聚在一起吃吃喝喝、说说笑笑，星期天一大早就催着北星妈去买菜。恰好北星和陈陈难得早起，老两口儿便带着小两口儿一起去逛农贸市场。

北疆顺路把李梅送回家来，说要送货，自己开车又走了。

北房锁着门，静悄悄的。李梅往厨房一看，油乎乎的窗子后面，晋丽正在忙着什么。她蹑手蹑脚走进去，把里面的晋丽吓了一大跳。

李梅和晋丽一直面和心不和，陈陈嫁过来之后妯娌两个话才渐渐多起来。李梅总觉得自己没得过婆家什么好处，反而总是贴补婆家，而晋丽一结婚就住在家里，沾了婆家不少光不说，婆婆还总偏着她。晋丽觉得李梅这个人太俗气，心里就不太瞧得起她。另外，婆婆不待见李梅，也让她在这个家里没位置。

平常李梅有意无意喜欢表现得像个有钱人，话里话外总流露出自己花钱不在乎，喜欢炫耀一下自己时髦的生活方式，比如周末跟同事去了郊外度假村，跟朋友逛国贸了，去某某酒楼吃海鲜了，去三里屯泡吧了等等，显得她比这个家里的人优越。公公婆婆苦省了一辈子，一来不高兴李梅这么糟蹋钱，二来生气她大手大脚花掉的都是他们儿子苦苦挣来的血汗钱。北林和晋丽都是本分的工薪阶层，平常也都量入为出，尽管并不是十分节俭，却也从不奢侈浪费，所以李梅一说起自己花了多少多少钱买了什么什么，他们总是不怎么搭腔，心里也免不了酸溜溜的。只有小叔北星对她说的高消费的那些事情不大往心里去。

李梅却不管他们怎么想，也不在乎他们脸色好不好，或者就是故意要刺激他们，转脸又说起自己花了八千八百块钱在一家美颜中心包了金卡，婆婆一听脸就黑了。婆婆说她："不就是洗把脸吗？用得着赁费钱！"背着李梅婆婆这样说："说半天也就是吃饭喝水穿衣那点子事儿，就她跟别人两样些。"还说，"也别国贸不国贸了，再好的衣服穿到她身上也没个好样子。我看她越捯饬越走样儿，还不如本色一点儿让人看得还顺眼些。"

李梅的好处是非常勤快，眼里有活儿，一回家来不用吩咐家务就上手了,一边扫地抹尘,一边已经把饭做好摆到桌子上了。可是婆婆还是看不上,总挑剔她做活儿粗。要是李梅擦地,婆婆会说:"李梅啊,你擦过的地方怎么还起毛啊?"李梅炖鸡,婆婆揭了锅盖一看说:"一只鸡四仰八叉躺在锅里多不雅相,没见过别人怎么炖鸡啊?翻翻个儿知道吗?"要是换了晋丽,婆婆从来不挑理,要是换了陈陈,婆婆甚至还会劝她放下让自己来。好在李梅脸皮厚经得住说,她只恨婆婆一碗水端不平,却不是个记仇的人,过了一会儿就全丢在了脑后,又"妈"长"妈"短地围着婆婆转。弄得老太太没辙,人前人后总夸她:"我们家李梅最皮实!"

晋丽和李梅不一样,晋丽会做人,平常也是快人快语,心里真正的喜怒却很少做在脸上,头脑远比李梅灵活复杂。家里的事只要与她无关,她都不置一词。尤其是那些明摆着不讨公婆喜欢又非说不可的事情,她也都是让老公出面去说。结果在公婆眼里晋丽反而成了一个温顺和气识大体顾大局的人,对她也自然比对李梅不同。没想到的是北星娶了陈陈之后,公婆的兴奋点迅速转移,工作重心也一下子转到那边去了,晋丽不免有点失落,心里也颇为不忿。

晋丽见李梅进来,摔摔打打地说:"你看这个家是不是越来越像段子里形容的政府食堂了:要紧的人吃啥有啥,不要紧的人有啥吃啥,末茬儿的吃啥没啥。我们成了末茬儿的了。"

晋丽乒乒乓乓把几只锅盖都揭开给李梅看,一只锅是空的,

恋爱课 81

一只锅里是小半锅尚有余温的玉米粥，蒸锅里就剩了一个馒头和半个肉卷儿。

李梅看了咧嘴一笑没说话。她想这回晋丽大概是真被气着了，说话也不像她平常那样藏着掖着了，心说这不过是刚开个头，你们好日子还在后头呢。

晋丽没好气地把锅盖扔回去，对李梅说："你说得真对，咱妈的心长偏了，连她的亲孙子都不管了，塔塔的牛奶和鸡蛋一样也没有，真不知道她老人家成天都操的什么心！"

李梅听了心里越发觉得好笑，心说我说婆婆偏心是偏你们，你倒会拣现成话说！嘴里却说："我不是说了，老两口儿就好像从来没有娶过儿媳妇，他们结婚那个排场，他们老杨家也是破天荒了。我说句不太好听的，花的都是老头儿老太太兜里的钞票，拐了弯儿说不定花的是谁的钱呢！我们结婚的时候有什么？我那会儿就不说了，谁让北疆是长子，那会儿家里又穷得叮当响。到你又怎么样呢？也不过就是亲戚朋友吃顿饭，摆了两桌就算解决了，那才花几个钱？难道我们两个就这么不如她？也就是我们不计较罢了。我看以后他们养老没咱们什么事儿了，就让老两口儿靠着小两口儿得了。"

晋丽冷笑道："趁早别想那么美的事儿，老的对小的说不定还是剃头挑子一头热呢，你说的这话，我怕我是见不着那一天了。"

李梅口气体贴地说："要我说你们还不如干脆住出去算了，

塔塔也大了,没必要再跟老头儿老太太腻在一块儿了。"

晋丽听这话却觉得不顺耳,她知道李梅一直觉得他们吃住在家里讨了大便宜,婆婆还帮着他们带孩子,这话自然是既讨好又挑拨。不过李梅那副神情,却是十二分地真心。晋丽便实话实说道:"其实我早就想搬走了,北林那边最后一批福利分房都说过好几回要放榜了,等分到房我们马上就搬走,一天都不会在这儿多待的。"

北林走进来,见妯娌两个说得正热闹,他跟李梅打过招呼,问晋丽:"怎么啦?说什么呢?"

晋丽指一指水槽里一堆用过的碗碟,没好气地说:"瞧瞧人家大吃大喝的,给我们就剩这些!"

北林没说什么,拿了锅碗转身出去了。北房里立即传出他很响的喝粥声。

李梅一笑说:"你们北林真好说话。"又说,"跟他哥真是一模一样。"

北星妈领着北星和陈陈在农贸市场上转了一圈又一圈,买了鸡,买了鱼,买了豆腐又去买蔬菜,一样一样她都是精挑细拣,不厌其烦,还为了几毛钱和摊主讨价还价,买完东西还一样一样拿到公平秤上重新约一约斤两,如果分量不足她还回头去找,当然少不得再费一番口舌。北星爹受不了老伴儿的磨缠劲儿,转身去看摆地摊的下棋了。陈陈跟着婆婆心里也很不耐烦，觉得婆婆为了一两毛钱去跟小商小贩争来争去，实在是没必要，也挺不好意思的。可是婆婆却兴味盎然，一路走一路还絮絮地向她传授经验。

农贸市场两边的简易棚子里排满了肉案子，地上到处泼了脏水，尽管已经深秋了，苍蝇还是飞来飞去，不断撞到人的脸上身上。市场里到处都是挤来挤去的人，小贩的吆喝声不绝于耳。陈陈拉了拉北星的手，悄悄问他："你妈还有完没完啊？"

老太太刚好转过脸来，招呼陈陈说："过来，就这个肉摊的肉和骨头最好，比别处卖得还便宜，你记住这个摊儿，就买他的东西。"

她领着他们挤到肉案边，精挑细拣选中了一块五花肉。摊主正举着一把磨得雪亮的刀在剁排骨，血水和碎屑一直飞到陈陈的脸上。

买完菜大包小包提回家，李梅从晋丽屋里迎出来，亮开嗓子故作惊讶地说："哎呀，新郎新娘一大清早就出门买菜啦，多不敢当，赶紧歇着吧，让我们来！"

陈陈很不喜欢李梅高声大嗓的大大咧咧劲儿，也不喜欢她这个人。其实李梅对她一直挺不错，除了结婚时送了他们两千块钱一个红包，还总有一些时髦的小东西送给她。李梅从来没得罪过她，可她看李梅总觉得有点儿不对劲。她也说不清为什么，就是觉得她说话太顺着你，笑容也过分地讨好，反而有点儿远着她，不愿跟她太亲近。

今天一碰面李梅情绪就这么高，老太太心里隐约感到她是不是又要"作"了。她淡淡地说："我领他们去菜场看看，以后自己也要过日子，两个人都不会做饭怎么行？"

李梅还是满脸笑容拣好听的说："那就跟着妈呗，妈做饭最好吃了。"

北星妈说："再好吃也不能跟妈一辈子吧？"脸上一层薄霜一下子化开了。

李梅又转过来笑眯眯地对陈陈说："咱妈做菜真是一绝，你没吃过妈做的炸酱面吧？一样的东西，到她手里就不一样了，我在哪儿都没吃到过咱妈做的那味道。"

老太太笑说："我就是自己瞎琢磨，哪有李梅说的那样好！我的炸酱面不过就是比外边做得细致点儿。炸酱是两合水的，一半面酱一半黄酱，放油炸得透透的，一点儿没有黄酱那个酱油子味儿，带着面酱的酒香味儿，也不太甜。炸酱里的肉丁儿要用硬肥硬瘦的后臀尖，那样才不油也不柴。菜码儿是切得细细的黄瓜丝、萝卜丝、莴笋丝、鸡蛋薄饼丝，切得碎碎的青蒜、香菜、葱花，再加上豆芽儿，青豌豆，面押得细细长长，放点儿香油，才好吃。"

陈陈叹说："讲究真多！"

李梅说："妈还没跟你仔细说，还有呢，面过水用的水必须是井水，还要是甜水井里的水，如果手边没有井，还得找地方现挖一口去——这口面条子吃到嘴里要说也真够不易的。"

老太太听得哈哈大笑，那几个也一起笑了起来。

北房里的笑声让晋丽心里很不舒服，尤其是李梅刚刚还在她面前说婆婆和小两口儿，他们娘儿几个一到家又屁颠屁颠跑前面承欢拍马去了，晋丽觉得这人真没品，也有点儿后悔刚才跟她说了几句掏心窝子的话。晋丽一个人冷着脸在厨房里洗涮，故意把锅碗瓢盆弄得动静不小。婆婆听见了，叫她，她也不理。

婆婆问李梅："晋丽怎么啦？谁惹她了？"

李梅笑着说："不知道，刚才还好好的呢，谁会去惹她？"

桌子上七碗八碟刚刚摆出来，兰兰的儿子大豆拖着鼻涕从外面走进来，人也不叫，一屁股就在桌边的椅子上坐了下来。李梅正端菜进来，见了说他："哟，大豆子，来得倒是时候！是不是闻着香味儿就撞进来啦？你还没叫人呢。"

大豆长得胖墩墩的，脸大额小，典型的一副弱智相。今年十五了，小学里的算术题还算不利落，是兰兰的一块心病。

李梅一说他，大豆便瓮声瓮气地叫了一声"姥爷"，又叫了一声"姥姥"。

李梅说："还有我呢？"

大豆瞥她一眼，没理她。

正好塔塔从外面连蹦带跳地进来，李梅口气温和地叫住他："快别跳了儿子，一会儿就该吃饭了，瞧你疯得一脑袋汗，回头又该感冒了。"她一把将塔塔拢在怀里,抱起来亲着他的小脸蛋儿说,"小宝贝,你还没叫我呢吧?"

塔塔马上甜甜地叫一声:"大妈!"

李梅把塔塔放下来,说:"好孩子,到大妈包里翻翻去,看有什么好东西带给你,别给你哥哥吃!"回头瞪大豆一眼,说他:"真是个二傻子,还不如个五岁的孩子呢!"

大豆马上耷拉下脸,一副被人说惯了的垂头丧气的样子。

北星妈在一边看了忍不住开腔说:"李梅你老逗他干什么?他那么一个孩子,在外头总受人欺负还不够,到家你还不让他消停一会儿?好歹他也管你叫大舅妈。一会儿他妈进来见他拉着一张脸又该多心了。"

李梅一声没吭,抱着塔塔出去了。

老太太转过脸来哄外孙子,柔声细语地问大豆:"昨天中午饭你妈给你做什么吃了?"

大豆说:"烙饼。"

老太太又问:"晚饭呢?"

大豆说:"烙饼。"

老太太说:"那今天早上呢?"

大豆说:"烙饼。"

老太太说:"你就认得烙饼啊?难怪你大舅妈要说你傻啊!"

兰兰提着一大包菜从外面走进来,接嘴说:"本来就是烙饼嘛,他哪里说错啦?"

恋爱课 87

她进门时刚好听见了她妈的那句话,正撞着心头的病痛,又看儿子拖着鼻涕痴呆愚顽的样子,不由恨恨地骂道:"真是狗屎上不得台面,你这遭人恨的东西!"

兰兰是这个家里公认的最命苦的一个人,三岁的时候就被结婚好多年没有孩子的叔叔家抱养,那时候弟弟北疆刚刚出生。可是抱去不久婶婶就怀孕了,之后一年一胎花插着连生了四个孩子,有儿有女不说,有一胎还是龙凤胎,再生下去都怕养不起了,婶婶干脆去医院做了结扎。叔叔家里一把弄了五个孩子,年龄相差又不大,到了上学的时候负担实在太重了,就又去和兰兰家里商量想把兰兰送回去。哥哥还好说话,嫂子却不乐意,说当初自己生不出孩子跟我们要孩子的是你们,现在孩子生多了又嫌弃我们,就是跟人家抱只小猫小狗养养还不能说退回去就退回去呢,何况她还是个人!不见得我们一家子就得围着你们一家子转。两家人为了这么一件事从此不再走动,妯娌两个碰了面都不说话。

兰兰仍在叔叔婶婶家生活,除了要带下面的几个弟弟妹妹,挨打受骂是常事。后来终于还是让叔叔婶婶打发回家了。回到家里自己亲爹亲妈疼是疼,可是在别人家里待了近十年,举止、习惯都是人家的,连长相看着都有点儿随她婶婶,爹和妈对这个孩子怎么看都有点儿不顺眼。再说后面又有了北疆北林两个弟弟了,回到自己家里的兰兰境遇差不多还是老样子。初中毕业她就主动报名上山下乡去了,一直到大拨儿回城的时候才回到北京。

兰兰长相一般,人又木讷,她妈说她是从小被婶婶打怕了。上山下乡那些年苦确实是吃了不少,上学、当兵、提干等好机会一个没落到过她头上,连对象也没搞上一个半个。回城之后她终身大事还是不顺,年龄偏大是一方面,性格也不随和,亲戚朋友给她介绍了十来个都没谈成,基本上见一面就完了。直到三十多岁才结了婚,丈夫也是回城知青,和她一样在厂里当工人。结婚第二年生了一个儿子,本来是件挺高兴的事儿,可惜儿子生下来大脑就有缺陷。

　　因为有这么个弱智儿子,兰兰的老公很早就辞了工厂的活儿去开出租车。因为决心下得早,赶上了几年挣钱的好时光。到后来出租车满大街不好挣钱的时候,他已经开起了一个修车行。口袋里的钱多起来了,老公有点儿闲不住,和一个推销汽车配件的女孩子搞上了。两个人先是生意上合作,一来二去就合作到床上去了。起初兰兰一点儿不知道,老公天天到点儿回家,夜夜在家睡觉,月月把挣来的钱交给她,她从来也没对他起过疑心。直到厂里跟她最要好的一个姐们儿告诉她撞到她老公和一个年轻女孩儿在大街上手挽着手走路,让她回家留点儿神。兰兰逼问老公有没有这回事?跟他大闹了一场。老公当然是矢口否认。兰兰想想两人感情一向不错,平常不吵架不脸红,一口锅里吃饭,一个被窝里睡觉,一起为儿子操心,挣了钱他也拿回家,他死不承认有这件事,说不定是她的姐们儿眼花看错了。兰兰这一闹,那两个人便收敛了许多,关起门来过日子,没事再不到外面招摇去。可是不久那女孩儿因为宫外孕，大出血几乎送了命。她没有家人在北京，也没一个可靠的亲朋好友，半夜里从医院打电话给兰兰的老公让他送钱去，他没有二话只能先去顾她。这件事就再瞒不下去了。这一回兰兰反而没有闹，她态度坚决地要跟老公离婚。可是她老公偏偏不肯离婚，他的想法是家里是家里，外头是外头，他哪一头也没亏着，顾左又顾右，受苦受累都是自己一个人扛着。尽管弄了两份儿，两头他都对得住，作为一个男人他觉得自己算是尽心尽力了。他怎么也不能让老婆一抬脚从家里踢出去吧？再说他也的确对老婆孩子真心疼，这么十几年过下来，早早晚晚在一起，哪一天看不见他们心里都会不踏实，所以无论老婆怎么闹，他都忍着，就是不答应离婚。

兰兰没料到的是自己爹妈也不支持她离婚，不仅不支持，还反反复复劝她不要离。

她爹的话说得很宏观，态度很明朗。他说："你要以全局为重，别为了一点子小事就离婚。结了婚就不是一个人了，既然不是一个人就要为别人也想想。他是犯了错误，但要允许人家改正错误，再说他也是愿意改正错误的，你就不要太较劲儿了。你是大姐，你还要给下面的弟弟们带个好头。要是一遇到点儿什么就离婚，咱们这个家恐怕早就散了。"

她妈的话说得很客观，而且贴心贴肺。她说："现在一赌气离了，倒是挺痛快的，可是往后你还找不找人结婚了？找你又能找个什么样子的？说实在话你也不可能再找个毛头小伙子吧？再找恐怕也只能找个结过婚的，他有什么名堂你哪里就弄得清了？如果再带着孩子来，你也不会比现在轻省。再说你自己有大豆子这么个孩子，你挑人家，人家还要反过来挑挑你。你不离婚怎么着他们是亲父子，你不想管或者管不动的时候还有他管。要说他除了那件事别的方面对你都不错，让我说这个婚能不离就不离，你两口子好说好商量，让他跟外头的那个断了，你们一家三口还是好好儿过日子。"

爹妈这么是非不分让兰兰很气愤，不过她也架不住他们这么苦口婆心劝自己，日复一日绷着的劲儿也泄了，但想想还是要生气，心里还是堵得慌，却觉得也不是那么非离婚不可。说到底还是觉得自己不应该伤老人的心，就得过且过把这口气忍了，慢慢地也就打消了离婚的念头。然而婚虽说没有离，从那以后夫妻俩实际上是分开过的。兰兰再没有让老公上过她的床，她也再没有花过他一分钱，两个人在身体和经济上都断绝了来往。一开始她老公还跟以前一样每天回家，还想把这个家维持下去，后来实在受不了她冷冰冰的一张脸，而且动不动就像刮风下雨一样对他破口大骂，热汤热水吃的喝的自然是更加谈不上了。作为一个男人他自尊心首先受不了，回去就是挨骂，因此回家的次数也就日渐减少。他并不是一个薄情的人，还是放不下她和儿子。尽管她如此憎恨他，他还是会回家看她和儿子，只是每次待不了多一会儿就走了。不过每次他都有钱带回去，放在一个信封里，就像遗失一样地丢在这个家里。他知道如果当面给他们，尴尬是难免的。兰兰是绝对不肯要的，而且她也不会让大豆要。所以每次临走时他把信封悄悄留在茶几或者沙发上，有一次留在了厨房的锅台上。他放下钱并不是想以此和老婆和解，他知道这是绝无可能的，他太清楚兰兰的脾气了，他不过是尽责任罢了。至于兰兰领不领他情，他只好随便她，因为他已经对不起她了，她怎么样对他都不算是过分。这样的结果是他没有料到的，恩爱夫妻成了陌路人，而且这样恩断义绝，只要闭上眼睛想到兰兰和儿子他就会心酸难过得要命，所以每次他放进信封里的钱都会尽量厚一点儿。可是无论放进多厚的钱他的心里也不能因此而轻松一点儿，尤其是想到自己智障的儿子，他怎么也无法摆脱负罪感。而兰兰每次捡到那些信封都是一脸的鄙夷，她真想立马打个电话把他叫来让他拿走，不过那样他们就不可避免地又要见面了。她实在不想看到他，她把他丢下的信封原封不动地扔在写字桌的抽屉里。

　　家是名存实亡了，兰兰上班的厂子比他们家还不如，说倒闭就倒闭了。真是屋漏偏逢连夜雨，兰兰头一拨就下了岗。一个四十好几的女人，文化不高，没有任何特殊的技能，不会拉关系走门子，家里也没什么强有力的社会关系，可以说社会上看重的优势她一条也不沾，本来还可以靠老公来养，现在连这一条也指不上了。刚一下岗兰兰确实有点儿心慌，不过她是个相当要强的人，也不怕吃苦。她到处找活儿干，在超市、菜市、洗衣店都干过，还给人家做过小时工。最近她刚找到一份活儿，在一家昼夜营业的康乐城做游泳中心管理员,每个月能挣到七八百元,如果加班还能多挣一些。娘儿俩精打细算过日子足够了,弄好了还能有一点儿节余。

自己的小家这副样子,兰兰在心里面更是把娘家当了自己可依靠的家。平常稍有空闲就回家帮爹妈做事,自己省吃俭用给爹妈买东西从来很舍得,娘家有事她也都当成头等大事办,要是父母有个头疼脑热她更是马上赶过来服侍。所以这些年爹妈对她的脸色也渐渐地好起来,越老越体会到还是女儿有孝心,肯听爹妈话,也比儿子更知道心疼爹妈。

这天下了大夜兰兰就匆匆赶回家来了,一分钟还没睡。她顺路买了一大包菜,生食熟食都有。她是个自觉的人,不肯沾娘家的光。一进门就听到妈在说大豆,脸上就有点儿不好看。

不过老太太却很坦然,在她心里女儿跟儿媳不一样,儿媳说不得,女儿是自己身上掉下来的肉,自己人跟自己人是无所谓的。她朝兰兰使了个眼色,母女俩进了里面的睡房,老太太还顺手放下了门上的布帘子。

老太太从一个很旧的月饼盒子里拿出一沓钱,递给女儿说:"这两千块份子钱我做主还给你,你一个人带着大豆子不容易。他们结婚跟你说实话我们没少花,北疆北林他们也都给了钱,你是闺女你就不用出了。回头我跟北星说一声就行了。"

兰兰推开她妈的手,一下急红了脸,说她妈:"不是说好我们哥哥姐姐一人给两千?北疆北林他们都给,为什么就我一个人不给?就是我不如他们,也不差在这上头!"

她妈叹气道:"一家人就你最不易,等于是一个人养个孩子支撑一个家,在外面做这么辛苦的活儿,一个月起早贪黑也就挣个几百块,而且还是临时工,哪天说不让干就不让干了。这些钱你们娘儿俩要省多少日子才能省下来?想着让人不落忍。"

兰兰直直地回她妈一句:"您不要多说了,这钱又不是给您的。"

老太太替女儿出主意说:"要不你就出一千,心意也全有了。你要是觉得一千拿不出手,我倒有个主意,我让北疆替你再出一千,也不对陈陈说,不是挺好?"

兰兰听了一口否定,说:"还是我自己出自己的好,要是叫李梅知道了,家里又该鸡犬不宁了。"

老太太说:"没事儿,有我呢,顶多让她说我偏女儿,这样的话她也没少说过我,我不怕她说。跟你比毕竟北疆挣钱容易些,一千块钱对他不算什么。这事儿我悄悄跟他说,不让李梅知道就是了。"

兰兰还是没答应,也不想再听她妈说下去,掀帘了出去了。

外面的饭桌已经摆好了,老爷子直着嗓子叫大家上桌吃饭。

这顿饭一桌上倒有好几个人不高兴,尤其是家里的几个女人,都悒悒不乐。晋丽从早上起心里就没高兴过;李梅让婆婆说了两句心里也很恼火,心想就是个傻孩子也是亲生的好,自己对老两口儿也算得上够意思,到头来在婆婆眼睛里还比不上一个二傻子;兰兰想这个家从来不待见他们娘儿俩,即使她妈心疼她,心里也是瞧不起她的;老太太也不开心,自己一清早起来,采买烹调不说,还得往里搭钱,他们交的伙食费也不够这样吃啊!本来是为了讨全家高兴,结果侍候得他们一个个都拉长了脸,反倒像欠了他们似的。

桌上吃饭的人不少,却不像往常热闹。北星爹想说几句笑话调节一下气氛,无奈一个个听了就跟没听见一样。这天饭也吃得比往常快很多,老老小小就像赶着完成任务一样。北疆北林吃得最快,老头儿老太太放下碗筷就去前院打麻将了,兰兰吃完领着大豆走了,李梅抱着塔塔到晋丽屋里说话去了,桌子边上呼啦一下全走空了。陈陈最后一个吃完,北星一直陪着她。收拾桌子洗碗的任务理所当然就落到了他们两个的头上。

北星看出陈陈脸色不佳,便一反常态,主动抢着洗碗。

陈陈扑哧一笑说:"我上班就是围绕一个吃字,没想到嫁到你们家还是围绕一个吃字。今天一大早到现在,除了忙吃的,你记得我们还做过什么?"

北星故作不在意地说:"居家过日子,不就是这样?"

陈陈郁郁地说:"真没劲,还不如不结婚呢。"

"你后悔啦?"北星甩着沾满了油腻和洗涤剂泡沫的两只手说,"现在后悔也来不及了!"

将就将就吧

北星妈不像北星爹那样多一事不如少一事,老太太除了琢磨吃的,还琢磨人。这一段晋丽一直不怎么开心,老太太就追根溯源地推想自己有可能什么地方得罪了她。想来想去她就想到了伙食费上去了。

北星没结婚以前在家吃饭是从来不交伙食费的,不仅是北星,几个孩子都是一样。现在北星也成了家,一个人成了两个人,不久也许还会变成三个人,跟从前自然是不一样了。而且自从陈陈嫁过来之后,她的日常开销明显地高了起来。单说日用品这一项,陈陈这么时髦一个人儿,比晋丽讲究还要多,她自然不能再买早市上路边平板车拉来的那些东西,就是超市里买的,牌子差一点儿的都不行。况且既然买回家给小儿媳用,就不能不给二儿媳用,这一里一外不少钱就出去了。加上前一段给他们办喜事,花钱如流水,他们两个人又都是工作时间不长手里没存下什么钱,陈陈家里陪嫁的一万块钱她没拿出来,当然不好问她要,花的差不多都是老两口儿的积蓄。为了小儿子老太太倒是不心痛,花多少都乐意,将来自己和老头子百年之后这些不还都是要给他的?老太太只怕两个大的儿媳有意见,现在果不其然已经流露出来了。

晚上躺在床上北星妈对北星爹说:"要不跟北星他们也收点儿伙食费,你看好不好?"

北星爹看她一眼,没作声。

北星妈说:"跟你说话呢,没听见啊?"

北星爹说:"我听着呢。"

北星妈翻他一眼,反问他:"刚才我说什么了?"

北星爹声气很粗地说:"也真有你的,两个孩子刚结婚才几天,总共吃过你几顿饭,你就好意思开口跟他们要伙食费?"

"你别以为我就是为了钱,咱不是这一个儿子,也不是这一个儿媳,别让他们说咱们做事不公道。"

北星爹沉默了好一会儿,好像睡着了。好半天才说:"你定吧,我不管。"

北星妈趁陈陈不在时对北星说让他们交点儿伙食费,北星先是一愣,随后问他妈交多少。他妈倒也没直接说,只说现在你也娶媳妇了,也算是一份人家,我要不让你交这个钱,在你哥你嫂子面前不好说。

晚上陈陈下班回来北星把这话对她说了,陈陈问他:"你

恋爱课 97

怎么回你妈的？"

"还能怎么回？我答应了呗。"

陈陈不快地说："我就知道是这样！从来你妈说什么你有个'不'字吗？"她问北星，"让交多少？"

"四百。"

陈陈冷笑道："知道我最佩服的人是谁吗？——就是你妈！脸上多热乎多亲切，跟我们要钱倒是一点儿不含糊。真亏她老人家做得出来。"

北星跟她讲道理："这钱她也没装进自己口袋里，还是花在我们身上。吃饭交钱，要说也是应该的。"

陈陈赌气地说："要交你交你的，我可以不回你家吃饭！"

"你这又何苦？"北星搂住她说，"我妈也就是意思意思，四百块钱够做什么的？牌子好点儿的运动鞋还不够买一双的，每个月估计我妈还得往里贴钱呢。她就是不想让李梅晋丽说什么，其实她的心还不都在咱们身上？"

北星着意哄了一番，陈陈终于有了笑容。她说："其实你也不必问我，钱都在你手上，你想给多少就给多少，全给你妈我也没意见。"

"我可没那么傻。"北星笑着说，"我早说过了，在老婆和老妈之间我绝对听我老婆的。"

就这区区四百块钱的伙食费还是让陈陈对婆婆有了看法，原来她心里一直以为婆婆跟她有一种特殊的感情，现在看来不过是表面文章，一到金钱面前还是露出了真相。

在晋丽眼里却完全不是这么回事儿，她看公婆，尤其是婆婆，一颗心全扑在北星两口子身上，想的做的都是围绕着他们，有时偏心得过分，连大面子都快不顾了。要不是看在婆婆以往对自己一向也很不错上面，晋丽真的要急了。不过要是拿陈陈比，婆婆从来也没对她好到这个份儿上。如果要举例子，那真是举不胜举。婆婆的一举一动包括看着小儿媳的眼神都让晋丽心里非常不舒服。可是在这个问题上北林却一点儿也不向着她，她在他面前没说上几句他就烦了，说她唠叨，还说她心眼儿小，晋丽心里更加来气，觉得这一家人都一个鼻孔出气。

以前婆婆每天出去买菜前总会问一问她想吃些什么，现在不问她，改问陈陈了。还跟以前一样，婆婆一大清早出门前会走到西屋窗户底下轻声轻气问一声"今天吃什么呀"，前面也没叫着谁的名字，但那样说话的声气分明是对着小儿媳妇的，里面的人个个清楚。平常老太太只有对陈陈和塔塔说话才这样柔和慈祥，有一种发自心底的怜爱。两个儿子倒是并不在意，可是晋丽却觉得特别扎心。每次老太太问过之后陈陈也不答话，那会儿正是她睡得正香的时候。听见婆婆小心翼翼的声音，她就本能地推推北星。北星半梦半醒，顶多随口说个"鸡"或者"鱼"，最多的时候就是两个字："随便。"老太太问过之后就心里很踏实地出门去了，到了市场上其实也是赶上什么买什么，或者干脆说是什么便宜买什么。不过这一幕到第二天一早还得演。

自从婆婆要北星交伙食费之后，陈陈对她每天来问他们"吃什么"就变得很不耐烦，她对北星说："能不能让你妈别来问'今天吃什么'了？要不就头一天晚上问好，一大早正睡觉呢，就把人吵醒。"

北星说："我妈也是好心嘛。"

陈陈说："这么好心可受不起！"

北星顺势逗她说："你当我妈就是来问吃什么呀？她是怕咱们睡得过度，一大早上过来叫我们起床呢。"

陈陈脸色一变说："她管得着嘛！"

晋丽那边就更没有好声气了。婆婆的脚步声一离开，她就在屋里弄出好大的声响，吵得北林睡不成。北林在报社白天有白天的事情要忙，晚上还要陪着领导们应酬，常常累到深更半夜才回家，早上被老婆闹醒心里很恼火。他清楚晋丽是为什么，装聋作哑地由着她，实在被她惹急了才说她两句，实际上也就是劝她两句。但不劝还好，劝了反而招出她一大篇的话。

晋丽喜欢把话说得很夸张，她说："全国妇联怎么没嘉奖你妈呀？你妈真是全世界劳动妇女的典范，含辛茹苦，任劳任怨，就她大清早这一嗓子，全院子都知道她把一家人侍候得跟皇上似的，谁见我都夸我们有福气——这么大福气我可消受不起！"

北林说："行啦，你也别不知足了，毕竟我们跟着吃口现成的,还说什么?"

晋丽说:"是啊,你说得对,还的确是跟着人家吃口现成的,那菜是你点的还是我点的?钱倒是一分也不少给。我真是不懂,一样是儿子,一样是儿媳,怎么那两个在老的眼里跟我们就不一样呢?我也不是要在你家里争什么,反正吃什么都能吃饱,我就是不愿做二等公民。你是亲儿子,她是你亲妈,你们是亲的热的,一家人不说两家子话,她怎么对你你无所谓,在我这儿可没这么好说话。"

北林不耐烦地说:"那你想怎么样嘛?"

晋丽说:"我想分开吃。"

北林一句话不说,穿起衣服,脸不洗,早饭也不吃,骑上自行车就上班去了,临走把房门摔得重重的。

诸如此类的场景隔三岔五就又重现了。

一天傍晚北林下班回家见晋丽坐在梳妆镜前抹眼泪,一问,原来她晚上要加班,想早点儿吃完饭走,婆婆只拿出中午的剩菜给她吃,晚饭的菜一盘也不端上桌。北林听了心里也挺不自在,心疼老婆,觉得老太太做得的确太过分。嘴上却还是维护自己妈,说晋丽:"这也犯得着生气,一顿饭的小事儿。"

晋丽听了更加气不打一处来,连珠炮一样地说:"连一顿饭这样的小事儿都这个样子,这个家还能待啊?他们明明都是劳动人民,怎么也学封建社会把人分成三六九等?原来也不是这个样子的,娶了个小妖精回来就乱了方寸了。今儿两个老人

恋爱课 101

家这么上赶,改天会有谁这么上赶他们?我倒要等着瞧呢。"

北林最受不了晋丽对他父母挑理,一听心里就烦,话出来也很冲。他说:"你忍着点儿不行吗?我妈对你我看不出差在哪里。你也别说那么多了,这个家能待你就待不能待你就走,省得在这儿吃的喝的都不合你的意。"

一句话噎得晋丽直瞪眼,一气之下就回了娘家。

不过娘家也并不是晋丽的乐园,尽管父母都是知识分子,却有着很严重的重男轻女思想,用晋丽的话说是"跟村里的老农民差不多"。尤其是女儿出嫁了,更是"嫁出去的女儿,泼出去的水",只要晋丽不打电话不回家,他们一两个月也想不到要主动跟她联系一下,好像有没有这个女儿对他们来说无所谓。他们跟杨家平常极少来往,礼节方面是很疏淡的,对他们眼睛里的"市井人家"多少摆一点儿谱。杨家在这方面倒是很大度,从不跟亲家计较。只是北林毕竟年轻气盛,尤其是当上了副处长之后,对岳父家也比较冷淡,除了元旦春节中秋几个传统节日,平常很少上门。岳父岳母对北林倒还是比较满意,认为他为人本分正派,年轻有为。当初女儿要嫁给他他们就从来没有反对过,尽管他们希望女儿有一个门当户对的婚姻。婚姻自主的道理他们还是明白的,对孩子不愿意干涉太多,当然也有不想将来落孩子埋怨的意思在里面。尤其是女儿的事情,他们向来不过分操心,好也好、赖也好他们多少都有点儿听之任之。现在他们年岁大了,更是无可无不可。

晋丽哭哭啼啼回到家里让她父母十分紧张,先还以为出了什么大事,小心谨慎一番问话之后弄清楚原来是和婆婆怄气,便劝她忍忍算了。晋丽的父母少不得用一番"婆媳住在一起有点儿摩擦是正常的,本来这就是家庭中最难相处的关系""小辈要理解长辈,体贴长辈""家庭里的事情不要斤斤计较,要有宽容之心和宽厚之心"等等大道理劝她。他们说出的每一句话都很公正,很客观,不偏不倚,不温不火,浸透了知识的涵养。当初女儿结婚没房子,家里住房相对宽敞,条件也好,他们没让他们住,由着杨家那边想办法解决,后来塔塔出生他们也没帮什么忙,也都是杨家张罗,所以他们对亲家尽量不说批评或不满的话。晋丽原本指望父母能够站在自己一边,至少也向着自己说几句痛快话,或者是安慰的话,结果住了两天连一句暖心的话也没听见,心情真有点儿雪上加霜。

转眼就到周末,晋丽的哥哥嫂子带着孩子要从天津回来,这是这个家里的一件大事。平常十分清闲的父母这一天一大早就忙碌起来,买菜做饭不说,里里外外又是擦又是洗,除了老夫妇自己动手,还把个钟点工使唤得团团转。晋丽人在家里也不好意思闲着,扎上围裙戴上护袖跟着一块儿忙。

要说偏心,晋丽的父母一点儿不比她公婆差,可是晋丽却从来不介意。晋丽跟哥哥从小感情就非常好,父母处处偏心儿子,即使兄妹俩分一个苹果,只要是由父母来下刀子他们都要切出一半大一半小,但是哥哥总是让妹妹先挑。不仅哥哥好,嫂子也一样好,姑嫂两个就像是亲姊妹,两个人本来就是中学同学,闺中密友,见了面有说不完的知心话。可是眼看着哥嫂快要到家了,她在娘家反而待不下去了。晋丽觉得娘家再好毕竟自己不是这儿名正言顺的主人,她也不想看着父母围着儿子媳妇一家转的样子,他们的那副神气也跟自己公婆没啥两样,而且她也不愿意哥哥嫂子好心好意地向她问长问短,替她操心,为她着急。本来只是自己的一件事,一来二去反成了他们的心事,她不想因为自己搅了哥哥嫂子周末回家的好心情。还有一层晋丽没法儿说的是在娘家一住三个晚上,北林连个电话也没有打来过,尽管谁也不提,自己也够没面子的。她心里也清楚如果不趁早转弯,往后这个弯子转起来就越发困难了。于是晋丽决定回去。她父母只是劝她好自为之,眼巴巴地看着她出门,一副不知说什么好的样子,不过却一点儿挽留的意思也没有。

　　回了娘家三天,再踏进那个院子竟然有了点儿陌生感。北房门没关严,公婆都在打麻将。婆婆朝外坐着,一眼就看见她回来了,脸上马上露出轻松的笑容,跟平常一样对她说:"晋丽,你看看炉子上的水开没开?"

　　婆婆的神情就像是什么也没发生过。

晋丽爽快地答应了一声，灌了开水，又沏了茶端过来，给牌桌上每位斟上一杯。公公看得出来也挺高兴的，却不像老太太做得那么自然。明明见晋丽进来他故意不朝她看，低着头特别专心地码自己手里的牌，晋丽叫他一声"爸"，他好像才看见她。婆婆接过茶杯的时候对晋丽体己地一笑，之后也没提起她回娘家的事儿。

北林下班回到家见晋丽正在往晚饭桌上端菜，心里十分高兴。屋里正好没别人，他凑到她耳朵边上逗她说："哟，这位不常见啊！你左手一只鸡、右手一只鸭去哪儿了呀？"

老太太进来瞪他一眼，晋丽偷偷转过脸捂着嘴乐了。

晚上回到屋里北林迫不及待搂住了老婆的腰，晋丽悄悄说他："疯了你？让他看见。"她指指塔塔，小家伙正专心致志地搭积木。北林把手伸进晋丽的衣服里，躲过孩子的目光跟老婆温存。

晋丽先还挣脱，马上就顺从了。

北林贴着她说："想我了吗？"

晋丽说："不想。"

"真的不想啊？"北林说，"别跟我嘴硬。"

"不想就是不想。"

"我可想死你了！"

"别跟我拣好听的说，想我怎么连个电话都不打？"

北林说："不敢惯你一身毛病。"

晋丽刚要急，北林手底下加了一点儿劲，脸上也多了一层

恋爱课 105

讨好的笑容。他说:"你就将就将就吧,不会让你一辈子住这里的,分房方案马上就要下来了。"

晋丽哼了一声,说:"你们这张饼也不知画了多久了,我已经没兴趣了。"

北林说:"这回是真的了,这张饼总算冒出香味儿了。"

晋丽不屑地说:"恐怕是煳味儿吧?"

两个人暂时收了手,打算等晚饭之后先把孩子哄睡再说。

北林笑着对晋丽说:"知道你不在的时候塔塔说什么吗?小东西一个人坐在那里自言自语:人心变坏啦。我问他:说谁呢?谁人心变坏啦?他不肯说。我追问他,他吞吞吐吐地说:塔塔。我还问,他这才说,知道你儿子说什么吗?他说:是妈妈。"

晋丽大乐,一把把塔塔抱在怀里,问他:"是你这么说的吗?"

塔塔笑而不答,然后很使劲地点点头。

晋丽亲着他粉嫩的小脸蛋儿说:"再说一遍我听听!"

塔塔便奶声奶气地说:"人心变坏啦!"说完又"唉"地长叹了一口气。

两个大人听得哈哈大笑。

笑过之后晋丽沉下脸来:"这种话小孩子怎么会说,还不是听来的?指不定他们在背后怎么说我呢。"

北林说:"没人说你。"

塔塔搂住她的脖子问她:"晋丽,又谁得罪你了呀?"

会做人也是一门学问

晋丽回来之后,婆婆对她的态度改变了不少,对她也比以往更亲热一些。老太太分寸把握得极好,没有一点儿虚张声势,亲热是通过关心体贴表现出来,让晋丽接受起来非常舒服。现在婆婆每天早上出去买菜前除了问陈陈想吃什么,也不忘了再问问晋丽;晋丽下班晚她也回回惦记着给她留菜,有时甚至专门给晋丽做一些她爱吃的。晋丽心里也清楚婆婆是通过这些与她和解,况且这一件件的小事由一个上了岁数的长辈不声不响地做出来,还是让她心里有一种大地回春的感觉,不知不觉间也就消了气。毕竟同在一个屋檐下,和睦总是一件好事情,晋丽不是个不懂事的人,和婆婆的关系很快便正常起来。

而对陈陈的好婆婆却更加发自肺腑。有一天陈陈正在屋里梳妆打扮准备去上班,婆婆进来问她:"你们老板,那个大梁,他吸不吸烟？"

陈陈说："我没留心，好像是吸烟的吧。"

她很奇怪婆婆问她这个。

婆婆转身走了，不一会儿手里拿了两条极品云烟，对陈陈说："这两条烟你带给大梁，他送了十桌酒席给我们还没谢过他呢，你对他说这是一点儿小意思，改天请他来家里坐，就说是我说的。"

陈陈说："这合适吗？他肯定不会要的。"

婆婆说："就是谢谢他嘛！"

陈陈说："多不好意思，再说别人看着多不好。"

婆婆说："这有什么不好意思的？就两条烟，也不是什么大东西，别人看了也不会说什么的。"

陈陈还是推托说："算了吧，人家肯定不缺这个。"

婆婆说："怎么叫算了呢？他有是他的，你送是你的，礼尚往来，这也是有来有往嘛！他对你那么好，你也得让他知道你领他的情。"又说，"我是怕你们想不到，才替你们想着点儿。礼多人不怪，听我的话，错不了的。"

陈陈带着两条香烟去上班，一路上心里都在发虚，不知道一会儿该怎么拿出来给大梁。她从来没给大梁送过东西，连当初进酒楼上班也没有给他送过礼，送东西给老板总有巴结之嫌，而且酒楼里的小姐一个个都是眼尖嘴毒极可恶的，要是让她们瞧见了，不定会说出点儿什么。她后悔听了婆婆的，弄得这么进退两难。一想到一会儿要办这么件伤脑筋的事，脊背上就有一阵一阵的热汗冒出来。

　　这一天陈陈始终就在神不守舍中度过。不仅把客人领错了包间,还把两张桌子的账单给换错了,好在发现得及时,没出大错。恰好两边都是熟客,免不了拿她调笑几句。一整天都有点儿手忙脚乱,似乎比以往任何一天都疲惫。到晚上闲下来,她才瞅了一个机会去了大梁办公室。

　　大梁看到她来找他,有一点儿意外的惊喜。他正接电话,打手势让她坐,三言两语草草结束了通话。挂上电话他笑着对她说:"你看我一天到晚尽忙些不相干的事,今天一晚上往这儿一坐电话就没断过,没一件正经事,全都是瞎忙。怎么样,这一段你好吗?"

　　陈陈点点头,欲言又止。

　　大梁问她:"找我有事吗?"

　　陈陈赶紧摇摇头,好像突然想起来似的把装着两条香烟的一个购物袋放在大梁办公桌了,脸微微地红起来,挺不好意思地说一句:"我婆婆让我给您的。"

　　大梁竟然也挺不好意思的,连说:"这么客气干吗呢?"

　　把东西给了出去陈陈如释重负,话也利落了。她说:"我婆婆让我对您说谢谢您的酒席,还请您有空到家里坐。"

　　大梁笑说:"回去替我谢谢她。"他以一种非常体己的口气问陈陈,"你在婆家怎么样?我也没顾上问问你。"

　　陈陈便说了一些生活琐事,无外乎日常起居、公婆怎么待她、家里人怎么样、还有每天不落的牌局等等。大梁听得特别入神,听

恋爱课　109

完沉默良久说:"我真是一点儿都没想到你会嫁到这么一个人家去。那么一大家子人,相处起来肯定不简单,替你想想挺不容易的。"

陈陈说:"他们对我都挺好的,我也不管他们家里的事,跟他们就是客客气气的。"

大梁说:"家里的事情说到底尽是些鸡毛蒜皮,你要较真也没法儿较真,也就是客客气气最好。"

大梁劝陈陈有空也学学打麻将,一家人个个都好这把牌,就她一个人不会,待在边上也怪别扭的。大梁还特意关照她:"我就担心你太清高,跟他们融不到一块儿。你在人家里,可别处处拿自己当外人,谁对你好,你也要对人家好一点儿,谁对你不好,你也不要对他太差。宁肯自己吃点儿亏,一个家里的人,总归也要把大面子维护好。"

大梁一番话说得陈陈心里暖暖的,就是姐姐雪雪也从来没有这么仔细地叮嘱过她。母亲去世早,继母不管她的事,父亲又是事事依赖继母,根本操心不到她,没想到自己老板会给自己这么一番教导,真难为他心细如此。陈陈觉得大梁对她说这些话的神情就像一个大哥,只可惜她并没有这么一位大哥。

经大梁开导过之后陈陈首先想到的就是和晋丽改善关系。家里几个人,只有晋丽对她总是淡淡的,态度不冷不热。也说不出为什么,陈陈第一次在这个家里见到她对她就有一点儿畏惧，晋丽的气质和举止里有一种令她羡慕的东西，她讲究，优雅，也很优越，却并不过头。晋丽的伶牙俐齿和练达爽利也让她既喜欢又有点儿无所适从。总之她觉得这个人是不能惹的，却也不知道如何接近她。她也冷眼观察过晋丽，比如遇到一件不太情愿或是不太好办的事情，如果是她自己，一上来就会流露出不耐烦，可晋丽不会，她会想个变通的法子，既不会难为对方，更不会难为自己，而且越是难弄的事情她越是沉得住气。她发现晋丽的一个特点就是凡事她也一样从自己出发，为自己着想，却并不让别人感到不好接受，这就显出了她处事的老练和高明。而且晋丽头脑时刻都非常清醒，极少做错什么事情，这也让陈陈相当佩服。说心里话，在这个家里所有人当中，陈陈最感兴趣的就是晋丽，最想了解的也是晋丽。有时她见晋丽和李梅关在屋子里叽叽咕咕聊得那么投机，笑得那么开心，心里竟然又羡又妒。

晋丽赌气回娘家走了三四天自己又回来了，尽管谁也不提，她自己心里总是有点儿发虚。陈陈并不清楚这回事，还以为那几天她出差了呢。在晚饭桌上见到晋丽，陈陈很热情地跟她打招呼，问她："你出去啦？"

晋丽浅浅一笑，很平淡地答应一声："嗯。"

陈陈见她穿了一件闪着暗光的藕荷色新衣，料子比缎子要硬一些薄一些，有一点儿金属的质感，款式却是很古典的样子，琵琶纽扣，领子和袖口都有细细的镶滚，配上她一张尖尖的瓜子脸，就像油画里一位柔媚的仕女，陈陈便问她这件衣服是在哪儿买的,晋丽说是一家很不起眼的小店,就在她父母家的楼下。婆婆的眼光马上扫了过来,又拐到了别处,转过脸去和北林说话。陈陈完全没有注意,还在一个劲儿问晋丽那家商店怎么走,晋丽却让婆婆这一眼看得有点儿心烦,心里清楚自己跑回娘家婆婆不过是表面上不介意,心里肯定是蛮在乎的,只是有话不说出来而已。心想要是自己单过,岂不省了这份闲气?晋丽正不自在,一抬头见老公正悄悄朝她眨着眼睛笑呢,看他这么一副得意扬扬的样子更是气不打一处来,心想如果没有他爹妈在这儿替他撑腰,他也不敢拿着那么大劲儿摆着那么大谱儿,肯定早就屁颠屁颠上门去接她回来了。想到这点更加气闷,三口两口吃完饭放下碗筷就回房间去了。

陈陈也看出了晋丽情绪不对,还以为是自己哪句话得罪了她,心里惴惴的。婆婆及时向她递了一个眼色,脸上似笑非笑的,陈陈便清楚此事另有隐情,至少是与自己无关。

第二天晚上,北林在外面应酬还没有回家,陈陈拿了一支口红到晋丽屋里。口红也是藕荷色的,晋丽一试,恰好和她的衣服颜色深浅一致,而且还带珠光,抹在嘴唇上跟衣料一样闪闪发亮。晋丽喜欢极了,高兴地说:"我还真为这件衣服去配过口红,没见到有这么一模一样的!"

见晋丽喜欢陈陈也非常高兴,笑说:"中午没事出去逛店,看到这支口红我心里闪了一下,觉得正好配你这件衣服。颜色这么一样,倒真是没想到。"

晋丽心想平常自己对她很一般，倒难为她是个有心的。又想到昨天晚饭桌上自己因为跟婆婆不开心对她很敷衍，心里便有几分歉意，便留她在自己屋里坐着，一起看电视连续剧，还拿出各种各样的零食招待她。

几天之后塔塔过生日，陈陈特意到一家五星级饭店定做了一个无色素无香精的生日蛋糕，其实家门口外面不远处就有一家新开张的西饼屋，里面装修的气味还没有散尽。陈陈舍近求远，很合晋丽的心意。她对她儿子这么好，也让她心存感激。

晋丽很快就有了一个投桃报李的机会。陈陈从小就有痛经的毛病，一天晚上疼得特别厉害。这天北星在公司加班，家里止痛药又刚好没有了，晋丽二话没说出去替她买药。除了止痛片之外还买了花红片、乌鸡白凤丸、益母草膏等等。那天外面刮着大风下着不小的雨，晋丽回来的时候衣服都淋湿了。

陈陈吃了药一会儿就睡着了，也不知过了有多久，醒来的时候疼劲儿就过去了。迷迷糊糊听见窗外有脚步声，还以为是婆婆，进来的却是晋丽。

晋丽坐在她床边，说起她的病症，晋丽说："你也没找个大夫好好看看，每个月这么疼着，怎么好？"

陈陈说："西医中医都看过，都不怎么管用。"

晋丽说："过两天我找个朋友领你去，医院里也是有熟人好办事。你才这点子岁数，每个月这样闹一次，不是个事儿。"

第二天晋丽恰好调休在家，见陈陈没胃口，亲自下厨为她炖了红枣桂圆粥,陈陈嫌甜不爱吃,她又给她做了一碗汤面,只放一点儿海米和切得细细的榨菜丝,配上两样清淡小菜,端到她房间里。晋丽这样待她,让陈陈心里很不过意。

妯娌两个又说了不少体己的话。晋丽说:"其实要说咱们也算同病相怜,像我们这样还跟公公婆婆一起住的在我同学朋友当中就不多了,我还有娘家在这里,你父母都不在这儿,比我更加不容易。"自然少不了要说到婆家,晋丽对她说,"这样的人家,坏心是不会有的,不过他们的好意也是势利的,总是自己家里的人好,儿媳再怎么样也比不上儿子,胳膊肘永远朝里拐,而且也是得罪不起的。"

晋丽举了李梅的例子。她说李梅和婆婆是"伤着了",彼此心里别着劲儿,顶多也就是面和心不和。晋丽告诉陈陈,当初李梅和北疆谈恋爱那会儿就怀了孩子,两人打算赶紧结婚,孩子就好名正言顺地生下来。北疆在爹妈面前向来特别老实,这件事他也如实跟他们说了。老头儿老太太根本接受不了没过门的儿媳妇未婚先孕,差点儿就没同意这门婚事。老杨家一向以教子有方在街坊四邻之间引以为傲,自认为是一份体面的人家,极好面子,这种事情从来是他们老两口儿笑话别人家的材料,这回终于轮到自己要被人家笑话了。他们真不知道大儿子大儿媳结婚五六个月就抱出一个脸如满月的孩子自己的老脸往哪儿放?说到最后,他们无论如何都要北疆让李梅把孩子做掉才准结婚。北疆没辙,带李梅去医院打了胎。没想到真到明媒正娶之后李梅却再也没怀上过孩子，寻医问药这么多年，花的钱不计其数，却也没个结果。

"李梅心里真是挺苦的。"晋丽说，"尽管她从来没为这个当面埋怨过公婆，不过她时不常跟他们较劲儿，根子就在这上面。"

陈陈一下子觉得李梅和婆婆别别扭扭的关系还有李梅的一些做派都好理解了。原来她一直闹不明白李梅为什么那么喜爱孩子，每次她来只要见了塔塔就一把抱在怀里，比人家亲生的儿子还要亲不够爱不够，水没顾上喝一口就抱着他上街去，回来的时候孩子手里口袋里总有几样新鲜玩意儿。有时塔塔要什么东西，晋丽可能不答应，只要李梅知道了，绝对不会不满足他。所以塔塔见到大妈便特别高兴，因为她是最纵容他的人。有两次李梅带塔塔出去吃东西，孩子吃坏了，回来之后又吐又拉，婆婆便很不高兴。李梅刚一走老太太就十分恼火地在背后数落她没当过妈，做事不靠谱，对孩子净胡来，还说以后不许她再带孩子出去。老太太是真火了，说出的话很不好听。晋丽听了都挂不住，替李梅分辩了两句，说她也不是故意的，再说小孩子吃坏是常事儿。老太太一听，出来的话更像刀子一样锋利，弄得谁也不敢再接嘴说什么。最后老太太自己收了气说："她自己爱怎么浪怎么浪去，她可别来招惹我孙子！"

又有一次塔塔出水痘，满脸满身都是小红疹，李梅专门请了假过来陪孩子。塔塔不舒服，她就一直抱着他。孩子睡着了，她也坐在床边一步不离，比晋丽还上心。陈陈进去送东西，看见她抚摸着塔塔的头发，眼泪吧嗒吧嗒往下掉。恰巧婆婆也看见了,回到北房就唠叨开了:"出个水痘算什么?又不是什么大不了的毛病,咱家孩子小时候谁没出过?要她在旁边淌眼抹泪儿的干什么?她不过是塔塔的大妈,正经孩子亲妈还没像她这个样子,做给谁看呢!"又说,"她洗脸都要进什么美容院,还包这卡那卡的,别过了水痘去,白毁了一个爱美的人!"

陈陈问过北星李梅这么喜欢孩子为什么自己不生一个?北星赶紧让她别多管。陈陈说我不过就是随便一问,北星说大概是生不出来吧。陈陈以为他随口敷衍,没再问下去,也没往心里去,从晋丽这儿才知道原来还真是事出有因。

陈陈感叹道:"如果你不说,真不知道还有这么一段。"

"所以说呢,家家都有一本难念的经。"晋丽微笑着说,"你是个明白人,换别人我也就不说了,李梅有爱挑拨的毛病,不是我说她,她还有点儿恨人有笑人无,处事上面也欠缺一点儿,也难怪婆婆总看她不顺眼。俗话儿说'防人之心不可无',她要是在你面前说什么你也就是一听,如果跟你有关,你也别往心里去,随她去说;如果与你无关,多一事不如省一事,我想你也完全能够应付得了。"

陈陈很由衷地说:"真是太谢谢你了,原来我只觉得你不好接近,没想到你待我这么真心,家里的事情我要是做错了什么,请你一定指点我。"

晋丽"嘿"地一笑说:"你别这么说,会做人也是一门学问,我清楚我自己也欠火候。"

一来二去,妯娌两个便日渐亲厚起来。

第三章

秋林

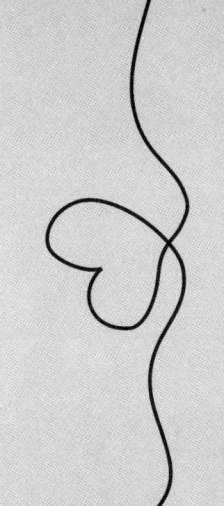

约会

简单生活

像流星一闪而过

秋林

陈陈有一天提早回家,看到北房里坐着一个人,三十多岁年纪,长得非常清瘦,穿一件灰色的中式棉袄,头发中分,很像电影里二三十年代的旧文人。他安静地坐在八仙桌边,手边放着一杯冒着热气的茶。陈陈觉得这个场面有一种似曾相识之感,不过这个人还确实是第一次见到。他看见陈陈走进来,眼光里也充满了新鲜之感,好像是她走错了门一样。他看她一眼,又看她一眼,对她微微地似有若无地笑了一下。

陈陈正想转身出去,婆婆从外面走了进来。她满脸放光乐呵呵地对陈陈说:"你还没见过他吧?他就是秋林,你该叫他表哥。"又转脸对秋林说,"她是你弟妹陈陈,可惜你没喝上他们的喜酒!"

"是啊,我正好外出了。"他站起身,像英语教材上那样礼貌周全地对陈陈说,"认识你很高兴!"只不过是用中国话说的,还主动向陈陈伸出了手。

陈陈没想到跟家里的亲戚还要握手,一时有点儿慌了手脚。

婆婆在一边笑起来,说道:"秋林就是这么文质彬彬的。"她转过脸朝秋林说,"陈陈也不是外人,你不必客气。"

离晚饭的时间还早,婆婆就招呼公公拿牌出来打。陈陈刚学会不久,正是上瘾的时候。一听说要打麻将,就没急着回屋,顺手拿起热水瓶往秋林杯子里续了一点儿开水,秋林看她一眼,对她非常友好地笑笑。

牌桌放好,正好四个人,婆婆却没坐下,站在门口叫前院的文大妈。她扬着嗓子说:"文大妈,我们家秋林来了,您过来玩会儿牌吧!"

文大妈马上就从屋里出来了,同样扬着嗓子说:"哟,秋林来啦,好久没见他了,我这就过来!"

文大妈跟北星妈一样也是个股民,一边打麻将一边不断向秋林打听行情。秋林有问必答,详详细细地替文大妈分析她手里拿着的几只股票哪只该留着哪只应该赶紧抛掉,文大妈听得非常认真,手上抓起了牌也忘了打。北星妈在一边看着,笑说:"见了秋林文大妈打牌都没心思了,一会儿打过牌你们再慢慢儿聊吧,正好我也想问问秋林呢。"

秋林笑说:"好说。"

秋林是东风,陈陈坐他下手,再下面是文大妈,北星爹北风。

恋爱课 119

不知为什么陈陈从学会打牌没一天像今天这么顺的，前四圈差不多都是她一个人和牌，脸上不由露出喜悦之色。每次她和了秋林就朝她一笑，两个人没说什么，几圈牌下来却有点儿心意相通。

北星妈一个人在厨房里忙，看见有邻居从窗户前经过，就满脸笑容地对人家说一句："我们家秋林来了！"听的人也十分兴奋，说："秋林来啦，一会儿我们来看他！"

晚饭的时候来了不少人，都是同院子里的邻居，站在桌子边向秋林询问股票方面的问题。秋林就像回答文大妈一样对他们的提问有问必答，只要谁提起一个股票名，或者仅仅是一个股票代码，秋林马上就能说出这只股票当天的收盘价、近期的走势、从上市到现在的最高价位、最低价位以及主营什么、公司的背景情况包括主营行业的前景是好是坏，他全部一清二楚，了然于心，评说得简洁精当，口气却是十分地权威，由不得人不信服。他把所有听他说话的人都深深吸引住了，包括那些手上并没有股票只是对股市或者只是对他本人感兴趣的人。饭桌上一起吃饭的人也都听得入迷，连咀嚼都停止了。北星妈忙着上菜，又给来串门的街坊拿椅子递板凳，端茶倒水，忙得不亦乐乎。

吃完晚饭，谈股论市也告一段落，没走的邻居就留下来打麻将，热热闹闹开了两桌。陈陈没有上桌，不过她也没有走开，她帮婆婆削了水果一次一次往牌桌上送，替客人们斟茶。经过北星身边的时候他伸手轻轻拉住了她，在她耳边悄声问道："今天你怎么这么贤惠呀？"陈陈一笑转身出去了。

牌局还没散秋林就要走了。他到厨房去跟北星妈告别，在门口正好遇到陈陈，便很随意地和她聊了两句，问她在哪儿上班，做些什么？陈陈告诉了他，他说："那好啊，下次吃饭找你去。"

秋林走时杨家一家人还有一起玩牌的几位都到门口去送，陈陈还很少见到谁在这个家里和这个院子里享受过如此的礼遇，可见这个秋林不是一个一般的人物。陈陈很想看看这个受人敬重的人怎么样离去，他这样一身打扮，陈陈想象他应该是坐一辆黄包车走，没有黄包车也应该是步行，在众人的目送之下那个高挑瘦削的身影渐行渐远，很有几分中学语文课本里那些经典散文的意境。陈陈觉得如果秋林也是站在马路边上招手让一辆夏利或者富康出租车停在脚边然后一头钻进去，那跟俗人还有什么两样？正胡思乱想，她已经看到了结果——秋林随随便便走到一辆很旧的汽车前，开了门就上去了。他摇下一半车窗，脸上露出亲切的笑容朝这边的人挥了挥手，他的目光在陈陈的脸上略略地停留了片刻，微微一笑，随后他的汽车就在胡同口消失了。

送别的人好像如梦方醒，很由衷地称赞着秋林，也有的称赞着秋林的汽车，嘴里发出赞叹不已的"啧啧"声，脚步散乱地重新回到屋里。

再坐下打牌好像滋味全不对了，有一种说不清的冷寂。就

恋爱课　121

像一场好戏,角儿走了,剩下的就是很勉强的残局了。麻将桌上的人都有点儿没精打采,似乎秋林走了那个兴奋而有凝聚力的气场也随之散了,一个个都不像刚才那样情绪高昂。陈陈也一样,秋林一走,她的困劲儿就上来了。两桌牌匆匆打完就散了。

约会

几天之后，陈陈正在当班，有一个电话打来找她。电话是打到大梁办公室的，大梁让人来叫她。陈陈匆匆赶过去，"喂"了一声，电话那头却并没有回应。正要挂断，那边传来了一个不是很清晰，也不是很熟悉的声音，她飞快地在脑子里搜索这个人会是谁，那个声音说："你已经忘记我了吧？我是秋林。"

陈陈丝毫没想到仅仅见过一面的秋林会给她打电话，心里涌过一阵惊喜，随后便本能地猜想到他大概是要来蓝天碧海吃饭，便说："我没有忘记您，您是不是要过来吃饭？"

那边的电话一下子清晰了起来。

秋林说："今天我已经吃过饭了，谢谢你，我不是为吃饭给你打电话的。那天人太多了，乱哄哄的没有机会跟你说话，想找个时间和你聊聊天，可以吗？"

惊喜的感觉在陈陈心里迅速扩大，同时也有一点儿意外，她兴奋得脸都红了。

没听到肯定的回答，秋林便说："你很忙？没有时间？"

陈陈赶紧说："不，我不忙，我有空。不过股票什么的我可是一窍不通啊。"

话筒里传来秋林的笑声，他说："我保证不向你讨教股市行情就是了。"

陈陈也笑了，觉得这个秋林挺有意思，心里对和秋林见面也有一种说不出的向往。于是丝毫不绕弯子地对他说："再过半小时我就下班了，到晚饭之前我都有空。"

"那太好了，我们今天就可以见面了。"秋林的声音里有毫不掩饰的快乐。

两人说好了时间和地点，挂断了电话。

想到过一会儿就能见到秋林，陈陈忍不住满心欢喜。她想起曾经有一位关系不算太深的男朋友对她说过的一句妙语："有的人在你没记住他的时候就给你打来了电话，有的人在你已经忘记他的时候才打来电话，只有幸运的人才会在你刚好想念他的时候给你打来电话。"她并没有想念秋林，不过她还是承认秋林的这个电话来得很是时候。

陈陈放下电话正要出去，大梁微笑着对她说："最近还挺好吧，看你气色很不错，在婆家还挺愉快吧？"

她点点头，她完全沉浸在刚才电话的情绪里，大梁说什么其实她并没有听清。大梁见她心不在焉的,笑笑,没再跟她多说什么。

一个小时之后陈陈和秋林在一家星巴克咖啡店见了面。和第一次见到的不一样,秋林没有穿他那件中式棉袄,而是一身西服,打着领带,提着一只黑色牛皮公事包,衬着苍白洁净的脸色,就像是直接从笔记本电脑、手机或者商务通的电视广告里走出来的,是一个典型的现代都市年轻有为的管理者形象。

见到陈陈,秋林有点儿喜形于色,露出两只兔牙笑着说:"真没想到这么快就又和你见面了,我还怕你会像那些小姐一样至少要提前两个星期预约呢。"

"我没那么抢手。"陈陈飞快地回了一句。

秋林没想到这个看上去温柔文静的小妞如此伶牙俐齿,他莞尔一笑说:"抢手的其实往往是最可疑的,自以为抢手那就是可悲了。选股票有一条就是要绝对当心那种人人追捧的,人人说好的东西等到了你手上一定让你上当。股市的道理常常在别处也一样通用。"

陈陈笑起来:"你真深刻。"

秋林一笑:"谢谢夸奖!"

喝着滚烫的咖啡,陈陈对秋林说:"没见你之前我就总听到你的名字,我婆婆提起你就夸你,说你对股市特别懂行,料事如神,她说你一直在国外读书,你是学什么的?"

秋林说:"神学。"

恋爱课 125

陈陈笑道:"那就是说你做股票全靠上帝保佑啦?"

"最多只是一个方面吧,而且无法确认。"秋林故意略带沉吟地说。他换了比较认真的神情,"具体到每一只股票,每一次操作,我想恐怕上帝也没工夫那样事无巨细来管吧,这些细节问题看来还得由人自己动手来办。不是有句话叫'谋事在人,成事在天'吗?人多少还得自己费点儿心出点儿力吧。所以呢,在神学之外,我还学了投资和理财。"

陈陈又一次笑起来:"你真逗!"

"只不过是表面现象。"秋林说,"或者换一种说法,你看到的不过是短期效应,其实我很沉重,性格内向,拘谨腼腆,好相处但不好接近,这些在认识初期一般看不太出来,一到中后期就会变得明显和突出。"

陈陈笑说:"你说的就好像是一种什么病。"

秋林略一琢磨,哈哈大笑。

"我没看错你,你的确是一个聪明孩子。"他微笑着说,"知道吗?这么多年,无论在国内还是国外,我对自己最自信的就是眼光不错,从来没有看错过人。"

秋林开车送陈陈回到蓝天碧海,他说:"今天我非常高兴,下次我还有荣幸请你喝咖啡吗?"

陈陈从自己电话本上撕下一页纸,写下呼机号递给秋林说:"你呼我吧。"

夜里下班回到家里,陈陈却没有对北星说起下午见了秋林,平常她跟别人来往都不瞒他,包括和谁通了电话,和谁一起逛了街、吃了饭等等,一件一件都会从头至尾说给他听,这几乎成为她婚后的一个习惯,所以她的朋友即使北星没见过也都听说过,感觉上都是些熟人,对他们也都很放心。而秋林本来就是北星家的亲戚,陈陈却还是有意隐瞒了跟他的这次见面。连她自己也说不清楚是出于什么心理要这样做,她就像一个小孩儿有了自己的秘密一样,而且一想起自己的这个小秘密心里就甜丝丝的。她甚至没有多想要是秋林随口说出来她岂不非常被动?不过凭本能她相信秋林绝对不会那样傻。

简单生活

这次约会之后似乎就没了下文。刚开始的一两天里陈陈认为秋林肯定会给她打电话,她不时地拿出呼机看一看,生怕漏听了秋林的信息。尤其是到了中午时分,她莫名其妙地会有一种感觉,似乎秋林的电话马上就到,她会下意识地望一眼楼梯,看看大梁有没有让人来叫她。当然盼望之后便是失望。

她发现自己不知不觉已经被秋林深深吸引了。

闲着的时候陈陈会不由自主地想到秋林,她想他应该是会打电话来的,可是他为什么让自己屡屡空等呢?当然他并没有对她说过要给她打电话,等是她自己的事儿。渐渐地她心里竟然有了一点儿委屈。

这一点跟她以往的经历不同,以往那些约她喝茶、请她吃饭的人,都是很快就给她打来了电话,拿她的前男友的话说是"你还没记住他是谁他的电话就打来了"。秋林是一个例外，所以让她总有一点儿隐隐的心神不宁。

大约过去了两个星期，陈陈已经不太想到秋林了，他呼了她。她飞奔过去回了电话，说话的时候还带着喘息。

他第一句话就问她为什么这么长时间不给他打电话，好在他的嗓音非常温和，听上去并没有丝毫责备的意思。陈陈还没来得及做出回答，秋林又问她："我想你肯定是很有把握你不打电话我一定会给你打电话，对不对？"

陈陈笑了，没想到他会反过来跟她计较一个电话。

秋林约她晚上下班后见面，问她有没有空，陈陈不假思索就回答他有空，其实这一天她早已经和北星约好下班后一起去看夜场电影。她给北星打电话说晚上电影不看了，也不让他来接她。和上次一样她没有说出是和秋林出去，只说今天餐馆要大扫除，可能下班会晚。撒完谎心里竟然非常安宁，随之有一缕期待和喜悦之情油然而生。

她比平常早得多就离开了酒楼。走到门口有一辆发动着的汽车向她"嘀"地鸣了一声笛，她走过去，车门已经从里面打开了。这一幕让她突然想到了何先生，那也是一个久违的人了，自从她打了他一巴掌之后再没有见过，他也从此不来蓝天碧海吃饭了，连他那帮朋友也都消失得无影无踪。陈陈下意识地想，跟秋林不会像和何先生那样吧？这个念头在脑子里一闪而过，马上就像一颗石子沉入湖水那样消失了。她看到秋林见到她那一瞬间脸上的笑容就像孩子一般纯真和明净。

秋林一边开车一边说："知道我在这儿等你的时候在想什么吗？我想还不定有多少人在这儿等过你呢。"

这么明显的醋意让陈陈又惊又喜。她含糊地说："肯定没你想的那么多吧。"

"哦，那还确实有。"秋林侧过脸看她一眼，咬着嘴唇笑了，自言自语般地说，"也是，这才合情合理。"

他把车开上了一条热闹的马路。

他问她："想去哪里？"

陈陈说："我没主意。"

秋林笑说："你是年轻人，你应该有好玩的地方推荐给我。"

陈陈叹口气说："我已经有好久不觉得自己是年轻人了。结婚以后我就很少出来玩了，上班累得要死，下班就回家，真不知道哪里有好玩的。"说完之后略有悔意，这话就像是在抱怨自己的婚姻，毕竟跟秋林这才刚见第三面，而实际上她的婚姻生活也并不像她说的这么单调乏味。

好在秋林对她的话一听而过，他随口夸她道："没想到你这么贤惠！"

陈陈听了略微一怔，随即觉得好笑。这话让她颇觉耳熟，那天秋林到家里去北星就这么说过她。陈陈心中暗想，真没料到自己的"贤惠"竟然都与秋林有关。

秋林开着车穿街过巷，在一条僻静的胡同深处停了下来。

他推开一扇朱漆小门,示意陈陈进去。里面光线很暗,原来是一家小酒吧。

里面客人不多,彼此坐得很远,酒吧显得空荡荡的。

秋林问她:"来过这儿吗?"

她摇头。

"听说过这个酒吧吗?"

她摇头。

"这个酒吧叫'简单生活',是不是有点儿意思?"

陈陈仔细打量了这个酒吧,的确比较简单,墙壁、柜台、桌椅之外几乎没有多余的东西,一切雅致的或者庸俗的装饰在这里都看不到。简单之外还处处透着省俭,灯光黯淡,所有电灯都没有灯罩,墙壁没有粉刷,房顶上的屋梁和椽子历历可见,桌椅都像小学生课桌一样窄小,甚至连窗户都节省掉了,只有墙角里两只老式的排气扇在呼呼地转动着。陈陈觉得这儿简直是简单到简陋了。她一点儿也看不出这个酒吧有什么好,不明白秋林怎么会推崇这样一个地方。

秋林说:"我非常喜欢这儿,心情不好的时候我在这里一坐就是一个下午。这里非常简朴,而且非常简约,没有一样东西是多余的,不会让你透不过气儿来。"

陈陈心里一动,凭着女孩子天生的机敏,她揣摸着秋林的话意,至少捕捉到了这样几层意思:一、秋林承认他有心情不好的时候。他有钱,事业又那样成功,那他因为什么而烦恼呢?二、秋林的生活里是否有他认为是"多余"的东西?三、秋林也会有透不过气儿来的时候?三层意思也是三个疑问,陈陈想了解秋林的兴趣又增进了一层。

秋林说:"其实生活里的东西不要多,关键是要看是不是你想要的。"

那么他是不是得到了他想要的呢?如果没有,那他想要什么?

秋林的表情有点儿莫测高深,陈陈不知道他是在犹豫还是在酝酿着什么。但她直觉他肯定要对她说点儿什么,或者通过其他的方式对她表示点儿什么,以前类似的情形下通常就是如此。

果真他说:"知道吗?我见到你第一眼你就把我迷住了。"他停顿了片刻,"你身上有一种天真无邪的美,那么干净,那么纯洁,非常少见,就像不食人间烟火一样。"

他凝望着她,神情有些复杂。

然后他为她叫来了晚饭。一小盘金枪鱼色拉,半个用锡箔纸裹着的烤土豆,还有非常美味的意大利通心粉和一小块新鲜无比的蓝莓蛋糕。他吸着烟,用欣赏一个孩子的眼光看着她吃。他自己什么也不吃,只喝啤酒。

他们一直在酒吧里坐到深夜。在那么长的时间里,他们并没有说多少具有实际意义的话,大部分时候他们都是默默地对坐着,听着酒吧里时而婉转时而喧闹的音乐,不时地相视一笑。他们一直坐到酒吧里的客人一个一个散去,最后连音乐也停止了。

酒吧又恢复了安静,秋林深深地叹了一口气。

分别的时候秋林目光纯净地望着陈陈说:"其实能看看你我就觉得挺幸福的。"

像流星一闪而过

好长一段时间秋林再没有在陈陈的生活里出现过。他没和她见过面,也没和她通过电话。他隐藏在一个一个沉闷而又沉重的日子后面,无声无息,让她的思念像酒一样地发酵,一天比一天变得强烈。不过她不会有所行动,她也不会主动给他打电话。凭本能她知道这种时候不能主动,一主动反而会失去主动的地位。

陈陈不敢深想自己和秋林的这种关系究竟算什么,可以算友情吗?或者是异性间的相互吸引?如果是后者的话,是否不太妥当。陈陈也不敢深想他们这样悄悄来往是否合适,这样的关系又会走向何方。她就像鸵鸟一样把脑袋扎在沙子里,只顾眼前的快乐。因为她认定这份快乐是纯洁的。凭着女性天然的敏感,她有把握即使秋林不出现他也并没有消失,她相信他不可能这样轻易地就消失了。她就像秋林自信自己看人的眼光一样非常自信自己在这方面的判断。因此她就像一个孩子那样每天都在期待着可能出现的幸福。

果然不出所料,有一天秋林毫无预兆地出现在蓝天碧海的门口。

陈陈恰好到门口送客,一眼就看见了秋林的汽车和坐在汽车里的秋林,她的心一下子加快了跳动。在他们四目相对的时候,惊喜和幸福的感觉顿时让他们忘掉了一切。

陈陈几乎是身不由己地对秋林一往情深。因为一时的情迷或者说陶醉,她甚至没有想一想这可能给她的婚姻和家庭带来怎样的危险。那一段时间他们约会频繁,他们去得最多的就是简单生活。现在陈陈也渐渐喜欢上了这个地方,坐在这里有一种非常安心的感觉。这里无论白天还是黑夜都是幽暗的,即使外面阳光灿烂,里面也需要像深夜一样亮着灯,让人丧失了对时间的感觉,包括季节、阴晴、冷暖等等,都是被改变了的,不太真实,却又并不虚假。在这里人生仿佛变得抽象了,那个庞大而喧闹的俗世被抛得远远的,就像过完冬季的棉衣,收到了箱柜的深处,藏在了眼睛看不见的地方。这个地方没有家长里短,没有斤斤计较,也不需要小心谨慎,精心盘算,坐在这里可以身心放松,可以体会到一种宁静的喜悦,还有一种比喜悦更加轻盈更加透明的东西在空气中像看不见的烟雾一样升腾并且慢慢扩散,就像是一种似有若无的气味。陈陈喜欢这种气味,不仅喜欢,她已经深深地迷恋上了。

她完全清楚这种迷人的气味是什么、从何而来,但她却并不去深想。她几乎是身不由己地对秋林一往情深,因此毫不抵抗心里的陶醉或者说迷失,她甚至没有想一想这可能给她的婚姻和家庭带来怎样的危险。在那些午后和夜晚,她机智地用种种谎言和借口逃离酒楼和家庭,和秋林一起躲在这个既熟悉又陌生的地方体会一种心照不宣的快乐,她一点儿也不觉得有什么不对和什么不好,也没有因此有什么自责的心理。相反秋林却比她沉重得多,他常常沉默,而且非常忧郁。

有一天秋林叹息着对陈陈说:"我是一个简单的人,所以在我面前从来没有复杂的问题和局面,可是这一次却出现了意外。"

他望着她,目光如此坦率又是如此深情,让她有一种心惊的感觉,几乎不敢去正视他的眼睛。

他的目光在她的脸上移动,像微风一样轻柔,像水波一样透明,她感到了心跳和焦渴。但是他并没有行动,仍然安静地坐着,神情更加抑郁。

就在这个下午,秋林向她讲述了自己不如意的婚姻。

秋林说他的太太是一个事业型的女人,她自己的事业永远是第一位的,相反爱情在她心里从来没有位置。在他们新婚不久她就去美国留学了,一年之后他费尽周折终于也到了美国,而她却又去了德国,因为那里对她的专业发展更为有利。他们

恋爱课　135

恋爱三年,结婚七年,在一起共同生活的时间加起来还不满一年。

"在个人生活方面我挺不幸的。"秋林说,"别人手到擒来的东西,对我来说总是很不容易得到。"

"我该怎么办?"秋林的眼睛里燃烧着火苗,目光却像孩子一样纯洁和清澈。陈陈无法给他建议,她也不知道他该怎么办。她看不出他的目的和意图,也看不出他的方向。本来到了这个份儿上在她看来就是一件十分简单的事,可他偏偏把它弄得就像一道难题一样,让她也跟着他一起陷入了困境。她发现自己根本不懂得眼前这个人,尽管他向她发问,似乎在向她求援,但他在她面前仍然是优越的,他并不无助,在她面前他永远都不可能是无助的。他只是需要一种推动,促成他在内心里下定某种决心,或者就是由一个要好也是可信赖的朋友替他说一句话,好让他不再犹豫。

现在她就是他的最要好也是最可信赖的朋友。

她竟然觉得非常幸福,而且非常荣幸,她几乎就要替他来做出那个决定。

她不知道他以什么就打动了她,甚至是征服了她,她从他身上看到了一种相当迷人的东西,那种不仅让女人心动而且让女人心软的东西,她觉得自己爱上了他。

秋林适时地向她伸出了手,她毫不犹豫地把手伸给了他,心里渴望的是扑到他的怀里，忘掉世界，忘掉一切。

他说："我爱你！"

他说："我已经经历不起一场爱情了。"

他说："我不希望爱情的欢乐总是和忧愁、烦恼和痛苦交替出现。"

他说："我最向往的就是那种让人心醉的时刻。"

他说："我不想生活在悔恨里，我也不想害你。"

……

他的话在空旷的酒吧里回荡着。他像喝多了酒一样带着一种微醺的神态不停地对她倾诉，其实他并没有喝多少酒，一杯啤酒也就刚喝了三分之一。

他没完没了地说，而且还在说。他的脸离她那样近，她能清楚地看见他说话时睫毛的颤动和脸上轻微的红晕。

陈陈在激动和晕眩中只听见他温柔悦耳的声音，而他说出的每一句话却变得越来越费解，她尽可能地去领会秋林想要表达的确切含义，就像是在听一段深奥的功课一样。但她还是弄不明白秋林到底想要什么，柏拉图式的爱情？与婚姻无关的爱情与性？或者仅仅只是性？他始终没有明说，也许是出于矛盾和腼腆，可是他的矛盾和腼腆也令她喜爱。她完全迷糊了，只觉得热血奔涌，无论他需要什么她都会答应。她甚至已经准备好了为他而献身。为了眼前这个人，她完全可以在所不辞。

突然秋林站起身，步履匆匆走到酒吧门口，站在那儿向外张望了一番，然后走了回来，重新坐了下来。

他脸上还留着慌乱的神色。

"怎么啦？"

"刚才我看见一个人，不过我没看太清楚。"秋林说，"好像是李梅。"

陈陈也吓了一跳，说："真的？"

"也许是我看错了。"秋林说，"这个地方特别偏僻，我从来没有遇到过熟人，不会这么凑巧吧？"

因为这个插曲，他们心里顿时有了很强的现实感，浪漫的情绪被一扫而空，而且也都有一种隐隐约约的烦恼。陈陈越坐越冷，一直冷到心里面，不由瑟瑟发起抖来。秋林的话语也中断了，只是默默地看着她。偶尔他会微笑一下，很单纯，很无辜，没有前因，也没有后果，好像只是为了微笑而微笑，笑容里面毫无内容，却让她感觉出了他的疲惫。陈陈觉得秋林就像是一本书，很大很厚的一本书，好容易打开了一页，可是一阵意外的风又让他一下子合上了。

之后秋林再没有约过陈陈，也没有给她打过电话，这一次他似乎是比较坚定地从陈陈的生活里消失了。陈陈也并没有太觉得意外，尽管秋林的出现与消失对于她都不在意料之中，以前她遇到的男人没有一个是这样的，他们都很直接，而且也很直爽，也许正因为如此秋林成了她最钟情和最挂念的一个。秋林就像一根火柴，把她点燃了，自己却熄灭了。他就像流星一样一闪而过。陈陈想起他心里不觉倍感惆怅。

但是惆怅也很快便烟消云散了。陈陈回顾这一段两心相悦的愉快关系，猜想秋林不再与她联系是否又是在等着她主动与他联系？秋林已经抛出了诱饵，她就应该主动迎上去吞掉；秋林已经挖好了渠道，她就应该主动变成水哗哗地流过去。如果真是这样，陈陈倒是情愿站在干岸上。她这样的女孩儿对男人多少还是有戒心的，并不那么不计成本，也不像他们想象的那样天真单纯。况且她也并不具备那种纵情求欢不顾一切的天性，从本质上说还是一个乖女孩儿。陈陈也想到过秋林像一颗白昼到来时的星辰一样沉寂下去也许是出于一种更为周全的考虑，就像他说过的那样，不想生活在未来的阴影之中，因此忍痛割爱，放弃了自己的浪漫幻想，放弃了这一段不伦之恋。不过因为什么并不重要，现在事情过去了，她也就随它去了，心情既苦涩又轻松。

陈陈没有想到的是她还会再次见到秋林。

有一天秋林又出现在杨家，他不是一个人来的，还带着他的第二任新婚妻子。也许秋林并不想在杨家碰见陈陈，因此他选择了晚饭时分，这个时间应该是她在酒楼里最忙的时候。但这一天她恰恰没有上班，他们还是不期而遇了。

秋林还和陈陈第一次见到时一样穿了一件中式棉袄，头发中分，文质彬彬，就像一个二三十年代的旧文人。尽管时间已经过去了一年，秋林还跟一年以前一模一样。看见陈陈他目光里有一点儿惊愕，随后他对她一笑，很亲切，很平和。

秋林新娶的太太身材高大，长着一张男人一样的大脸盘，擦着胭脂，抹了眼影，有一种生硬的艳丽。她声音很响地说话，说什么都头头是道，无所不知。在一个初次登门的丈夫家的亲戚家里可以一个人从头说到尾，显然这个女人是不怯场的。陈陈想起和秋林情浓的时候他对她说起过自己心目中的佳偶应该是温柔贞静的，他说他喜欢女人第一就是要有女人味儿，清纯妩媚，优雅得体。这些特点至少在他的这位新夫人身上一样也看不到。陈陈还想到了秋林向她描绘过的他的前任太太，如果事先不做介绍，她肯定想不到这中间已经换过人了。

她端起茶壶给他们斟茶，先是秋林太太的杯子，然后是秋林的杯子。

她很平静，在她眼里他就是她婆家的亲戚而已。

他走的时候朝她回眸一笑，眼神是苦涩的，似有说不尽的千言万语。陈陈心里针刺般地一痛，那个瞬间她与他心意相通，完全会意了他要对她说什么。泪水不受控制地涌上了她的眼眶，她转过身去，不让他看见她泪如雨下。她心想他真是活该，一个人竟然在同一条河里淹死了两次。

第四章

人工流产

男人爱潇洒

沙尘暴

前因与后果

人工流产

　　陈陈怀孕了，但是她一点儿都不高兴，甚至感到惊恐，惶惶不可终日。她心理上并没有打算好接受一个孩子，尤其在如此情绪低落的时候，孩子来得真太不是时候了。她和北星在这方面一直是相当注意的，避孕也很严格，可这一次还是出了意外。陈陈甚至连问题出在哪里都弄不清楚。只是有那么一次，她在同学的聚会上喝了许多酒，吐得一塌糊涂，北星把她接回家她便蒙眬睡去。她隐约记得那天夜里躺下之后的情形，北星要和她做爱，在半梦半醒之际她半推半就，也许就是这个半梦半醒之际的半推半就酿成了如此后果。北星听说怀孕倒是蛮高兴的，说既然有了就把他生下来，反正早晚都是要生的。陈陈当然不会要一个酒后的孩子，北星却认为一次喝酒不算什么。可是无论生孩子或者做人工流产都是陈陈一想起来就害怕的。她忽然一下子感到了孤立无援,好像走在一条钢丝的中间,往哪头走都同样面临着巨大的困难和危险。

可是那个看不见的胎儿却不顾她的心情在她的身体里安然地生长着,在暗中吸取着她的营养,她的精力,还有她内心的安宁。她常常突然之间就会烦躁不安,会有忧伤和绝望的情绪袭上心头。与此同时身体的感觉也十分明显,比如尿频、怕冷、吃东西没有胃口等等,几乎每顿饭快吃完的时候便会感到一阵恶心,她得赶紧离开桌子,否则很可能就会吐出来。她还怕闻各种各样的气味,原来她对汽油味儿并不敏感,现在走在大街上汽车从她身边开过她便会觉得头晕目眩。她还怕闻油漆味儿、橡胶味儿、皮革味儿、空气清新剂的味儿等等,所有浓烈的气味都会让她胸腔憋闷,脸色煞白,有一种窒息的感觉,几分钟之内她就像一尾离开了水的鱼一样。而且她的嗅觉也随着怀孕超常地灵敏起来,几乎可以从任何一样平常熟视无睹的东西上面闻出特殊的气味,比如窗户的气味、椅子的气味、垫子的气味、被子的气味、电视机的气味甚至空气和水的气味。不过最让她受不了的还是她每天必须去上班的蓝天碧海大酒楼里的味道:烟味儿、酒味儿、芥末味儿、胡椒味儿、生肉味儿、海鲜池里的味儿、客人身上的香水味儿还有油烟味儿包括抹布味儿都让她忍无可忍。她常常会像离弦的箭一样冲进洗手间,来不及插上门就哇哇大吐起来,不仅把吃的东西和喝的水都吐了出来,还几乎要把五脏六腑都一起吐出来。她还变得特别嗜睡,一躺到床上就像拔掉了插头的电器一样，啪地就睡过去了。要是赶上调休的日子，她可以跟着时针睡上整整一圈，起来不一会儿就又犯困了。她甚至只有一个简单的心愿，就是能让她无休无止地睡下去，想睡多久睡多久，再不必为什么事把她叫起来了。

陈陈这样，把北星给吓坏了。他完全没想到怀孕原来是这样痛苦的一件事。他总是看见人家轻轻松松就抱出了孩子，没想到这个过程到了自己这儿竟然如此艰难。自从陈陈怀孕，他对她更加无微不至，上班都没有心思，逮着空就跑回家或者跑到蓝天碧海去看她。她身体不适，他比她还要难受，只恨自己不能替她。

陈陈不让北星把自己怀孕的事告诉他家里，他也就真的没说。他总是找各种借口替陈陈把饭拿到自己房间去吃，帮她躲过他爹妈的耳目。

呕吐越来越频繁而且不受控制，陈陈迅速地消瘦了下去。她还坚持着上班，但很快就顶不住了，只能请假在家歇着。她在昏睡了一天一夜之后，做掉孩子的决心终于下定了。

陈陈一个人去了离家不远的一家妇婴保健医院。

每天上下班她都要从这家医院围墙外面的马路上经过，高高的楼房上面"妇婴"两个大字常常会让她产生许多联想。从门口经过的时候她总会下意识地望一眼刷了白漆的栅栏里面高大的树木和枝叶掩映下的一个个窗户，觉得那些淡蓝色窗帘遮挡住的房间里面非常神秘。医院里的树木和草坪也好像比外面的要格外绿一点儿，因此也有一种说不出来的阴郁。

陈陈还从来没有把自己跟这家医院联系起来过，走进去的时候心口忽然突突地跳起来。

下午医院里人非常少，在她前面只挂出了两个号。她拿着一本新买的病历本坐在门口的木条椅子上，等着里面叫她。走廊两边的墙上贴着"一对夫妇只生一个孩子""全社会都来关心母乳喂养""优生优育"等等的宣传画，绘画的手法很粗俗，也很陈旧，画上的人物都是胖乎乎的，身材壮硕结实得几乎称得上魁梧，个个面色红润，身体健康。尤其是作为主人公的那个孕妇或者母亲，在每幅画上都是一副营养不错、情绪极好的样子，丝毫看不出曾经经历过妊娠反应和分娩的痛苦。走廊更纵深的地方贴着"如何避孕""上环与结扎""避孕失败怎么办"等等，因为离得远，她也懒得去看，心想反正现在一切都已经晚了。

忽然她听见有一个脆亮的声音叫她的名字，一连叫了两遍，门也从里面打开了，那个声音提高了一点儿，又叫了一遍。

陈陈战战兢兢地走进写着"妇科"两个字的玻璃门里，心里有一种失重的感觉，她想这两个字终于也和自己联系到了一起，随之下意识地感到小腹隐约有一阵钝痛。

里面除了护士有两位大夫，都是女的。年轻一点儿的一位正在床边给患者检查，大夫和病人都默默无声的，只有器械放进白色搪瓷盘里的声音和在这间陌生空旷的房子里发出的回声。陈陈听见这种声音马上本能地感到心惊肉跳，她探头朝她们看了一眼，大夫的脊背挡住了她的视线，她只看得见被检查者半张苍白的脸和从床边垂悬下来的一束黑发，恐惧令她手脚发麻。

这时候另一位大夫叫她:"到这边来!"

陈陈走了过去,那位大夫却并不抬脸看她,仍在纸上刷刷地写着什么。她微微动了一下下巴,示意陈陈坐下,以一种很职业的口吻问她:"你哪儿不好?"

"我……怀孕了。"

陈陈还是第一次在一个陌生人面前说出自己怀孕,觉得"怀孕"这两个字怪怪的,好像很容易说错,而且非常暧昧,尤其是当着一个外人说出来,等于是对别人承认了自己有性行为,而且因为性行为还导致了某种不良的后果。她自己先不好意思起来,一说出怀孕不由就脸红了。她真害怕这时候大夫会以某种目光扫她一眼,那样她一定会无地自容。

好在没有。

大夫仍然头也不抬非常职业地说:"去,做一个尿检。"

陈陈说:"肯定是怀孕了。"

大夫这才抬起一张满是皱纹的脸,微笑着说:"那也得做一下吧?"

陈陈本想对她说自己已经有了明显而且强烈的妊娠反应,不可能不是怀孕,但大夫神情严肃,一脸的医学和权威,也不想多听她说一句话。陈陈便不敢多说什么,顺从地接过单子出去缴费化验。

等她再拿到化验单,上面盖了一个长方形的红戳,用繁体字写着"阳性"。她想这个戳子不知给多少女人带来过惊喜和忧愁。她把化验单拿给大夫,大夫戴起眼镜看了看,很职业也很平静地对她说:"你怀孕了。"

陈陈仍然有一种听到宣判一般的感觉。

大夫简洁地命令道:"脱掉裤子,躺到床上去。"

她脱掉了裤子,顺从地躺到刚刚那个女人躺过的检查床上。现在那个女人已经穿好了衣服,步履轻捷地走了出去,身后留下一股细细的香风。从香味上陈陈判断她用的大概是兰蔻香水。她身段苗条,十分年轻,穿好衣服之后是一个非常入时的漂亮女孩儿,而且一点儿也不苍白,好像她从这张床上一下去就变成了另外一个人。陈陈真希望自己是这会儿的她。这时大夫戴上了很薄的透明手套,示意她把两腿叉开,直接把手指插了进去。陈陈觉得一阵疼痛,她叫了一声,大夫马上说:"忍着点儿,这就好了。"

检查结束,大夫洗完手又坐回到桌子旁边,用一种像是外国文字那样的书法在陈陈的病历本上写下了检查结果,一边对她说:"孕期七周,胎儿一切正常。"

陈陈说:"我不想要。"

大夫很平淡地点了下头,好像早就料到会是这样。

她仍然十分简洁地说:"后天一早过来做人工流产手术。"

陈陈鼓起勇气问大夫:"可以做药物流产吗?"

大夫只有一句话:"胎儿太大了。"

护士已经在门口大声地叫着下一个的名字。

陈陈离开之前大夫不带任何感情色彩地叮嘱她一句:"这两天不要同房。"

恋爱课　147

"同房"由她说出来就像是一件公事,绝对不会引起脸红和心跳,当然更不会让人产生心旌飘摇的感觉。

晚上,陈陈对北星说下午她去过医院了,并且约好了人流手术。北星听了直叹气,他痛惜地把老婆搂在怀里,责怪她去医院不叫他一起去。陈陈说:"医院里太恐怖了,我一进去手脚冰凉,你又没怀孕,何必受这个罪?"

两个人早早地上了床,靠在床头说话。说着说着北星就不安静了,两只手也忙碌起来。陈陈躲闪着说:"别动我,医生说了,这两天不能同房。"

北星笑起来,说:"她怎么这么多事儿?反正也怀上了,同一个又何妨?"

他吻着她,脱去了她的衣服。他比平常更轻柔更小心翼翼地进入了她的身体,她顿时有一种飘浮的感觉。出现妊娠反应以后他们就再没有做过爱,现在因为有了一种赴死的心情,高潮飞快地就到来了。

人流手术真有点儿不堪回首。手术之前陈陈问那些做过的朋友,都说可以忍受,但都是一副痛苦和受惊的表情,而且似乎都是欲言又止。陈陈紧张得两夜都没睡着觉,好容易迷糊片刻,便噩梦连连。她梦到自己躺在手术台上,医生用一把生了锈的小刀从她身上一点儿一点儿地片她的肉,她并不觉得疼,有一点儿微弱的意识透露给她这是因为打了麻药,她便觉得浑身都是麻痹的,手脚僵硬得就像干枯的树枝一样。她听见他们在说"这就完了,这就完了",然后十分清楚地感觉到他们从她的躯体里往外拽什么东西,她亲眼目睹了自己的五脏六腑全被他们拉了出来,奇怪的是脑子竟然那样清醒,却没有阻止他们。她还记得一个短梦,梦里的情形更为尴尬。她梦到自己脱光了衣服躺在一张妇科的手术床上,有人敲门,没等她有所反应,一群人推开门一拥而入,个个都穿着白大褂,自称是实习大夫,可她竟然在他们当中看到了好几张熟悉的面孔,都是常到蓝天碧海吃饭的人。她惊叫着醒来,一身冷汗。

  当她在约定的时间走进妇科手术室,恐惧的心情无法言说。尽管北星就在手术室外面等着她,她心里还是充满了无助和绝望。好在准备为她做手术的两位大夫很和蔼,温文尔雅,对她说话轻声细语,没有一丝的粗暴。手术是不打麻药的,她躺在手术床上,就像接受妇科检查一样叉开着双腿。她感到一件冰凉的金属钳子插进了她的私密之处,下体被钢铁的东西撑开,无遮无挡地扩张着,身体不由本能地紧张起来。随即她感到大夫把一件坚硬的东西捅进了她的体内,又好像是在往她身体里打钉子,那些钉子一直打到她身体的最深处。痛感在她的全身蔓延,牵一发动全身,而疼痛的源头却并不那样明显,只是一种难以形容的闷痛,就像切开的伤口没有鲜血流出来一样,让人惊骇,也让人心里很没有底。当疼痛开始加剧,几乎无法忍受的时候,她忍不住呻吟了一声,一位大夫安慰她说:"好了好了,这就完了!"

  大夫把从她身体里取出来的东西装在一只白色的托盘里,

恋爱课 149

远远地问她:"你想看一看吗?"

陈陈赶紧摇头。

她们便端了托盘,两个人头靠在一起仔细地看了一会儿,陈陈听她们在说"胚胎""胎盘""绒毛"等等,随后大夫之一语调轻松地感叹道:"天哪,一条生命啊!"

另一位大夫同样语调轻松地附和道:"是啊,是啊!"

陈陈脸色苍白地走出手术室,北星已经等得焦急不堪。她一句话没说,倒在老公怀里就抽泣起来。

陈陈做完人流手术没去上班,在屋里躺着静养。除了北星,对家里人只说是痛经,反正也是她差不多每个月都要闹的毛病,家里人也不太当回事儿。

身体里没有了胎儿,首先是心情放松了下来,前一段每天折磨得她寝食不安的妊娠反应一下子消失得无影无踪。那些可怕的气味她也闻不到了,恶心反胃等等感觉也一扫而尽。她只是浑身疲乏,心力交瘁,就像上学的时候刚经历过大考一样。不过睡了两天精神就完全恢复了,身体又跟从前一样轻盈灵巧,简直有一种劫后余生的感觉,心里不由充满了喜悦。第三天一早她就去蓝天碧海上班了。

陈陈以为这件事家里没别人知道,其实婆婆对她的一举一动都很留心。

最初陈陈有妊娠反应的苗头婆婆就估计她是怀上了,她等着小两口儿向她报喜。可是他们一直都没对她说什么,她也不太好开口问他们。陈陈忽然说痛经，北星妈先还疑惑了一阵子，以为自己猜错了，可是一算日子，老太太心里明镜儿似的。不用问，准是两个小的擅做主张把孩子打掉了。老太太心里又失落又生气，心想自己就是对他们千般好，成天把他们两个捧在手心里，这两个孩子也还这么不懂事，这么大的事情也不来跟她商量商量。要是他们自己单过看不见也就罢了，住在一起还主意这么大，眼睛里头没有爹妈，想着她就生气。她真想把这件事对北星爹说说，又想老头子是个直筒子脾气，你把他点燃容易，要他熄火可就费大劲儿了。他要是知道了肯定少不得一通嚷嚷，儿子面上还好说，老子教训儿子，天经地义，可儿媳妇也在边上，老公公掺和这种事儿不太合适，让街坊邻里听了难免尴尬。想来想去，北星妈觉得还是自己忍着点儿，不说为好，免得生事。

反过来老太太又心疼儿媳，本来身子就弱，没好好歇就上班了，哪里经得住这么折腾？老太太担心陈陈打掉了头胎孩子从此伤了身体，赶忙给她炖了养血补气的红枣赤豆汤，还专门去农贸市场买了一只乌鸡，回来放在一只小砂锅里，加了当归、枸杞等等，用文火慢慢煨着。一家人都闻到了香味儿，但在晚饭桌上却并没有见到这道菜。临睡觉前婆婆把这锅汤悄悄端到了陈陈房间里，不过没提她流产的事，心想也甭管是流产还真是痛经，补着点儿总没坏处。

第二天北星下班回家，趁没人在边上，老太太问儿子："前一阵子陈陈是不是怀孕了？"

北星还想闪烁其词，一看他妈如炬的目光就只得说了实话。

他妈问他："那你怎么也不跟我说一声？"

北星吞吞吐吐回不上话来，他总不能对自己妈说是老婆不让他说的。他妈明戏，给他一句："你不对我说，我知道你是有难处啊。"

北星蹭到他妈身边，嘻嘻地笑。

"你别跟我嬉皮笑脸的，你眼睛里哪有我这个妈？气得我真想揍你！"他妈长长地叹一口气，说，"好好儿一个孩子，你们为什么要去做掉？真是造孽啊！不是我脑筋老，一心只想抱孙子，你们要不要孩子事先应该想想好。再说陈陈本来就是个美人灯儿，要是在这上头再亏着了，那可怎么好？有一个李梅放这儿还不够啊？我什么时候只要一想起来心里头就不好受，你们年纪轻真是不懂事。"

北星笑着哄他妈道："没事儿，每天医院里做人工流产排大队，比感冒发烧打吊针还平常，闲了您瞧瞧去，真没什么大不了的。"

他妈呵斥道："你知道个屁！"

陈陈喝了乌鸡汤对老公却心里有火，北星一看老婆的脸色就知道又犯了她了，自己先赔笑说："我这是怎么啦？回到家里一个一个都给我脸色瞧！"

陈陈不理他，故意把脊背朝着他，无论他换到什么角度都看不到她的正脸。北星不由笑起来，说道："你把我都转晕了，你就直说吧，我又犯什么错误了？"

他伸出胳膊从背后把陈陈抱住，陈陈一边挣脱一边说："谁让你把我的事儿告诉你妈的？"

"没有啊,我什么也没说。"

"你怎么不说你妈什么都不知道?"

"我妈知道什么?"

陈陈翻他一眼说:"没你这么两头讨好的,把人当傻子!这鸡汤又是怎么回事儿呢?"

北星嘻嘻哈哈地说:"这是我妈疼你。"他搂紧了老婆,"那怎么也不能说是你一个人的事儿吧?我妈追问我,我也没敢对她说一句实话。真的真的,不信你问我妈去。"

陈陈故意扭过脸去,说:"连谎都不会撒。"

北星说:"好了好了算我笨,其实我妈问我干脆我就承认是我自己做了人工流产不就完了。"

陈陈扑哧乐了。

那只小砂锅在之后一段时间里每天都有新内容,有时是鸽子,有时是猪心,有时是甲鱼,有时是乌鱼,还加了一些药材,远远闻着就有一股特殊的香味儿,陈陈总觉得自己在这个家里享受着一种特权,不过并没有人说一句话,心里倒有几分不过意。

有一天她有事中途回家一趟,看见婆婆正蹲在厨房地下洗着什么,远远望去一盆红水,婆婆两只手就浸在那一盆红水之中。婆婆见她回来,一边和她说话,一边移动着身体,有意无意地挡住盆里的东西。本来陈陈并没有太留心,但婆婆的举动反而引起了她的注意,她假装到厨房取水,看见婆婆洗的是一个胎盘。

婆婆仰着脸对陈陈说:"这东西特别不好弄,我托了人,费了好大劲儿才弄到。今天我一早就出去了,倒了好几趟车才取回来。这东西最补人了,你不会不吃吧?"

陈陈连连摇头,连连后退。

婆婆说:"你看我洗得多干净啊,一会儿我把它切得细细的,加上青蒜一炒,用黄酒一喷,不会有一点儿味道的。"

陈陈说:"我不吃!"一脸的惊恐。

婆婆叹口气说:"我就想背着你不让你知道,还是让你撞见了。"

婆婆煞费苦心地把胎盘做成了丸子,又配上了菜底,如果事先不知道,看着就像一碗平常的菜,但这碗"菜"摆在陈陈面前她连一眼都不敢看,更不用说吃了。婆婆看着她,眼光里全是恳求,甚至是哀求。她凑近过来劝她说:"你就吃了吧,就当它是药呢!"

陈陈招架不住婆婆的盛情好意,没办法只得尝了一口,但马上就吐了出来。婆婆到厨房里倒了一小杯黄酒,让陈陈就着喝下去。陈陈一饮而尽,但立刻就连黄酒也一块儿吐掉了。

不过婆婆并不灰心,她有的是各种各样的招数。她整整给陈陈滋补了一个月,不过始终也没把她流产这件事点破。

男人爱潇洒

做过人工流产之后陈陈对怀孕有了一种超乎寻常的恐惧,她的一位要好的女同学对她说流产之后特别容易怀孕,而且如果时间间隔太短再做人流,弄不好会造成不孕。陈陈也不知道她的医学知识是否可靠,却弄得心怀忐忑,每次做爱都战战兢兢,一点儿不放松。北星也跟着她提心吊胆不说,还时常无端地遭到她的拒绝。假如某个月到了日子月经还没有来,她更是紧张得惶惶不可终日,好像前面等着她的就是刀山火海。而且一到那几日对老公整天没有一个笑脸,就像他做了天大的对不起她的事情。在陈陈怀孕之前性爱还是他们两个人之间的一件赏心乐事,现在既不赏心,更不快乐,倒是平添了无尽的烦恼。北星真拿老婆一点儿办法也没有,而且卧室里的事情他也不知道跟谁说去。

一天快到下班时间，吴文广晃到他办公室里，弯起手指轻轻敲了敲他的办公桌，一边对一个部下布置着工作，一边用眼光示意他跟他出去。北星心领神会，跟着吴文广到了总经理办公室。吴文广很惬意地坐在他的大班椅上，笑眯眯地问他："晚上有空出去走动走动？"

北星笑问："又开发新地方啦？"

吴文广带点儿漫不经心地说："无意间发现的，离我家不远。有一天晚上在家待着特别无聊，下楼逛逛。先也就是闲聊天儿，慢慢混熟了。"

北星笑问："我去合适吗？"

吴文广笑了："樱花妹妹真是一把把你管住了。我一直忍着没说，我看你婚前婚后很不一样嘛！你也不至于连出去看看女孩子这么一点儿兴趣爱好都放弃了吧？"

北星嘿嘿笑着说："不好意思，这一阵子不知不觉就学好了，每天下了班就回家，路上都不带拐弯儿的。"

吴文广说："这就是未老先衰的征兆，一过三十就得吃伟哥了。"

北星说："是是，多谢哥哥教诲！"

两个人在公司楼下的餐馆里吃了晚饭，然后一起去吴文广发现的"新地方"。那是一家名叫"乌发素肌"的美容美发院，刚到街口就见一个穿着围裙的女孩儿拿着扫帚簸箕走出来，初春天气，她只穿着一件半袖棉布衬衫，围裙里面是一条单边开气儿的牛仔裙,光着脚穿着一双高跟皮拖鞋,一头半短不长的头发染得又黄又绿,就像街边刚刚发芽的柳树条子。她一转身恰好看见了吴文广,眼睛像猫一样闪闪发亮,马上扔下手里的东西,咯咯咯笑着扑进了他的怀里。吴文广嘴里叫着"小宝贝儿""小心肝儿",一把把她抱得双脚离地。

吴文广把这个"小宝贝儿"放下来,她飞快地跑开了。吴文广回身悄悄对北星说:"看到了吧,多热情似火!上了床还不得了,就跟烈性炸药一样,一点就炸,一夜少说可以出六回高潮。"

两人进门的时候那个猫眼女孩子已经一脸笑容地等在那儿了,还有几个女孩子也一起迎出来,一字排开,齐刷刷地给他们鞠了一躬,一本正经地说过"欢迎光临"之后就嘻嘻哈哈"哥"长"哥"短起来,一看就是和吴文广极熟的。吴文广拉着猫眼女孩儿的手,给北星介绍说:"这位是琪琪小姐!"琪琪马上对北星露齿一笑,没有一点儿见外。

吴文广问琪琪:"朵朵呢?"

朵朵闻声从美容室的木格小门后面探出脑袋,见是吴文广,笑眯眯地走了出来。北星看这一个长得腰细腿长,剪得长长短短参差不齐的栗色头发直直地垂在白白的瓜子脸两旁,眉毛细细弯弯的,一副娇气的模样,竟然有几分像陈陈。吴文广朝北星诡异地一笑,低声说一句:"是不是有点儿意思?"

北星正有点儿愣神,那个名叫朵朵的女孩子已经从柜子里

恋爱课　157

取了干净的毛巾,围在北星的脖颈里,细心地替他掖好衣领,笑吟吟地问他用哪一种洗发水,沙宣呢还是飘柔?北星胡乱指了一种,朵朵就非常轻柔地给他洗头,一边轻声轻气地与他聊天。

隔着一张椅子琪琪也在给吴文广洗头,两个人声音很小叽叽咕咕地说着悄悄话,但笑声却很大,吴文广哈哈哈笑得非常爽朗,琪琪是叽叽叽、嘎嘎嘎地笑,就像树杈间的小鸟。北星从镜子里看见琪琪高绾着袖子,把白嫩的手指插在吴文广乌黑的头发里,揉过来搓过去地给他做着头部按摩。

吴文广不住地说:"使劲儿,使劲儿,再使点劲儿!你的劲儿都哪儿去了?"

琪琪笑着把身体贴上去,将吴文广的头紧抱在怀里,人像充足了气的气球一样鼓胀起来,突然扑哧一声笑出来,气就撒了,弄得白色的泡沫四处飞溅。

吴文广便说:"挺好挺好,再来再来!"一边伸手拍拍她的屁股,又顺势摸一下她光洁白皙的玉腿,以示鼓励。

朵朵却不像琪琪那样疯闹,也不如琪琪那样俏皮,她文文静静的,洗头和按摩也都中规中矩。北星和她说话,她应答得得体巧妙,北星没话的时候,她也总能有话对他说。不过都是些无关痛痒的话,北星一点儿也找不到深入下去或者引申开去的机会,一个头洗得无滋无味,在北星眼里她简直就是一个简装版的陈陈。

吴文广和琪琪洗完头发就进了一间美容室,两个人进去之后拉上了门，就像两尾进了水里的鱼一样悄无声息。北星洗完头发之后朵朵问他做不做面膜，他说不做。坐在外面椅子上翻着报纸等吴文广。一张足球报看了两个来回吴文广终于出来了，脸上很干净，头发上打着摩丝，真是头脸整洁，容光焕发，看不出有一点儿胡闹过的痕迹。

吴文广见北星在外面的椅子上坐着，很诧异地问他："你没洗洗脸？"

北星摇头。

吴文广悄声问他："对朵朵不中意？"又说，"不中意就换一个嘛！"

北星还是摇头。

吴文广一笑，颇有点儿无奈地朝北星摇了摇头。

正是美容院生意火热的时候，吴文广嫌乱要走，琪琪拉着他又撒了一回娇，只得让他走了。

哥儿两个去了一家酒吧。吴文广喝着大扎的黑啤，显得心满意足。北星和他喝的一样的东西，却远没有他那样舒心快意。

吴文广说："现在除了到公司，我最乐意的就是上她们那儿坐坐。她们都是非常善良的人，也许你不怎么瞧得起她们，但她们绝对不会害你，跟她们在一起你不会想到商场上的那些尔虞我诈的肮脏行为，跟她们你可以踏踏实实地很放松地待着。说句特俗的话，她们要的钱也很有限。"

北星勉强笑笑，没说话。

吴文广问他:"你怎么啦?"

北星说:"没什么。"

"不开心?"

"说不上。"

吴文广笑起来,举起酒杯和北星碰了碰,说:"我像你这个年龄也有过一段时间像你这个样子,其实也说不上有什么烦心事,只是没有一件事能让我高兴得起来,整天没滋没味,觉得特别无聊,打不起精神来。有时候还挺悲观的,觉得人生没完没了絮烦得很。我自己给自己当医生,我把这种症状叫作婚姻生活综合征。"

北星笑说:"也许你说得还真有一点儿对,至少我没结婚的时候无忧无虑,心里从来不装事情,也没有这么腻烦过。"

"这不是什么大毛病,自己找点儿开心就行了。"吴文广斜睨着北星说,"我看那个朵朵挺不错的,你怎么提不起兴致来?"

北星有点儿不好意思。

吴文广说:"算了算了,以后我再不约你出来了,你不仅组织上成了家,思想上也成了家,让人一眼就看见了责任心——跟从前真是大不一样了。"

北星自嘲地说:"我挺乏味的,我自己也知道。"

两个人喝干了杯里的酒,又各自要了一杯威士忌。

吴文广说:"跟你说句大实话,我现在只相信一个字儿,就是玩。玩就是开心，就是高兴，就是哈哈一乐。我要求不高，只要不费脑子，不费心就好，为了玩就是花点儿钱我也不在乎。"他转动着杯子，里面的冰块发出好听的撞击声。他喝了一口酒，品尝着酒的滋味说，"可是玩过之后还要拉着扯着，我就烦透了，最怕碰到的就是纠缠不清的。"

北星问他："遇到过吗？"

"我哪有那么幸运？"吴文广说，"臭猪头招苍蝇，或者说好听点儿叫鲜花惹蜂蝶，我老把女孩儿招得发疯。前一段还有一个死活缠着我的，要跟我结婚。那个女孩子还真的确不错，要相貌有相貌，要身高有身高，年龄不大，学历不低，挣得也不少，穿得也漂亮，在建国门那边租了一个小公寓自己住着，日子过得蛮自在的，我真不明白她哪根筋搭错了偏要嫁给我这样的？再说我这儿还拉家带口呢，离婚也不是一件不费吹灰之力的事情，况且我可以发誓百分百没想过要为她去离婚，吓得我唯恐躲她不及。"

北星说："人家哪儿知道你这么花心！"

"这句话你恰恰说错了。"吴文广笑道，"我一点儿也不花心，相反，实际得不得了，每天碗里有肉就行了，打嘴打嘴，太粗俗了！不过这样的话早有人在我之前说过了，只不过说得比我文雅。有位上海滩上的女作家说——不是现在的，是三四十年代的——她说在性方面其实男人比女人忠实，因为男人只爱女人的青春美貌，而与其他一切无关。我现在彻头彻尾就是一个忠实的男人。"

离开酒吧前吴文广叹着气说:"现在我总算找到生活的意义了,我归纳为八个字,就是:'万事随缘,及时行乐。'你琢磨琢磨是不是这么回事儿?其实生活就是每个人过自己的一辈子,说到底就是过一天算一天,直到两眼一闭,人家赚钱人家泡妞人家得意人家疯狂都跟你没关系了。你想一个人想明白了这一点还不得乐且乐?所以我觉得自己从来也没像现在这么清醒,这么充实,这么有满足感。"

吴文广的脚步略有一点儿踉跄,但他上半身还是尽量保持着优雅的风度。走出酒吧他又长叹了一口气说:"下个月你嫂子就永久性地归来了,我的自由自在的好日子也要就此告一段落了。"他拉了拉北星的手说,"她要是问起什么,拜托帮忙遮掩一下。"

北星点头说:"哥哥放心!"

两个人站在马路边上打车。

吴文广想起什么似的问北星:"你还记得翘翘吗?"没等北星说什么,他感慨地说,"这一个能跟那一个媲美。"

两辆出租车一前一后停了下来,吴文广上了前面一辆,隔着车窗玻璃他跷起拇指和小指,朝北星比画了一个"六"字,鬼鬼地一笑,车就开走了。北星会意,忍不住哈哈大笑。

沙尘暴

北星妈一大早起床看外面天色昏黄，大风一阵紧似一阵，再看桌上、窗台上、地上一层黄土，家具也是灰蒙蒙的。她做完了早饭没有出去买菜，忙着打扫卫生，一边念念叨叨，抱怨这刮沙子的天气。突然听见有人敲门，打开门竟是北疆。他这么一大早又赶这么个坏天气回家来，把老太太吓了一跳。

"坏了事儿了！"北疆坐下来，从口袋里摸出一支烟，他妈见他点烟的时候手指头都在发抖。老太太心口突突的，马上想到大概是儿子的买卖出了问题。她看北疆的气色很不好，黝黑的脸庞泛着白，看上去一张脸是灰的。

"唉！"北疆重重地叹了口气，欲言又止。他妈心里更加十拿九稳。不过老太太沉得住气，心想既然人还在这里，那么顶多就是折些东西。她问儿子吃没吃早饭，北疆摇摇头，她就去厨房端了锅粥过来,还有花卷和咸菜。她给儿子盛了一碗粥,又把一只热气腾腾的花卷递给他。北疆没有接,他掐灭烟头,又点上一支吸起来。

屋子里很快就烟雾缭绕,把他妈呛得直咳嗽。北疆把烟头扔到地上,用鞋底狠狠地踩灭了。他下了好大的决心才把事情说了出来。不过要不是他亲口说,他妈绝对不会相信这样的事情会发生在她这个大儿子的身上。

北疆有一个相好的女人,是一个外地来的打工妹。两个人已经来往了有五六年了,当然是背着人的。他们感情很好,北疆替她租了房子,买了家具,她给北疆生了一个儿子,已经有四岁多了。平常只要躲得开李梅他就到他们母子那边,在旁人看来他们就像一个普普通通的三口之家。北疆还常常在一早一晚开车接送孩子上幼儿园,两年下来一切正常。可是就在今天早晨,他刚抱着孩子上车就远远地看见了李梅的哥哥李海。李海戴着遮阳帽,穿着钓鱼背心,脖子里还挂着一个佳能照相机,就像出门旅游一样。不过他显然不是外出旅游,在几十米开外他朝北疆一挥手,随即大步流星走了过来。北疆一惊非同小可。他已来不及躲避,而且也无处躲避,只好硬着头皮朝他大舅子走了过去。

李海笑眯眯的,还伸手逗弄了一下北疆怀里抱着的儿子。李海说:"你还真有一手啊!"他掏出香烟,给了北疆一支,自己点燃一支,"你别怪我管闲事儿,咱俩干脆把话说开了,李梅求过我好多次,我想不管也不行了。要不这样吧,你先送孩子,我呢先去单位点个卯,回头我们见面再细说?"

"你说我怎么弄呢?"北疆愁眉苦脸的,他妈还很少见他这个样子。

老太太说:"你让他千万别跟李梅说。"

"哪儿这么容易啊?"北疆说,"他要肯替我瞒着,何必还下这么大功夫!"

老太太忧心忡忡地说:"别的都好说,李梅要知道了,她准跟你闹个天翻地覆。"

北疆说:"这回死定了。"

娘儿俩嘀咕了好一阵子,商量一会儿怎么去见李海。北疆听了他妈给他出的主意,心里踏实了几分。

北疆跟大舅子在一家二十四小时营业的豆浆店里见了面。李海以他一贯的很大度的风度对这件事表现得通情达理,既不责备妹夫,也不追问他和那个孩子是什么关系,好像一切尽在他的掌握之中。两个人在沉默中对坐了片刻,李海先开了口。

他说:"其实这种事儿也好理解。"

这句话他反反复复说了好几遍,就好像他是北疆的一个哥们儿,专门来宽慰他的,弄得北疆尴尬万分,胀头紫脸,一句话也说不出来。

李海反倒笑了,他带点儿玩笑地说:"我们做公安这一行的讲的就是抓住事实说话,不过我弄清楚了事实倒也不是为了挑起事端,咱们俩的关系不一样,怎么着这也还是人民内部矛盾吧?"

北疆是个直性子,对大舅子不绕弯子地说:"我只有一个想法,别对李梅说,行吗?"

大舅子的表情是"那得看你的态度",不过他并没把这句话说出来,脸上还是含而不露地微笑着。他仍然拿着明白人的架势,口气平和地对北疆说:"你千万别以为我是来要挟你什么,我没那个意思。以前你把我当哥哥,我把你当兄弟,今天还是一样。我就李梅这么一个妹妹,我们两个无父无母,她也就我这么一个哥哥,这你都知道。不过,遇到这样的事情,我们都需要头脑冷静对不对?现在事情摆在这儿,依我看,最重要的就是如何把问题解决得好一点儿。"

北疆点点头,对大舅子的话表示赞同。

李海问妹夫:"你打算怎么办呢?跟那边断,还是牺牲李梅?"

大舅子不关心过程,他只重视结果,话说得也非常直截了当。

北疆支支吾吾的,似乎回答不上来。

大舅子便对准了问题的核心问他:"那你打算把李梅怎么办吧?"

北疆闷着头抽烟,脑袋从来没像这样沉过。李海需要的答案是明摆着的,但他也不想说过于违心的话。他含含糊糊地说:

"就这样吧，还能怎么办？"

李海仍然是那样和风细雨慢慢吞吞地说："你既然没想跟李梅离婚，那你总要跟她过得去。老话说'清官难断家务事'，还有一句话叫'家家都有一本难念的经'，现在轮到我做这个清官，你爱听不爱听我都得说两句。按说你如果还要跟李梅过下去，你就不应该再跟外边那个女人来往对不？可是替你想想呢，要做到这一点也实在不容易。将心比心，要是我遇到这么件事儿，连我自己都不知道该怎么办。所以我也不想逼你，还是刚才的话，你自己好好琢磨琢磨，自己拿个主意，看看怎么办好。"

北疆听了他这番话，老实地说："我真没想过要跟李梅离婚，跟她结婚也十来年了，吵架红脸不能说没有，钱我还是尽着她花的。她不能生育，身体又不好，我哪里敢跟她离婚啊？"

"那你就得自己多注点儿意，她对你起疑心也不是一天两天了。"

北疆点点头，欲言又止。

两个人沉默了片刻，李海问北疆："你说你不跟李梅离婚，不是我信不过你，你有没有什么实际行动？"

让他这么一问北疆愣了一下，反问他："你是要我写保证书？"

李海笑起来，说："那倒不必，落在纸上不就成证据了吗？万一没收好再让李梅瞧见了不就更糟了？咱们还不如来点儿实的，你存些钱到李梅名下，也好叫她心里踏实。"

北疆满口答应，还跟大舅子保证，只要他帮他在李梅面前

恋爱课　　167

糊弄过去,他跟外面那个慢慢地断。

跟李海说完了话北疆又回到家里,他把跟大舅子见面的经过一五一十都对妈说了。他妈说:"你就按李海说的去做吧,怎么说你现在让他抓住了把柄,理亏的是你,他这也算是讲道理了,不过你也得防着他先礼后兵。"

北疆捧着脑袋说:"我哪有闲钱去存银行啊。"

他妈说:"这不是没法子吗?逼到这儿了,我把拿你的五万出了货还给你。"

北疆说:"那多亏呀,这会儿不正牛市呢吗?"

他妈说:"你管他牛市虎市的,股市的事情谁说得好?这两天我看点儿还不错,没准过不了多久想出来就得割肉了。早出来早消停,没听人说落袋为安嘛!"

娘儿俩说着话,老头儿就在里屋听着。他手里拿着一张隔夜的晚报,不过一行字也没看进去。早上北疆来的时候他刚好出去遛早了,回来之后老太太就把这档子事对他说了,不过她尽量避重就轻,一边说一边留神察言观色,只要老头子脸上稍有一点儿不好看她就打算好把儿子狠狠数落一番,反正人不在跟前,等见了面再大的火气也过去了。

老太太跟北疆说完话去了厨房,老头子从里屋踱出来,把桌上一杯晾得温热可口的茶水端起来喝了一口,瞟了他一眼,一句话没说。看父亲这么一副神情，北疆猜到他肯定全都知道了，心里不免打起了小鼓。他站起身战战兢兢恭恭敬敬地叫他一声："爸！"

老头子没理他，还是一句话没有。

北疆缩着脖子等着挨骂，他爸回过头来又瞟了他一眼，撇着嘴说："好小子，真有你的，你也在外头包起二奶来了！"

他把茶杯重重地往桌上一顿，转身出门去了。走出几步又折回来，扔下一句："找一天把我孙子领回家来让我看看。"

北疆留意他老子说这句话的时候没有一丝儿的怒气，声音听上去竟然还有几分柔情。

北林和晋丽很快知道了这件事。晋丽背着人悄悄对北林说："这种事情要是出在你身上我都没这么吃惊，谁想得到你大哥那么个规矩本分的人也闹出这种花花事儿？现在让我真不明白该对男人怎么看了。"

北林鼻子里哼一声说："你不必如此抬举我，我有你这么一个已经够受了，你还想让我再弄一个？我可不想给自己找不自在。"

晋丽同样哼了一声，不过脸上的笑容却是美滋滋的。

北星和陈陈也知道了这件事。

陈陈说："看不出来你大哥还挺浪漫的嘛。"

北星说："他算是完了，他对女人最心善了，这下还不得被两头扯死。"

兰兰回来听说了大弟的事情，立即沉下脸来，毫不客气地冲爹妈说："都是你们纵的他！他自己丢脸，一家人也跟着他没面子，还以为是多美的事情呢！出这种事儿你们也不管管，真要是闹开了，有家翻宅乱的那一天。不是我在这儿拣难听的话说，我看到那会儿你们一个个还能像没事人一样。"

她爹她妈听了都不敢作声。

老头子被姑娘说得脸上挂不住，起身走了出去。

老太太脸上也很下不来，不过她沉得住气，附和着女儿说："可不是？我也是这么说。"

兰兰又说了一通，句句都是胡同里面扛竹竿子不带拐弯儿的话，句句都戳人心窝子，这样的话这个家里也就是她一个人会这么说。她妈耐着性子由她说，家里别的人都躲得远远的。

兰兰一走，老太太一个人在屋子里长吁短叹，自言自语道："人心变坏啦，人心变坏啦……"

最后这件事家里就只瞒着李梅一个。

前因与后果

出了这么一档子事,家里沉闷了一阵子。好一段北疆和李梅都没有上门,老两口儿常常相对叹气,每天悬着个心,总担心会有什么事情发生。尤其是北疆风风火火从外面进来,两个老人往往一脸惊愕,就怕他一张口说出什么坏消息。家里其他人也跟着他们神经紧绷。好在北疆并没有再带回什么不好的消息,相反,他说李梅的哥哥真是挺不错的,在李梅面前不仅一丝风儿没透,还替他编谎话打圆场,帮他遮掩,消除李梅的疑心。李海还打电话给他,关照他往银行存钱也别一次存太多,免得李梅又有想法。李海在电话里对北疆说,别怪他替自己妹妹想,替妹妹想完了,他也一样替他这个妹夫想。北疆对他妈说:"听他这么一说心里还真挺热乎的。"他妈便说:"好人,好人哪!"

几个月一过，这件事在家里就变成了另外一个样子，不仅老头儿老太太不再愁眉苦脸，有时候在饭桌上也有人敢把这件事拿出来开几句玩笑。比如有一天说话间提到包二奶的事，晋丽就快人快语地说："咱家不也有吗？"一家人竟然哈哈大笑。

有一天陈陈非常惊讶地听到婆婆在麻将桌上绘声绘色地把北疆在外面有个相好说给文大妈和侯大爷听，就像在说一件非常得意非常光彩的事。陈陈悄悄告诉了晋丽，晋丽一笑说："这就是市井人家，这种事情他们心里不定觉得自己多赚呢，要是他们女儿让人包了二奶，准不会这么得意扬扬地往外说了，我早把他们看得透透的。"

这件事渐渐在这个院子里成了公开的秘密，北疆回来老街坊们看他的眼神都比平常明亮活泼，跟他说话的口气也更加亲切体贴，简直快要忍不住顺嘴问候问候他外面的女人和孩子了。北疆也跟以前有些不一样了，腰板挺得直直的，走路生风，有一种如鱼得水的潇洒。和人说话的口气也更加柔和亲切，越来越像一位成功人士。他爹他妈看他的眼神里也有了一种敬畏，仿佛儿子真成了顶天立地的大男人了。

有一天晚上北星不在家，婆婆来到陈陈屋里，问她知道不知道请客用的一套青花瓷碗放在哪里了。家里的东西从来是婆婆自己收着，陈陈从来都不管的，她心里正觉得奇怪，见婆婆一副欲言又止的样子,就知道她一定有什么话要对自己说。果真,婆婆扯了几句闲篇便问她想不想换换工作。

婆婆满脸笑容地对她说:"结了婚总还是安定一点儿的好,我和你爸商量了好些日子了,我让北星跟你说,北星说我跟你说也一样。要说咱娘儿俩也不是一日半日了,我说就我说吧。"

婆婆问陈陈愿不愿意到对面的幸福花园去上班,那里正在招聘售楼小姐。婆婆一口气说了好几条到幸福花园上班的好处:离家近,不用每天花那么长时间在路上挤公共汽车;工作比较轻松,至少不会像酒楼那样忙,晚上也不会那么晚才下班;条件不错,坐办公室;收入听说也相当可以。还有一条婆婆没有说,就是那儿的人绝对没有酒楼里的人那么杂。婆婆把脸凑近了一点儿,压低了声音对她说如果愿意去,文大妈答应帮这个忙,她侄儿给那边打个电话,也就是一句话的事情。

陈陈一点儿也没想到婆婆会给她出这么一个主意,而且还有这么一条现成的门路。

幸福花园是新开发的非常气派的商品房小区,打开报纸常能见到售楼广告:板楼,水景建筑,绿色社区,配套管理,等等等等,号称"时尚人士最理想的家园"。幸福花园的大楼站在院子里就能看见,陈陈刚嫁过来的时候还是蒙着绿色建筑苫布的巨大的长方体,前些日子苫布一撤,露出了一片华贵的赭红色屋脊,把周围的旧民居比得一片惨淡,让大杂院里住着的人看着只有叹气的份儿。院里的邻居早晨和傍晚常到幸福花

恋爱课　173

园去散步,真把那里当成了花园和公园。能去幸福花园上班当然很不错,陈陈一下子就动心了。

    陈陈去蓝天碧海向大梁辞工,大梁很意外,马上问她是不是受了什么委屈,又问她是不是嫌工资低。知道陈陈去意已定,大梁就不多说什么了。他让会计给她多开了三个月的薪水,还让会计把奖金、加班费、洗理费、冷饮费、取暖费等等七七八八有一项算一项全开给了她。

    结账的时候大梁亲自陪着,小会计脸上露出酸溜溜的笑容,调侃大梁说:"老板,您是不是怕我少给她呀?"

    平日大梁是很喜欢这个小会计的,不过今天没心思跟她开玩笑。

    结完账陈陈跟着大梁回到他的办公室,他给她倒了一杯茶,对她说:"没想到这么快你就要走了,我还记得你第一次到这里来的样子。算一算其实也不算短,有两年多吧?那天你来之前一分钟他们刚把海鲜送过来,地上湿漉漉的还没来得及擦。我记得我们就站在鱼箱前面说话。"

    陈陈说:"我也记得,我还记得当时您对我说的话。"

    大梁说:"你在这儿我没把你照顾好。弄这么个酒楼挺伤神的,方方面面都得打点到,也没个得力的人能帮我。"

    大梁没有送陈陈下楼。

他说:"我不送你下楼了,那样一送就好像再也见不到了。"又说,"我这个人好聚不好散,从来不到车站、机场送人,再好的朋友也是这样。本来我应该请你吃顿饭辞别一下,不过我觉得还是免了吧,请你原谅。"

陈陈说:"我会来看您的。"

大梁握了握她的手说:"记住你自己说的话!有什么事你随时过来找我。还有,我这儿随时欢迎你回来。"

不久陈陈就去幸福花园上班了。

别的不说,每天下班之后有大把大把的闲暇时间,拿她自己的话说是"下了班老半天天也不黑",而且夜晚也显得特别长。这让她非常喜欢,总算也可以像别的年轻人一样利用晚上的时间出去玩玩了。

现在北星的晚上也不像从前那么寂寞了,以前除了和吴文广出去他并没有多少社交活动,朋友也极有限,生活难免单调。现在陈陈到点儿就下班,有时间一块儿玩了,哪怕在大街上逛逛也挺开心的,两个人过得就像新婚蜜月一样。

有一天两个人在外面吃了饭又看了电影,回来的路上北星问陈陈知道不知道什么原因促使她换工作的?北星实在是有点儿得意忘形,一溜嘴就说出她换工作起因还在北疆那儿。陈陈便追问他此话怎么讲。

北星说:"你不知道吧?北疆好上的那个女孩儿就是做餐馆的,所以……"

他看陈陈脸色不对,赶紧收住了话头。

陈陈一听就火了,冷笑道:"做餐馆的又怎么样?做餐馆的哪里个个都让人家包了二奶?他们老两口儿的想象力也太丰富了吧,真让人受不了!"

北星赶紧哄她说:"他们没这么说,是我胡说八道呢。"

陈陈愤愤地说:"你不用为他们辩解,他们就是没这么说心里肯定也就是这么想的。"

见她真生气了,北星干脆转舵站到了她这一边。他说:"我也是觉得他们挺逗的,这不是姥姥的大姑的舅舅的外孙女儿,绕了多大的弯子!人上了岁数就是这样,扯上扯不上的他们都能鼓捣到一块儿,你一听就算了,犯不上跟他们生气,否则以后我什么话都不敢跟你说了。"

陈陈还是气呼呼的,北星搂住她说:"不过话又说回来,要不是他们提出让你换个工作,这会儿咱们能这样清闲自在在外面瞎逛悠?这么一想,你还有气吗?"

第五章

男人和女人是不一样的
一个温暖和煦的下午
等你等到花儿都谢了
柠檬的滋味

男人和女人是不一样的

陈陈在幸福花园上班既没觉得有多好，也没觉得有什么不好，她很快就适应了，好像从来就是做这个的。尽管她对售楼这行一窍不通，连最基本的房屋平面图都不会看，来看楼的人问她哪堵墙承重哪堵墙不承重她也说不清楚，但因为是上面打了招呼的，售楼处的头儿就像大梁一样对她另眼相看，特别照顾，特意安排她做接待，穿着比别的售楼小姐短一截的裙子，有来宾给个笑脸，领他们去看看样板房，这就是她的全部工作。其他那些小姐到月底都要统计工作量，经理室的墙上贴着大大的统计表，业绩好的奖金才高，小姐们都抱怨这个班不好上，累死了，只有陈陈一个不用跟她们比，每个月她轻轻松松就拿最高奖。那帮售楼小姐也跟蓝天碧海的小姐一样对她又妒又恨，背后给她起个外号叫"门花"。但因为她并不恃宠而骄,既没在领导面前卖弄风骚,也没在领导面前搬弄是非,从来不多嘴,不多事,跟她们又是和睦相处,大面子上也都过得去,她们渐渐对她也就没有了敌意,扎在一起议论经理、抱怨公司也不再背着她。

有一天售楼处来了一个人,穿得很平常,气度却很不平常。他四下望了望,问坐在接待牌后面的陈陈:"头儿呢?"

头儿正好出去了,陈陈说副头儿在,问他见不见。

此人摆手道:"算了算了!"

他转身正要出门,又回头看一眼陈陈,问她:"新来的?"

陈陈说:"不算太新,一个多月了。"

他笑了,从口袋里掏出一张名片,口气很大地说:"认识一下吧,以后有什么事你可以找我。"

他的名片很精致,灰色绉面纸,带着金边,比一般人使用的名片要窄一条。上面用小到肉眼几乎看不见的宋体字印着"彭小竹",头衔是"建筑项目开发经理"。陈陈实在想不到自己会有什么事情需要麻烦到这位"建筑项目开发经理",所以这个名叫彭小竹的人一走,她就把他的名片扔进了抽屉旮旯里。

没过多久,有一天陈陈陪客户看房出来,有一个人站在喷水池边的鹅卵石小径上叫她,第一眼她没有认出来,但是他那种不平常的气度马上让她想起了这个人是谁。他走过来,像一个大人物一样主动向她伸出了手,一边和她握手一边说:"已经忘了我啦?那我就再重新自我介绍一下吧!"

陈陈正想说不需要,他已经从上衣口袋里掏出了一个精巧的牛皮名片夹,抽出一张递了给她。

陈陈接在手里,名片的颜色跟上次的不一样,这次是浅蓝色的,纸质极薄极滑,比通常的名片又大出了一号。陈陈觉得这个人颇有意思,仔细看他名片,上面的头衔也变了,这回成了"《广厦快报》执行主编彭小竹"。陈陈也弄不清这个"执行主编"是多大的一个官儿,不过看他脸上的神气却是很不一般。

"祝贺您荣升!"她笑着对他说了句场面话。

彭小竹翘起嘴角微微一笑,故作谦虚地说:"挪挪地方,谈不上荣升不荣升的。我这个人做任何事都没常性,兴趣一过就不想再做了。"

"那您是有本事的人。"陈陈夸奖他。

彭小竹马上饶有兴味地问她:"能看出来?"

本来不过是一句随口敷衍的话,让他这一问,陈陈又不得不多说两句。

"怎么看不出来呢?"她莞尔一笑,"您这个人一看就是很不一般的。"

彭小竹露出了十分灿烂的笑容,他以一种剖析的口吻说:"你这么说至少向我提供了两条信息,一是我这个人看上去还真是有点儿特点,假如你的话是由衷的;二是你这个人性格不错,非常善解人意,不愿意让别人尴尬,假如你刚才是言不由衷的话。"

彭小竹说完,用一种非常自信也非常得意的目光看着她。

陈陈笑起来。

彭小竹说:"现在你是不是觉得我这个人多少还是有一点儿意思的?"

彭小竹隔一段时间就会过来一次,每次他来干什么陈陈并不清楚。但她发现这儿的人跟他都挺熟,头头脑脑和他说话既恭敬又亲热,来了就拉着他出去喝酒吃饭,对他待若上宾。那些售楼的小姐跟他也很熟,有几个见了他就叫"彭哥",眉眼儿之间也添出几分妖娆活泼。彭小竹跟她们拍拍打打,很放得开。另有几个见了他便娇声嗲气地叫他"小竹哥哥",跟他的亲厚又胜一层。彭小竹就像一个多情的情人一样跟她们搂搂抱抱,非常开放。那些叫"彭哥"的遇到这些叫"小竹哥哥"的就没脾气了,就像在舞台上表演,她们自动就退到了灯光黯淡的地方。或者说就像是龟兔赛跑,本来是胜券在握的,一不留神就让别人跑到了前头。陈陈看了心中暗自好笑。

陈陈从来不主动跟彭小竹说话,他来顶多跟他打个招呼,尤其是看到他这样广受欢迎,她更不会主动凑过去。倒是彭小竹从来不肯冷落她,跟那帮女孩子说笑一阵,眼光就转到了她

恋爱课　181

身上,插空总忘不了"关照"她一下。

彭小竹的洒脱和经多识广构成了一种特殊的魅力,他广博机智,没有他不知道的事,也没有他办不了的事。平常任何话题都是信手拈来,诙谐幽默,总能把陈陈逗得十分开心。他又极肯帮人,有事找他帮忙从不推诿,而且事事办得漂亮利落。他还有一手绝活就是看手相,尤其是给女孩子们看手相,据说能够对她们过去、现在、未来的情场得失说得毫厘不爽。不过这招绝活彭小竹轻易不露,除非遇到极中意的,否则即使对方再三相求,他也金口难开。

有一天他请陈陈把手给他看一下,对她说:"你不喜欢掺和事情,事事把自己摆在外面,但你其实也并不是一个局外人。"

陈陈微微一笑说:"我从来不信看手相这种事情。"

彭小竹说:"你以为我就真信吗?"他诡秘地笑笑,"不过就是找个机会和女孩儿亲近一下,谁也不会把这当成目的。"

这个人人都很熟的彭小竹,陈陈对他实际上却并不了解多少,只是凭感觉知道这人上下左右都很玩得转。他们,尤其是她们都不会来跟她说彭小竹的事情,彭小竹对于她们是越私有越好,不想有人来分一杯羹。陈陈早看出来了,当然不会蠢到跟她们主动去提彭小竹。

不过有这么个时常来晃一下的彭小竹,上班倒也不枯燥。

一天临近下班的时候彭小竹又来了，恰好只有陈陈一个人在，公司的人都去参加客户联谊会了。彭小竹马上就笑了，半真半假地说："你不知道我盘算了多久，总算让我逮着了这么一个大好机会。我自己都很佩服自己，怎么就掐得这样准！"

他邀请陈陈出去喝咖啡。

陈陈说："不，谢谢。"

彭小竹略略一愣，却没有问她为什么。他的表情在百分之一秒之内就恢复了正常，似乎并不介意被她拒绝。他笑嘻嘻地说："不去就不去吧，在这儿坐会儿也挺好的，这儿挺清静的。"

他在接待客户的大沙发里坐下来，一直坐到陈陈下班。

他问她："现在你愿意和我一起去喝杯咖啡还是跟我一起吃晚饭？"

轮到陈陈一愣，她没想到他这么快就翻盘了，真佩服他脸皮厚，不过对他头脑机灵也很有好感。这一次她没好意思再拒绝他。

在咖啡厅坐下来，彭小竹笑眯眯地望着陈陈，脸上分明带着几分优胜者的得意。不过他很快收敛了笑容，以一种极纯情的眼神凝视着她，声音很轻很抒情地对她说："知道吗？你给我的第一印象清澈如水，就好像不食人间烟火的一样。我这个人是不太会看错人的，你是一个纯洁的女孩子，心地纯洁，我没说错吧？"

陈陈含蓄地笑笑，不置可否。

恋爱课　　183

彭小竹又说:"像你这样的女孩儿现在很稀有了。"

陈陈微微一笑。

彭小竹说:"是不是我这么说很可笑?不过我说的是真心话,尽管现在我很少说真心话。"

彭小竹以一种审视的目光端详着她:"你不说话的时候很可爱,你笑的时候也很可爱,你低头浅浅一笑简直把人迷倒,没有人这样对你说过吧?"他说,"不过我还是希望听你说说话。"

"说什么呢?"

"随便吧,说什么都可以。"彭小竹用一种充满诱惑的语调说,"比如你的感情生活,你有没有爱得发疯,有没有让你铭心刻骨的男朋友,和他做过爱吗?感觉好吗?就说你真正有感触的话吧。"

陈陈脸红起来,她说:"还是你先说吧。"

彭小竹宽厚地笑了笑,很平常地说:"我结婚了,有五年了吧。跟她没有孩子,有一个孩子是我前妻生的。我老婆还可以,对我挺不错的,比我小了八九岁。除她之外我也有过几个女朋友。我喜爱女人,不过也不是来者不拒,相反我这个人比较挑剔。你还想知道什么?"

如此直接的说话方式让陈陈觉得很新颖,也很刺激,她不仅没有反感,倒有几分觉得新奇好玩。她也用彭小竹那样的口气说话,不过她的话要简短得多。

她说:"我也结婚了,住在婆家,目前没有孩子。"

"也没有情人?"他飞快地追问了一句。

"没有。"

彭小竹喝着加了很多糖和奶的咖啡说:"我喜爱女人就是因为女人跟男人不一样。男人和女人交往,目的一般都写在脸上,女人只要稍微仔细一点儿就能从男人的表情里读懂他们的心思,而女人跟男人交往,目的恰恰都不写在脸上。所以让你经常闹不清楚她们的目的到底是什么,你就会觉得她们捉摸不透,一捉摸不透兴趣就来了。如果女人再能让我上点儿小当,我就会更加觉得有意思。"

"你上过女人的当吗?"陈陈问他。

"很遗憾。"彭小竹说,"没有印象特别深刻的事情。其实让人上当也不是一件十分容易的事儿,需要一点儿智商,还需要费一点儿心机。说真话,还是我让她们上当的时候多一些。"

陈陈笑起来。

她说:"我想起一个朋友对我说过的一句话,男人讲真话的时候是很危险的。"

"你那个朋友是个男的吧?"

她点点头。

秋林从她的心里一闪而过。

她问他:"你怎么知道的?"

彭小竹没有回答她这个问题,眼神里是"不言而喻"。

恋爱课 　185

他拉了一下椅子，身体凑近了陈陈，问她："你和他做过爱吗？"

她摇头，脸不由自主又红了起来。

"真的？"

她点点头。

彭小竹在椅子里尽可能坐得更加舒坦一点儿，他放慢了语速，因此他的话听上有一点儿语重心长。他说："不要听信一个和你没有性关系的男人的忠告。"他解释说，"这句话并不是我的原创，是一部电影里的话。那部电影叫《性、谎言、录像带》，你看过吗？"

"没有。"

彭小竹说："我们今天这样谈话，很像影片里的情景。"

他凝望着她的眼睛，语调轻柔地问她："你想过吗，也许我们现在正在开始一场爱情？或者说正在酝酿一场爱情？"

陈陈说："这不可能。"

彭小竹笑了："从理论上说，这件事你只有百分之五十的决定权，另一半决定权在谁那里不言自明。你如此之快就下了结论，说明百分之五十的可能性已经去掉，不过从另一方面说，你的结论也下得过于草率了。"他喝一口咖啡说，"不过你说不可能就不可能吧，这种事情一厢情愿肯定不行。"

陈陈说："你说我善解人意，其实你也挺善解人意的。"

彭小竹听了，哈哈地笑起来。

"越往后你越会发现我这个人身上有很多优点。"彭小竹状态很好地说,"其实看到你第一眼,我就想这个女孩儿正是我在等的。我很喜欢一句歌词,是一句大白话,不过恰恰说出了我的心声:'你知道我在等你吗?'我知道不少开始恋爱的人都碰到过同样一个问题,那个被等的人常常并不知道有人在等她。我觉得最关键的是等的这个人发现了有一个人正是他等的,或者是有一个人可等,而且值得他等,他心里就蛮愉快的。我这人是相当看重过程的,非常喜欢爱情的那种过程,也特别喜欢做爱的那种过程,对结果反而是看得相当相当淡的。"

"你的话我有点儿不太懂。"陈陈说,"你是不是说结婚不结婚其实是无所谓的?"

"有这个意思吧。我年纪轻曾经单纯的时候以为爱情总是通向婚姻的,也以为爱情最美满的结局就是结婚,现在我当然不会这么认为了。也不光是我,你可以随便问问那些过来人,恐怕有许多都是跟我一样的。有时候我想想经历是什么,经历就是让你一点儿一点儿看明白事情的真相,人生的真相,其实也并不是坏事。原来是雾里看花,现在不过是看花还是花。"彭小竹说,"说实话我对婚姻缺乏兴趣,我觉得如果说恋爱是人生的必修课,婚姻也就是选修课吧,对某些人而言就是考试卷上那道最伤脑筋又最得不着分的附加题。好了好了,不跟你胡说这些了。我这个人有点儿形而上,喜欢扯些大道理。你说没听懂我想不至于吧,其实听懂没听懂并不重要,该懂的你早懂了,而且本来我说的这些话也没有多少大意义,只有当它们跟结果一一对应上,或许才有点儿意思。所以我给你一个忠告:不要深究男人说的话。"

陈陈笑了,说:"你还记得你已经给过我一个忠告了吗?如果我接受了你的第一个忠告,我好像就不应该再接受你这个忠告了。"

她的神态非常天真,或者说故作天真。

"你真聪明!"彭小竹击掌赞道,"真是太有意思了,你和那部电影里的女主人公反应完全一样。"

彭小竹饶有兴味地给她讲了《性、谎言、录像带》的情节,他说:"不过我真有点儿琢磨不透那个女主人公,一爱上别人就义无反顾回家跟老公离了婚。她老公是个律师,有钱有地位,除了背着她跟她妹妹上上床,对她还是挺不错的。她爱上的那个男人我也看不出有什么好,一个游手好闲的浪荡子,开着车到处乱转,一大爱好就是让女人讲述自己的情爱隐私拍下录像带,多少有点儿心理变态吧?为了这样一个人抛下一切,你说她值得吗?况且她老公也一样有婚外恋情,不是也没有非要跟她离婚吗?放着好好的日子不过,真有点儿弄不懂她!"

"这没什么不好理解的。"陈陈说,"男人和女人是不一样的。"

彭小竹看她的眼光里闪过一丝惊愕。

一个温暖和煦的下午

彭小竹还是常常来,还是和这里的头头脑脑以及售楼的小姐们有说有笑,还是插空来关照一下陈陈,总之他还是和过去一样。陈陈觉得反倒是自己跟过去不一样了,现在只要他一来,她的眼睛就会跟着他的身影移动,就是眼睛不看他,注意力也会被他吸引。彭小竹天生就是一个很有吸引力的人,只要他一出现,大家的情绪马上就活跃起来,售楼处充满了欢声笑语,四周的空气似乎也增加了热度。

陈陈被彭小竹吸引还因为彭小竹是个非常难得的人,他见什么人说什么话,总能让听他说话的人觉得有意思。而且陈陈还发现他跟这些人说这样的话,跟那些人说那样的话,他根本不在乎这样的话和那样的话是否矛盾。什么样的道理到了彭小竹嘴里都是头头是道,他总是能够左右逢源,自己的矛攻自己的盾,可以锐不可当，自己的盾挡自己的矛，也一样可以坚不可摧。

比如他刚和小姐们大谈借债的好处，说起他当年做生意的时候怎样到处借钱，最后那些债主如何巴结他，请他吃，请他喝，请他去钓鱼骑马，还担心他出意外，就是为了能让他把钱还上。他讲得绘声绘色，小姐们听得津津有味，不断发出爆笑和惊呼，一惊一乍的让彭小竹特来情绪。可话音没落多久，正好有一个他认识的人来看楼，两个人坐在门厅里的大沙发上闲聊起来。那个人说起自己债台高筑，非常困窘，"不是来买楼的，只是来看楼的"，彭小竹便叹着气十分同情地说："这债真是不能借，这件事我太清楚了，债主的脸我是看怕了，我在外面躲债就躲了两年多啊，真是不堪回首！"他感同身受地说，"借债就像借人裤子一样，时间越长越脱不下来。"

还有一次陈陈听彭小竹打电话，大概是安慰一个官场失意的朋友。她听他拿着手机滔滔地说："……那帮兔崽子你理他们！一个个都是人前一套人后一套，你在台上你是大哥，他们前前后后围着你，苍蝇似的轰也轰不走；你风头略微跌一点儿，他们转脸又傍别人去了，势利得很。那帮狗日的都是小人心态，喜欢看官大的倒运，城府深的翻船。不过要我说他们脑子忒简单了点儿，略跌一跌有什么，股票还跌呢，明天说不定又涨上去了，离退市还远着呢，都欠缺长远眼光！"

放下电话他对陈陈说："这些当官的也真难弄，有人巴结吧，他端着个臭架子；没人搭理了，又马上寂寞难耐。早知今日，何必当初？这样的人说实在话的确也难得交上个把真朋友。"

跟那些售楼的小姐们彭小竹也有各种各样的话应对她们，他不仅对酒肆茶楼非常熟悉，知道哪儿有好吃的好玩的，哪里消费最时尚最风雅而且还最经济实惠打完折之后还返代金券，他还知道各种美容知识，对专业美容网点也非常清楚，能准确地告诉她们哪里护肤最好，哪里减肥最见效，哪里漂白、去皱、祛痘、割双眼皮最安全可靠等等，小姐们恭维他是"会行走的京城时尚手册"。此外彭小竹还有一项特别拿手的，就是讲黄段子。他可以往那儿一坐，就像领导开会做报告一样一口气讲上两三个小时不停顿，绝无重复。而且他讲黄段子有他自己的特色，他会像领导同志一样在关键之处做一些归纳总结再来上一两句高屋建瓴的评点，点铁成金。因此即使他讲的段子再淫秽，听的人也不会觉得由他讲出来有多下流，所以那些最不好出口的段子都是他来传播的。他最讨小姐们喜欢并且让她们对他产生信赖（依赖）感的还在于他十分乐于向她们传授对付男人的种种知识和方法，为小姐们恋爱生活中遇到的各式问题释疑解惑，具体、周到、及时，春风化雨，润物细无声。小姐们嘴上不说，心里面都把他当一个知己，一个不可多得的人。

但是与此同时，彭小竹对陈陈说的完全是另外的一番话。

他说："女孩子一定要读一点儿书，不读书眼神太空洞，头脑也太简单，长得漂亮让人说花瓶、绣花枕头，长得丑那就狗屁不是了。不过也不必读得太多，也不要弄得太明白，书读多了,钻了牛角尖,不仅不可爱,而且还会把自己给害了。"

　　陈陈听了他的谆谆教导心悦诚服,同时心里十分受用,觉得自己在彭小竹心里和那些小姐们是不一样的。她希望他就此再多说一些,再深入一些,好把她和她们更多地区别开来。可是彭小竹马上话锋一转说:"我劝你读书,可是我自己并不是一个多么爱好读书的人,我只有在睡不着觉的时候才翻翻书,而且没有一本书是从头到尾读完过的。我就是随便翻开一页,看看那一页上是怎么说的,有没有什么聪明话,最好是能针对我当前的处境和心境的,如果有,我就会觉得这本书写得非常不错,我就会把它当成武功秘籍总去翻翻它,如果连一句聪明话都没有,那就去他妈的随手一扔。你别笑,我就是这么没常性。给我们这种人写书,费劲巴拉扯那些闲篇是没有用的,一页上面写一句话其实就足够了,但一定别拿假话蒙我们。"他凑近了她说,"我看书从来不是为了长知识,最多就是为了了解一些常识。我是学以致用型的,如果看一本时髦的书没有从里面学到一两招泡妞的手法,我就觉得这钱花得太冤,如果读一本爱情小说没有看到男女主人公做爱做得如火如荼,我就会觉得上当受骗了。"

　　彭小竹的话题散漫却从来不偏离中心,说了"你""我"之后就自然地转到了"爱"。他和陈陈又说到了爱情,这一次陈陈听上去跟从前竟然完全不一样。以前彭小竹的话里有太多的聪明和小聪明，华而不实，陈陈觉得有一点儿轻飘飘的，就像拂面微风吹过一样让你觉得很舒服，很享受，不过吹过也就吹过了，不会留下任何痕迹。现在不一样了，她觉得他的话有了分量，甚至句句都像小锤子一样敲打在她的心坎儿上。

他说："爱情让人成熟。"

他说："爱情其实是一种痛苦，也是一种苦难和磨难。"

他说："懂爱的人懂得宽容，也懂得别人。"

他说："有人一辈子也没有真正恋爱过一次，有人恋爱了一辈子也没弄明白什么是真正的爱情。"

他说："我唯一感兴趣的，想来想去，也就是爱了。"

……

这一幕似曾相识，陈陈仿佛又回到了简单生活。物是人非，心里顿时有了一种恍惚难言的感觉。

彭小竹浑厚动听的声音仍在耳畔，他推心置腹地对她说："我做过好多种事情，真的没有一样是我感兴趣的。我有过钱，也穷过，我成功过，也失败过，恋爱过，也失恋过，不过我都无所谓，可是要是没有了爱，真是很难想象活在这个世界上还有什么意思。"

他望着她，是一种堪称知己的眼神，他的目光也渐渐变得热切和灼人。

他指着自己的胸口说："如果说我这个人还有什么可取之处的话，那就是诚实。我内心里从来不欺骗自己，也尽量不欺骗别人。"

彭小竹的目光太厉害了,远远胜过他的话语,一直看到陈陈的心灵深处。他就这样走进了她的心里。现在无论是一个人走在路上或者独自待着,她的脑海里总是有彭小竹的身影在晃动,挥之不去。假如有一天见不着他,她就会想念他,假如有两天见不着他,她就会很想念他。

彭小竹把手机号留给了她,并且告诉了她开机的时间,于是陈陈有了一个新爱好,就是给彭小竹打电话。他们的电话或长或短,全看彭小竹是否方便。如果当时不方便,过后或者次日他肯定会给她回电话,解释原因。彭小竹从来都不是含糊其辞地说个"有事""正忙着"或者"开会呢"这些男人通常应付女人的小理由,他总是如实说出当时的实际情况,比如"老婆就在边上,竖着耳朵听呢",或者"正跟以前的一个鹊桥相会,没法儿说话",或者是"你来电话正好在床上,那谁追问了我半天,不依不饶的,这还不是明媒正娶的呢,要是娶回了家那还怎么得了?"

乍听这样的话陈陈浑身的血液呼地一涌,还以为自己听觉出了毛病。渐渐地有点儿习惯了彭小竹如此直率的表达方式,心里也还是有点儿别扭,甚至醋意横生,可是一想自己凭什么吃人家的醋?自己又是他的谁?也就尽量不去当回事儿了。况且耳边正萦回着他真切而又亲切的声音,句句都是好意,句句都是实话之后挖空心思的补救和逗她开心讨她欢喜的诚意，弄得她心情复杂，却也下不了从此不理他的决心。好在她倒也不是一个心眼儿太死的人，反过来一想他对她这样说，甚至跟别人上床也不瞒她，不正是信任她吗？不正是把她当个知己吗？不正是对她另眼相看没把她和她们混为一谈吗？于是心里好受起来，并且有了一点儿轻飘飘的得意。

在某一天的下午彭小竹水到渠成地把陈陈约到了家里。他的家收拾得很整洁，很雅致，尤其是没有太多女主人的痕迹，这让陈陈心里非常舒服。

外面呼呼地刮着好大的风，阳光照在客厅里的凤尾竹上，家里更显得温暖和煦。彭小竹请陈陈坐在舒适的沙发里，自己到厨房去煮咖啡。咖啡的香味儿漫进来，陈陈马上想起她和彭小竹第一次一起喝咖啡的情形。那时她根本没想到她会跟这个人如此密切，尽管他已经提前预告给她了，但那时他说的话不过是说说笑笑的空话，有挑逗有诱惑的意思在里面，却也无所谓真会有什么结果。谁知道就这么一步一步不知不觉地他们已经走到了相交的小路上。对此她并不是一点儿感觉没有，想到自己已经坐在了他家的客厅里，她不由微微地脸红起来。

在低低的背景音乐中他们兴致勃勃地聊着闲天。彭小竹情绪非常之好，本来就是个能说的人，这天更是话头绵密，滔滔

恋爱课　195

不绝。陈陈受他感染，难得像这一个下午这样妙语连珠。两个人一聊就聊到了夕阳西下。

彭小竹说："话语真是一个奇妙的东西，它能让两个人的距离越来越近，也能让他们越来越远；它能让两个人懂得对方，也能让他们越来越不明白对方。它是双刃剑，既是安慰剂，也是一把尖刀，既是一条可以通到你想去的地方的路或者桥，也是一条随时可以消失或者竖上一块'此路不通'的牌子你就没有办法再通过的路或者桥。所以，从现在起我们最好不说话了。"

他们静默下来。

桌上的咖啡早已经凉了。

他站起身，轻轻揽住了她的腰。他的脸上是甜蜜和优雅的微笑，带着一种既理智又沉醉的表情，既向往着一醉方休，又保持着一份清醒。他把脸贴近她的头发，把她揽在怀里，就像一个陌生人接近一个年幼的孩子，小心翼翼，又成竹在胸。他递给她一块糖果，让她尝到甜头。他清楚她知道糖果好吃，没有力量抗拒，而且这也正是她所渴望的。他精确地把握着火候，掌握着分寸，随时准备好见好就收，甚至随时准备好对她说一声"抱歉"。实际情况正如他希望的一样好，这不是一道困难的习题，不存在多种解法，答案和他预计的完全一样。

她的身体软软的，柔若无骨，紧紧地贴在他的身上，呼吸也变得绵密和芬芳。凭着对女人的经验，彭小竹知道已经水到渠成。他把她抱进卧室，放在了床上。

等你等到花儿都谢了

　　陈陈和彭小竹上过床之后就爱上了他。以前她在心里把和秋林的那一段交往看成是至高无上的爱情，纯洁而又美好，并将此珍藏于心灵秘密的角落，觉得值得自己终生回味。现在彭小竹把她头脑里这些天真烂漫的想法给彻底击碎了，他通过一次热烈而缠绵的做爱让她体会到了真正的灵肉一体的快乐。他并不对她说多少爱不爱的话，不过是用行动向她指明了什么是爱情，或者干脆是不是爱情都无关紧要。

　　现在如果问陈陈最爱谁，她一定会毫不犹豫地回答是彭小竹。连她自己也没想到自己会改变得这么快，所以人家说女人善变真是一点儿也没有错。她承认自己骨子里是一个水性杨花的女人，见异思迁，好色不厌，这样想的时候心里被一股甜蜜的幸福感充塞。

彭小竹不愧是一个久经情场的人，一出手就抓住了事物的本质，在性爱上扎扎实实地给她上了一课，不但让她体会到了过去从来没有体会到的性快感，也让她觉得性是一件自然而然的事情，就像呼吸和心跳一样是人最天然的需要，根本用不着躲躲闪闪和扭扭捏捏。所以他们两个人有过一次之后就非常坦率，只要条件允许，见了面第一件事就是脱衣服做爱。他们以最简捷的方式直奔主题，所有的铺排和过场都能省则省，能免则免。他们不仅在卧室的床上做爱，也在洗澡间、厨房和窄小的过厅里做爱，甚至在彭小竹家楼下的街心花园里两个人也有过过分的亲昵举动。他们那样迫不及待和不顾一切，在身体的亲近方面完全没有一丝一毫的羞涩感。

陈陈和北星在一起时一般用"睡"来指做爱，和彭小竹在一起时她和他一样说"干"，后来连"干"也不说了，直接说"操"。第一次听到她这样说彭小竹笑了，随即行动起来更加迅急和放纵。每一次的做爱就像是一种锻炼和训练，他们在性上很快就达到了高度的默契。他们热爱做爱，乐此不疲，一见面两个身体就幽幽地发着火花，渴望缠绕和深入。他们成了只知做爱不会谈情说爱的人。过去彭小竹一贯话多，无论遇到什么样的局面，无论她是高兴还是不高兴，甚至无论他自己心情好不好，他总是兴致不减地哗哗说上一通，简直就像是逢山开路遇水架桥。而现在他连过去常挂在嘴边上的一些蒙女孩子的俏皮话也极难得说了，一是没工夫，二也是完全没有必要了。

现在和彭小竹一分开陈陈就会不由自主地想到他，准确地说是她的身体在想念他，好几次她几乎忍不住想马上去找他，不管一切地扑进他的怀里。而在别人的眼里，她比以往更清高，更不爱理人，落落寡合。她常常躲开别人，想着自己的心事。她最愉快的就是回忆和彭小竹在一起的一幕幕，他说过的话，他的气味，他的拥抱，他的亲吻，他让她醉过去的那种感觉……想着想着她的眼泪会不知不觉地流下来。

她爱彭小竹，真的爱他，爱得无可救药。她一不留神掉进了爱情的深渊里，谁也帮不了她，也就只有彭小竹有可能救她。现在她只一个想法，唯一的一个想法，就是希望自己能够完完全全地属于彭小竹。

可是和彭小竹见了面，陈陈心里的这些感觉却又很难表达出来。她觉得非常委屈，而委屈又不是因为某件具体的事情，因此她一天比一天忧郁，也一天比一天消瘦。除了要死要活地做爱，她只想要彭小竹抱住自己，抱得紧紧的，永远不松开。彭小竹也的确非常乐意这么做，他求之不得，正中下怀。他抱着她，手就往她身体上最温暖湿润的地方摸下去。他的眼神是透亮的，健康的，也是简单的，平常的，没有那种瞻前顾后和患得患失的神经质。彭小竹就像那种烈性的酒，热辣辣地喝下去身体会起火会爆炸，当然也会醉甚至会上瘾。现在假如让陈陈离开彭小竹她绝对受不了，可是她也不像一开始那样只要跟他在一起就能体会到那种单纯的快乐——她的身体的确很快乐，心里却有一点儿痛，痛得那样漫漶和持久，那样没有来由，却又挥之不去。她常常在和他做爱的时候会流下眼泪，有的时候真想找一个地方痛痛快快地大哭一场。过去她从来没有这样过，连她自己都不明白自己是怎么了。彭小竹显然根本不懂她的这些曲曲折折的小心思，尤其是下了床，他对她注意得很少。有一次他们一起散步，她想到这样的散步也许有一天就不会再有了，不由悲从中来，泪流满面。可是彭小竹竟然没有发现她在哭，一路上都在饶有兴味地向她讲述一场她毫不感兴趣的"意甲"足球赛。陈陈想，这样一个人，他活得真是潇洒，晴朗得就像一片从来不会下雨的天空。可是她怎么也还是爱他，愿意为他受苦受难，心甘情愿为他赴汤蹈火。

只有一样事情可以救她于水深火热之中，就是和他做爱。他高大结实的身体既激烈又温存，既强悍又敏感，熟悉女人也极爱女人，她在他倾情的抚爱和抽动中很快就能达到高潮。这时候她心里的那点儿痛就彻底没有了，身体和心里比洗过的还要干净。这个时候，她很满足，应有尽有，觉得自己是这个世界上最最幸福的女人。

陈陈在不知不觉间发生了很大的变化，在彭小竹面前她一反平常的柔弱和矜持，她成了一个热情奔放的女人，敢爱敢恨，性情刚烈，甚至有点儿喜怒无常。有一次他们正在一起泡吧，就因为彭小竹接了一个声音很嗲的女人的电话，陈陈竟然当场摔了杯子出门打上车就走。彭小竹打车追她，在大街上上演了追车一幕。他费了很大的劲儿，好容易才哄得她心平气顺。而回到自己家里，陈陈是一个病弱的整天昏昏沉沉打不起精神的人，就像《红楼梦》里的林妹妹一样"每日里情思睡昏昏"。只要没有约会，她都早早地上床睡觉，一个人把被筒卷得紧紧的。她对北星极冷淡，对他的亲近和爱抚简直有点儿忍无可忍。有时候她忍耐着尽一回妻子的义务，可两个人还没开始亲热就因为一丁点儿的小事吵了起来，弄得不欢而散。

　　北星为老婆的冷淡十分烦恼。她越来越烦躁，脾气也越来越大，他拿她简直没有办法。他尽量对她耐心，可是对她耐心并不起作用。有时他也很烦躁，只有他暴躁，脾气比她还大，她才会安静下来，一副很听话的样子。但是她的听话也跟从前不一样了，是息事宁人和逆来顺受，带着一种委屈的忍耐，反而令他非常心疼，也让他十分苦恼。他趁她心情不错的时候问过她到底是因为什么？她说没事，脸上却是回避的表情。他知道她不肯对他说真话，也就不再追问。

　　有一天北星和吴文广在外面喝酒，两人照例谈到了女人。北星问文广怎么女人结婚前后差别这么大，文广笑说："所以呢，男人常常发现他们娶回家的女人根本不是他们婚前看中的那个人。你看过《围城》吗？没看过回去好好看看。"

　　吴文广很有心得地对北星说如果你喜欢一个女人，你一定不要跟她结婚；如果你爱上一个女人，你不仅不能跟她结婚，你都不能在她面前流露出你爱她。只有这样你才能居于不败之地，才能收放自如，进退两便。否则你就像买了股票一样准被套得死死的，而且永远没有解套的那一天。你会难受你会痛苦，而一个男人成天嘴里哼着难受啊痛苦啊，那成什么样子？

北星听了，脸上是凄苦的笑容。就在说话这个当口，他一直在用手机悄悄地拨着自己房间里的电话，始终没有人接。已经快十二点了，陈陈还没有回家。现在她下班之后不回家也是家常便饭，而且只对他说"有事"，他要是多问一句她就很不耐烦，再多问一句她就会跟他吵起来。

文广已经留意到北星总在拨电话，他悒悒不欢的表情也让他猜到了几分。

"还有事吗？"文广问他，"都这个点儿了。"

"没有。"

"那你这么心神不定的？"

"我已经给她打第六遍电话了，还没人接呢。"北星摇着头苦笑着说。

文广笑了，说："你也没回家，你干吗一定要求她回家？平常咱们也总在外头泡妞，不至于轮到自己老婆就一定非要人家无人问津。你就是真找了一个没人问渡口的女人，其实也未必称心。"

文广劝北星"两厢自在总比她成天盯着你的好"，他给北星开出的药方是"趁着大好的时光在外面多玩玩,别下了班就急匆匆往家赶"。富有人生经验的吴文广对远房表弟推心置腹地说:"都说女人的青春短,其实男人的青春比女人也不见得就长。三十一过就直奔四张了,日子过得飞一样快。等浑身上下除了肝硬哪儿都不硬了,再想玩也玩不转了,有那个心也没那个力了。"

北星立竿见影,照着通讯录挨个儿给认识的女孩儿们打电话,这些女孩儿包括他的大学和中学同学、客户还有以前萍水相逢的一些老关系。他四面出击,广种博收。不过他分寸还是把握得很好,首尾做得极干净。每次他都不打无准备之仗,也决不贪心恋战,都是速战速决,打得赢就打打不赢就跑。一段时间下来,战果赫赫,也有了一套克敌制胜的经验法宝。差不多都是见面如火如荼,分手干净利索,没有一个纠缠不清的。北星暗暗得意自己情运不错,而且武功尚在。他眼睛雪亮地四处物色猎物,那一阵子精神面貌也为之焕然一新。

眼看着通讯本子上渐渐地存货不多了,而且挑来拣去翻过来翻过去也没有一个亮眼的,北星的眼光一次次地落在"白玉"这个名字上。他心里不是没有犹豫,他想了很多,而按照他自己的情场准则需要思前想后如此花费心机的事情是不应该去做的。可是"白玉"却像是一块磁铁把他像一根钉子一样牢牢地吸引住，他一次次地绕开她，又一次次地被她勾回来，总归是欲罢不能。北星心里真是奇怪这么好几年了，他其实是极少想到她的,可是这个名字竟然还没有在心里褪色,居然还这样电他。他好笑起来，想尝一尝自己破自己规矩的滋味。有一天，他终于下决心拨通了她的电话。

小玉接到北星的电话好像并没有多大惊讶，她说这会儿我在外边呢，说话不方便，等会儿我给你打回去。她的手机里的确声音很嘈杂，有说话声、笑声和音乐声，她还没来得及挂电话，突然爆发出一阵咯咯咯的失控的笑声，好像被谁狠掐了一把或者是被谁突袭了一下，"准他妈是一个臭男人！"凭直觉北星这么想，他挂上电话，心头有一点儿不快。不过他转而一想：那又怎么样呢？也就丢开去了。

到傍晚快下班的时候，小玉果真言而有信地给他打来了电话。这会儿她的电话非常清晰，什么嘈杂的声音都没有了。

"你在哪儿？"北星问她。

"我在家里。"小玉说。

"这么早就回家了？"北星说，"你真顾家呀！"

小玉突然就沉默了，好一会儿没有回应。

这个停顿让北星有一点儿尴尬，他想自己跟小玉也的确是生了，才说了两句就没话了。赶紧胡乱找话对她说："好久不联络了，也不知道你在忙些什么，给你打个电话。"

小玉轻轻地笑起来，说："我忙什么？我没什么可做的，闲待着呗。"

她在电话里一笑北星觉得两个人之间的气氛松弛了下来，他立竿见影趁势说："要不晚上一起吃饭吧？"

小玉非常爽快就答应了，她说反正闲着也是闲着。

北星在约好的餐馆里等小玉，过了半个小时还不见她来。北星心急起来，打她的手机，打了几遍都说不在服务区。他一次次伸长了脖子往窗外看，天色正一点儿一点儿暗下来，最后完全黑透了。几盏宫灯把餐馆外面的院子照得一片明亮，不断有汽车开进开出，就是见不到小玉的影子。北星想起以前和小玉好的时候约她也总是姗姗来迟，好几回等得他两眼冒火，肝胆俱焚，胡思乱想她可能出什么意外了。现在他又下意识地有了种种担心，记错了时间？找不到地方？出了车祸？她老公拦着不让她出来？或者是她自己改变主意了？他想她如果有什么变化至少可以打个电话过来吧。已经过了预约时间大半个小时了，可是他的手机就像是故意保持沉默一样一直没有响过。他想走了算了，又怕刚一走小玉就到了。他就在这种进退两难又很不踏实的心境下等了足足一个小时。他向餐馆的服务员要了当天的晚报，却一字未看，一直眺望着窗外，几乎望眼欲穿。他的耐心一点儿一点儿消失，心里觉得有点儿出师不利。他想与其坐等不如到外面去看一看，刚站起身，小玉就进来了。

"我走错路了，手机又没电了，把我急坏了，我真担心你已经走了。"她额头上果真都是汗，头发都黏住了。

都这份儿上了，北星觉得再埋怨她也没什么意思，不如干脆绅士一点儿。他故作轻松地说："你再不来我真是想走了，想起你有迟到的好习惯，就又多等了会儿。"

小玉不好意思地一笑，说："我已经改好了，今天真是特殊情况。"

自从北星婚礼上那一面之后他们就再没有见过面，有差不多两年时间了。现在两人又面对面坐在一起，北星非常想找到那种昔日重来的感觉。他仔仔细细地观察了小玉的相貌、服饰、发式以及她的一颦一笑，希望找到某种与过去的联系，但他瞬间得出的结论是小玉变得太多了，她不再是跟他谈恋爱时的那个羞涩简单的女孩儿，也不是他在婚礼上见到的那个穿着雅致被人呵护疼爱的小女人，眼前的小玉真有点儿说不上来，她很像是为了赴宴刻意打扮过的，不过她的妆容穿着都很夸张，最惹眼的是两个耳朵上戴着硕大的亮晶晶的钢丝耳环，看上去非金非银，就像是不锈钢制品，脸上化着浓妆，搽了很厚的粉底，眼睛周围颜色涂得很深，还贴了许多亮片，嘴唇抹得猩红猩红，衣服也是艳丽的大花大朵，整个人显得热闹非凡。北星印象里小玉从来只化淡妆而且穿得比较朴素保守，从来不像这回见到的这样稍微一抬胳膊一动身子就会春光乍泄。

北星半真半假地说："我快认不出你了！"

小玉马上发出分贝很高的咯咯咯的笑声，问北星："是不是我这个样子看上去不太好骗了？"

北星顿时脸红起来,并且为自己不争气地脸红非常不好意思。小玉假装没有看到,笑嘻嘻地把菜谱递给他,极爽快地说:"想吃什么你点吧,说好了,今天我请你。"

"为什么你请我?"北星的表情顿时有一点儿尖利。

"好吧好吧,那就你请我吧。"小玉马上就让步了,还抛给他一个温柔的笑容。

北星心口涌过一种柔软温热的东西,脸上的线条也变得柔和了。他仔细地翻看着菜谱,点的都是小玉喜欢的菜,确切地说都是小玉从前喜欢的菜。但是小玉对吃什么好像并不在意,也似乎没有太多地留意到北星的细致。她从包里掏出一包万宝路香烟,啪地放在桌上,利索地抽出一支,夹在两根纤细的手指之间。北星这才发现她的指甲上也涂了闪闪发光的鲜红的蔻丹,十分妖冶。他拿出打火机给她点上,有点儿吃惊地问她:"你也抽烟?"

"吸着玩的。"小玉吐出一口烟雾,直接把烟灰弹在地上。她笑着问北星,"我让你这么吃惊吗?"

北星觉得自己确实不该这样大惊小怪。

小玉吃得很少,但她很能喝酒,这也跟她以前不一样。一大扎冻啤下得比北星还要快。她又要了一扎,脸上升起了红晕。她主动跟北星讲起了自己的一些事情,七七八八,枝枝杈杈,比如买到了一只中意的路易·威登的旅行皮箱;去银行取钱把密码忘记了,招得许多人非常警惕地盯着她看;在东方广场买了一条裙子拿回家竟然是一件男式衬衫,怎么也想不起是在哪里跟谁换错的;一个已婚的女朋友有了外遇,没事就躲在浴室里给她打手机倾诉,连跟情人约会的细节都告诉她等等,想起什么说什么,没有重点,不分主次,人物关系、事情经过交代得也稀里糊涂,不得要领,甚至前言不搭后语,有头没尾或者没头没尾,从一个话头毫无过渡一下子就跳到另一个话头。北星要非常入神才能大致听懂她兴高采烈讲述的这些故事和逸事,心中暗想小玉倒是承袭了他们胡同里那些大妈大嫂大爷大叔们的说话方式,颇有几分好笑,渐渐也有了几分融和亲切的感觉,因为这倒是比较接近他熟悉的那个小玉,当然也是一个有发展的小玉——至少从前她可绝没有如此饶舌。小玉一边讲着,一边自己很疯很来劲儿地大笑,完全无所顾忌。第二扎啤酒喝完之后,她对北星说想喝点儿白的。

两杯白酒下去,小玉就像一颗珠子一样明亮起来。她一个接一个讲起了在酒桌上听来的黄段子,有的很露骨,北星听着都脸红,她竟然说得绘声绘色,而且面不改色心不跳。北星心里暗想这哪里还是当初的那个小玉?一边也有一种眼前一亮的感觉。

刚还在说着黄段子,小玉的思路就又转了方向。她就像忽然想起来似的问北星:"你还记得吗,当初咱们是因为什么才散的?"

北星看她两颊飞红,醉态可掬,不胜妖娆,一时竟回不上话来。心里融融的感觉也更加浓郁了。

见他笑而不言,小玉娇嗔里含着气恼问他:"你看不上我,对不对?"

"不对。"

"我长得不漂亮?"

"不对。"

"我比你大?"

"不对。"

小玉借着酒劲儿凑近北星说:"那我知道了,是因为我不解风情,没有味道。那时候我真的是非常傻,非常幼稚,什么也不懂。"

北星还是否认。

小玉黯然地说:"什么都不对,那就是我们之间根本没缘分了。"

北星再次否定。他节节败退,有点儿后悔今天怎么鬼使神差约了小玉,也许约个交谊不深的女孩儿还好办一点儿,这会儿也许都已经上床了。小玉脸色酡红,还在一个劲儿地喝酒,同时一个劲儿地追问他一些明显属于过去时态的问题。餐馆里越来越嘈杂,听不见有任何人高声说话,但要是不提高声音说话,一张桌子上的两个人彼此也听不清楚。不知不觉之间他们的嗓门都已经提得很高,尤其是小玉,因为说得太多,嗓子都说哑了。因为听起来费劲儿,那些过于单刀直入的问题北星都假装听不见不予回答,脸上始终挂着坚定不移的装饰性很强的微笑。他想好今晚就把小玉当成是初识的女孩儿,这样对他来说就毫无难度了。他不断地跟她碰杯,很快有了几分酒意。他感觉到了身心那种愉快的飘浮,看她的目光也变得迷蒙。

小玉显然也是喝多了,两片蹭掉了唇膏的红唇张张合合,也不管北星在不在听,她就像自言自语一样喋喋不休地说个没完。而且她边说边笑,笑声划过餐馆里沉闷的喧闹,引得邻桌的几个男人不时回过头来看她。北星后悔不该让她喝了这么多的酒。

北星结了账,费了好大劲儿才劝小玉离开了餐馆。小玉步履不稳,跟跟跄跄,东倒西歪。北星伸手去扶她,她却机敏地躲开了。出了餐馆她直奔马路当中而去,北星拉都拉不住。她突然就当街呕吐起来,不住地发出一种出于本能的不受支配的呻吟声,喝下去的酒和吃下去的食物都变成了黏稠的流质从她的口腔里喷射出来,不仅溅到了自己的上衣和裙子上,也溅到了北星的身上。他赶紧抱住她,拍她的后背,用从她包里掏出来的纸巾手忙脚乱地替她擦拭了一通。她浑身瘫软地靠在他怀里,突然一下了抱住了他,把头深深地埋在他的胸口,嘤嘤地哭起来,声音不大,却十分伤恸。街上人来车往,北星也顾不得尴尬,把她抱得紧紧的。

小玉止住了哭泣,人也清醒了许多。她拉着北星跌跌撞撞找到了自己的汽车。北星拦住她说:"你不能开了,你喝得太多了。"

"没事，"她推开他，"家常便饭！"

北星伸手拦了一辆出租，不由分说拉着她就上了车。

"你已经有多久没有送过我回家了？"一上车小玉就扑在北星身上，她带着酒意对他撒娇，呢呢喃喃地说了一路，北星反倒是正襟危坐。

下了出租车小玉挽住他，还是撒娇的口气："上楼去我家吧！"

"方便吗？都这时候了。"

"有什么不方便的？就我一个人。"

"他呢？"

"放心，不回来。"

"出差了？"

"我怎么知道？"

"怎么回事儿？"北星警惕地问。

"你肯定以为我们离婚了对吧？"小玉咯咯咯地笑起来，"没有没有，还没到那一步呢。离婚干什么呀？不离跟离了一样无拘无束，我干吗一定要离婚啊？"

"到底怎么啦？"北星问她。

"进去再说吧。"

她打开门让他进了屋。房子很大，装修得也非常精良，但缺乏生气，准确地说是缺乏人气。迎门花木架上摆着的一盆吊兰已经枯死了,就像是一盆吊兰标本,更添出几分寂寥和清冷。

小玉进屋换过衣服,又洗了一把脸,把散乱的头发卷紧用卡子别在脑后。她这一收拾,特别是脸一干净,北星看她好像一下子年轻了好几岁。

她打开冰箱,拿出两瓶冰得很凉的矿泉水。她说:"他走了之后我是怎么简单怎么来,你信不信我连开水都没烧过。"

"原来你们不是挺好的吗?"

"是挺好的,不过也可以说那只是表面现象。"她对着瓶口灌了一大口水,直言不讳地说,"我们在那方面一点儿也不好。"

北星愣了一下。

"他的问题?"

"不,问题在我。"小玉盘腿坐在对面的一张单人沙发里,"我对性不感兴趣,他正好相反。他一碰我就害怕极了,简直到了看到他这个人都害怕的地步。其实说心里话他对我真是不坏,他一直很克制。后来我知道他在外面有女人了,没有确切的证据,就是凭感觉,能感觉出来的。我问他,他也不否认。我气晕了,他怎么可以背叛我?我说那好吧我们离婚吧。他不肯,反反复复地求我,要我原谅他。他看我态度坚决,对我说何必这么着急?可以先分开一段再说。他住到公司里去了,有时给我打电话,约我吃饭。他说我们目前这样只是暂时的,总有一天他还是要回家的。你说这个人有多可笑,好像什么事情都是他一个人说了算。他走了以后我过得特别无聊,一个人待着真是寂寞,而且说真的也很不习惯。有人约我我也出去玩儿,不瞒你说我也跟别人有过那种事儿,我觉得性其实也没那么讨厌。"

北星感慨地说:"你真的变得很多,我第一眼就看出来了。"

"我自己也很清楚,不过也不算全是往坏里变吧,也有变好的一面吧。"她从单人沙发换到了大沙发上,紧挨着北星坐下来,身体很自然地贴着他,"我是恋爱的时候不懂爱情,结婚的时候不懂婚姻,现在多少懂一点儿了,不过生活已经被我搞得一团糟了。"

小玉态度里的主动是明显的,北星很明白。作为男人他要么就此抓住机会,要么就把这个机会彻底错过了。今天这个情况说实话并不是他意料之中的,尽管与他希望的结果并不矛盾,甚至更加轻而易举就能到达目的地,可是在某种感觉上面却出现了偏差,让他反而变得犹犹豫豫的。毕竟他和小玉中间断过那么长时间,能不能续上前情、续上之后怎么样都是一个未知数。北星也不想做得太贸然。他直觉对小玉他不可能像对萍水相逢的那些女孩子,他心里有一个声音一直在对他说:要慎重,要慎重。他试探性地握住了小玉的手,没有进一步的行动。这个时候勉勉强强还可以算在友谊的范畴里,如果就此打住还可以全身而退,一切都还来得及。可是小玉却比他大方热情得多,他刚握了她一下手,她就转身扑进他怀里,非常忘情地亲吻了他。

北星在刹那之间有一种被打穿的感觉。这种感觉真是久违了,为了这种感觉他是可以舍弃一切的。他贴紧小玉软软的身

恋爱课 213

体,顿时觉得体内被一浪一浪涌起的情欲拍击,过去那些美好的记忆模糊而又飞快地在脑子里闪过,他好像落入了水中,又好像悬浮在稀薄的空气之中,有一种不由自主或者说是不计后果的感觉。他们长久地亲吻,大约有一个世纪那样长,几乎要双双窒息过去。他们嘴唇相触在一起有了一种亲吻玻璃般的感觉,停下来的时候两个人眼里都有泪光在闪烁。北星看着小玉,心里充满了失而复得的感觉。小玉没有变,小玉还是那个小玉。

两个人一起上了床,但他们并没有马上做爱。他们搂抱着躺着,温柔而缠绵地亲吻。北星大有昔日重来之感,以前他们谈恋爱的时候就总这样,不过那时候需要避开她的父母,现在似乎已经不再需要避开什么人了。那时候他们渴望做爱,却从来没有真刀真枪地做过,现在他真有点儿后悔年轻时候太天真无邪了。

让北星颇感吃惊的是小玉率先把手伸进了他衣服里面,温存地也是无所顾忌地抚摸他。她主动脱掉了衣服,一件一件扔在地板上。她星眸半闭,带着一种沉醉的喘息,身体像蛇一样缠绕着他。她毫无羞涩之感,这点和她从前完全不一样。她激情似火,行动激烈,简直要置他于死地。他刚刚找到的那种熟悉的昔日重来般的温柔感觉又在这一个瞬间彻底被打碎了。他原以为自己和小玉会是驾轻就熟,结果他花费了比平常多好几倍的劲儿才跟她打一平手。小玉在床上的疯狂让他吃惊不小。

做爱之后小玉说:"我总算等着今天了,有了今天我也算心满意足了。"

她在北星的嘴唇上轻轻地亲吻了一下,远远地倒在大床的另一头。在调暗的灯光下,她神色幽幽的,看不清是满足还是惆怅。

北星突然觉得很心疼她,他抚摸她散开披散在雪白的床单上的头发,他抚摸她光洁的胳膊,她纤细的脖颈,她的花朵一般的嘴唇,他把脸埋在她圆润饱满的胸脯上,把她抱得紧紧的。

"我不想成为你的负担,真的。"

小玉的声音沙沙的,北星的胸口感到了她滴落的眼泪,湿湿的,凉凉的。

她催他回家,相反他却是恋恋不舍。

就在穿衣服的时候,北星看见小玉的梳妆桌上有一样很眼熟的东西,是六把一套的桃木梳子。这是他们恋爱期间他送给她的礼物,也可以说是唯一一件比较正式的礼物。小玉长着一头茂密的头发,乌油油的,又长又直,好看极了。北星读过川端康成的《伊豆的舞女》,印象最深的就是小舞女有一头美得和她年龄不相称的头发。那时候的小玉也正当妙龄,头发梳上去的时候把她那张鹅蛋脸衬托得更加玲珑清秀,就像山口百惠扮演的伊豆的舞女一样漂亮。有一天北星在一家十分不起眼的商店里无意中看见了这套梳子,那么本色,那么朴拙,又那么精美。他想象小玉每天用它梳理她那头丰厚美丽的头发,再把最小的那把斜斜地插在发髻上,一定妖娆无比。商店里卖梳子

恋爱课 215

的那个姑娘正是这样的打扮。北星在商店门口徘徊了很久，终于下决心买了下来。这套梳子一共六十八块钱，在当时对他而言实在是一笔巨款，如果让他老子知道了他花这么多钱给小玉买了几把木头梳子，没准会饱揍他一顿。北星顶着烈日捧着这盒梳子骑车穿过大半个北京城，把这个礼物送到了小玉的手里。小玉果然非常喜欢，把它称为"麦琪的礼物"。后来北星看到了那篇小说，知道也是一个爱情故事，小说里的女主人公卖掉了漂亮的长发给心爱的男人买了一条表链，而男主人公却卖掉了金表给心爱的女人买了一套梳子。北星记得他给小玉送梳子去的那天特别闷热，他骑车走在路上，汗如雨下，而且汗水不断地往眼睛里流。当时的情景至今还历历在目，他很奇怪自己有关爱情的记忆总是与天气联系在一起，寒冷、炎热或者是刮风、下雨。他想无论怎么说那也是他一生中最纯情的一段日子。尽管当年和小玉也并没有一往情深，但他跟她是有"过去"的，所以他觉得小玉和他婚外交往过的任何一个女孩儿都是不一样的。他想到小玉心里会有一种沉甸甸的感觉，他觉得自己放不下她。

从小玉家里出来，北星心里有一种难以形容的快慰，做爱之后的身体轻松通透，而那种芬芳缠绵的感觉还留在肌肤上。他深深地呼吸着夜里略带寒意的空气，在夜风里他似乎都能闻到小玉淡香的气息。他想这一天真是太有内容了，也太出乎意料了。他不仅找回了小玉，也找回了爱情。北星觉得非常幸福，仿佛又回到了初恋时期。

柠檬的滋味

陈陈和彭小竹仍然幽会不断,现在她已经由表及里完全彻底地爱上他了,而且越来越爱。她喜欢跟他做爱,喜欢听他说话,喜欢跟他一起外出,甚至喜欢他那些半旧不新却洗得非常干净的衬衣和牛仔裤。只要是彭小竹的对她来说就是好的,一切能够与彭小竹联系在一起的事物都让她产生类似恋物一般的迷恋感。彭小竹是她心目中的偶像,在她内心里代表了爱情和时尚,他成了她生活中的兴奋点,也是重点和焦点,是她幸福感的源泉,如果没有他,她的生活就将是黑暗一片。

因为深爱着彭小竹,陈陈变得相当嫉妒。她时常翻看他的手机和呼机,对形迹可疑的来电和人名对他进行查问,彭小竹起先还是有问必答,即使是撒谎,也力图让她挑不出毛病。渐渐地他就不耐烦了,她追问或者盘问他,他就顾左右而言他,东拉西扯把话岔开，不肯正面好好回答她的问题，这让她疑心重重，对他很不放心。

　　陈陈最嫉妒的还是彭小竹的太太，从一开始起就把她当作了自己的头号敌人。她总是十分好奇地向彭小竹打听他老婆的事情，和她怎么认识的，怎么恋爱的，怎么一起生活的等等。而且陈陈总是直言不讳地问彭小竹："你爱她吗？"彭小竹不想太违心，也不想在情人面前表现得太过分，便支支吾吾地说就么回事儿吧，夫妻嘛，也就是一块儿过过日子，有什么爱不爱的？可是隔不多久她又问他："你还爱她吗？"彭小竹没办法，只好咬牙说不爱，根本不爱，从来也没爱过她，我跟她就是同床异梦，貌合神离。陈陈马上说："你既然不爱她，何苦还要跟她在一起生活呢？你完全可以有别的更好的选择嘛。"弄得彭小竹瞠目结舌，无言以对。

　　彭小竹的太太在运动队当随队医生，常常要随队外出训练和比赛，给老公留出了很大的自由空间。彭小竹对这样的生活状态很满意，太太一走，便开始了自我放纵的假期。可有了陈陈之后就不那么简单了，现在太太一离开，她就自动顶上来，对他盘查得比正经老婆还要仔细严格，让他毫无空子可钻。比如身上绝对不能有来历不明的印痕，衣服上也绝对不能沾上口红印、香水味儿和长头发，如果一旦落入她的眼里，他就惨了，他会像被敌人抓获的地下党一样被她严酷地审问逼供。只要他不能在第一时间里把问题回答得果断利落，或者不能把事情解释得一清二白，或者前后回答得略有出入，她一定会跟他大闹一场。一到这种时候陈陈就好像长着福尔摩斯的侦探神经，对一切的蛛丝马迹都异常敏感，而且对任何细微的疑点都不会忽略。有时两个人在外面，她也同样无所顾忌。彭小竹忍不住对她开玩笑说："我觉得你真像我明媒正娶的夫人。"陈陈竟然一点儿听不出他话中隐藏的讥诮，心里还由此生出了很大的幸福感和满足感，对他管束得也比对丈夫还要严格。一向闲散惯了的彭小竹十分无奈，对她说："是不是女人一恋爱就变成了小孩？"可是陈陈仍然没有会意，更加拿出了女人加孩子般的蛮横。她以为彭小竹非常喜欢她撒娇和骄横的样子，他也确实是这样，不过是有限度的。他希望她懂事，我见犹怜，可心可意，而最重要的还是通情达理。他需要的是这样一个情人，彼此体谅，彼此留有余地，不把对方逼到绝路上去。现在她已经把他爱得喘不上气来了。彭小竹心里暗想恋爱真的让人智商变低，陈陈这样一个聪明伶俐的女孩儿，本来也很知分寸，一爱起来竟然如此痴迷糊涂。他在心中已经不止一次地盘算如何不伤和气地把她甩掉。

但是陈陈却一点儿没有放弃这段感情的打算，她根本就没想过要放弃，她甚至还在等待着有一天彭小竹在情热的时候会提出要她嫁给他，尽管彭小竹从来没有表露过这方面的意思，更没有对她说过诸如此类的话。倒是陈陈有两次主动对彭小竹提起这样的话题,好在她是当玩笑话讲的,彭小竹听了也就一笑置之。不过陈陈也并不灰心,她认为彭小竹就是这么一个沉得住气的男人,遇事不会轻易表态。她不相信自己的爱情和魅力就战胜不了一个千疮百孔的婚姻(家庭)。她认为只要他们两个相爱,便会有结出正果的那一天。

可是相爱也成了一件越来越累人的事情。陈陈细心地注意到彭小竹和她约会的间隔在增大,他们最热的时候每星期都见面,一个星期幽会四五次还觉得不够,现在一星期能见上一面就算不错,而且几乎回回都是她主动约他。他总对她说忙,即使和她待在一起也不像以前那样一心一意,接起手机来可以聊个没完没了。陈陈心里很不高兴,她感觉他冷淡她,甚至怀疑他可能又交上了新的女朋友。

这个念头在脑子里一闪现,她马上就从他身上看到了种种反常现象,他的言谈、举止、眼神包括做爱的方式都好像有了微妙的改变。她觉得他在她面前总是努力地做得像他自己,可是他越使劲儿却越是不像他自己。她感觉出了他情绪的焦灼和他克制不住的不耐烦,一切的证据都在向她表明她的怀疑是正确的。陈陈心里充满了各种可怕的想象和猜疑,她很想当面问一问彭小竹究竟是怎么回事儿,看他如何解释。可是理智不允许她如此草率,她也清楚这样一来说不定就会彻底地失去他。

她忍受着爱情和嫉妒的双重煎熬,终于做出了一件非常大胆的事情。

有一天彭小竹的太太外出了,下午她刚与彭小竹幽会过,晚饭之后她突然有了一个强烈的念头,想马上见到彭小竹。她对家里谎称晚上单位要值班,出门打车直奔彭小竹家而去。坐在出租车里她的心情既激动又忐忑,她有意不给彭小竹打电话,要给他一个惊喜,更想突袭他一下,看他是不是像他自己说的那样老实本分清白无辜。

她按了他家的门铃,心咚咚咚地狂跳不止,可是里面无声无息。她用手机拨通了他家的电话,她在门外听见里面电话"嘟——嘟——嘟"地响个不停,显然彭小竹并不在家。这样的结果令她失望。她不知道他去了哪里,在他们傍晚分别的时候他并没有对她说起晚上要外出,陈陈的头脑里又忍不住胡思乱想起来。

最好的一种可能就是彭小竹并没有走远,他只是在附近的餐馆吃饭,或者在附近的商店买东西。陈陈决定打他的手机,告诉他她来找他,就在他家门口。这会儿她已经比刚才冷静了不少,她想自己这样做多少是有点儿唐突的,彭小竹很可能并不喜欢。不过她也有把握彭小竹肯定不会不高兴她来找他,尤其是她已经在家里做好了铺垫,今晚她可以不回去,可以和他一起过夜,彭小竹不会拂逆她这一份苦心。等一会儿他们见了面,肯定一切尽在不言中。想到这里她周身血液流动加速,她想自己不应该那样信不过他,要是出门时就给他打一个电话,也许这会儿就不会出现这样的意外了。

她拨通了彭小竹的手机，可是他关机了。她不死心，又拨了一遍他的号码，结果还是一样。

她沮丧透了。但是她不想回家，她在彭小竹家门口坐了下来，决定等他回来。她想也许他的手机恰好没电了，也许他过不了多久就会回来。她等了一个小时，又等了一个小时，她听见不知谁家的钟当当当地敲响了十点钟，彭小竹仍然没有回来。她犹豫了片刻，决定还是继续等下去。

她一个人坐在半明半暗的楼道里，听着电梯上上下下地运行，有人出入开关门的响动声，以及邻里偶尔碰面的简短的打招呼声，渐渐这样的声音也稀落了。到夜里十二点，楼道里的公用电灯自动熄灭了，周围彻底暗了下来。她的听觉倒是更加灵敏，她听着楼下的汽车声和电梯间隔很长时间才会有一次的上升或者下降的声音，每一点儿微小的声音都会在她心里激起巨大的希望，让她以为是彭小竹回来了，可每一次都没有她希望看到的结果。后来连这样的声音也听不见了，不知不觉她就睡着了。

等她醒过来，一看表已经是凌晨五点多了，一道曙光从楼道顶头的窗户里照进来，像舞台上的追光一样，分外明亮。她彻底清醒过来，彭小竹竟然一夜未归。

事后彭小竹对她的解释是那天跟几个朋友在一起搓麻，玩了个通宵，并不像她想的那样去和谁鬼混了，当然更没有去什么不该去的地方。不过他对陈陈会突然到他家并在他家门口守候一夜还是大大地吃了一惊,他脸色严峻地劝告她以后再不能这么做了,因为这样做潜在的风险实在是太大了。他看她一脸的无辜,而且还非常委屈,不得不对她把话说得更加明了和直白。

他说:"你这么做是不是什么也没想?你家里人要是发现你根本没去加班怎么办?要是有邻居来问你这么晚你找谁你怎么说?还有,万一她突然回家,那你可是连躲都没地方躲。"

彭小竹非常想直言不讳地告诉她你根本没这个资格来管我,他甚至想对她说我不喜欢女人这样处心积虑和丧心病狂,但话到嘴边他还是强忍了回去,他不想太刺激她,对于这样一个不懂得游戏规则的人他只能绕着她走。她成了他生活里的一块礁石,他需要提高警惕以免触礁翻船。他清楚跟她断得多费点儿功夫,他也只好自认倒霉。

陈陈把彭小竹看得相当紧,对自己的老公倒是不闻不问。这一段北星和她一样外出频繁,经常不到半夜不回家。陈陈从来不问他去了哪里、和谁在一起,北星也同样不问她。起初两个人多少还带着点儿赌气的成分,渐渐地连赌气的成分也没有了,就是不问。

过去北星从来不出差,现在隔三岔五就要出个短差,而且往往是在周末。陈陈要说完全没有感觉当然也不是,她只怕自己一追究他也反过来追究自己,况且他走了正好,他不在家她出去也不必撒谎编理由了。

陈陈和北星越来越淡,两个人话都很少说,常常一个回到家,一个已经睡下了。做爱在他们之间成了极其偶然的事,而且敷衍塞责,缺乏激情。两个人的好处是不吵架,有什么事都各自放在心里面。尤其是在家里人面前,他们很有默契,尽量跟以前一样。

但是北星妈还是感觉出他们之间的不对劲。前一阵两个人没事总一起出去逛街看电影下馆子,老太太还担心他们大手大脚糟蹋了钱,背地里还说过北星,不让他带着媳妇儿这么浮浪地过日子。现在小两口儿倒是不一块儿出去吃饭逛街看电影了,就是出去两个人也是各走各的,各回各的,老太太的嗅觉一向非常灵敏,她觉出这个苗头可不太好,不由又担心起来。她悄悄地问小儿子是不是心里有了什么不痛快,北星说没有。老太太说:"你是大了,有事也不跟我说了,眼里没有我这个妈了。"没别人的时候她问小儿媳到了售楼处觉得怎样,陈陈说还行。老太太便说:"换个工作本来是图它个清闲,我怎么看你比以前还忙啊!"

婆婆还想说什么,陈陈赶紧找个借口走开了。

到这个时候,陈陈真后悔当初没有听姐姐的话。雪雪从一开始就反对她住到婆家,她甚至反对她嫁到这样一个市井人家。雪雪不止一次说过她:"你结婚就结婚,干吗要和人家一大家子搅和到一起?又是这么一个人家!"陈陈也知道雪雪这么说完全是为了她好。尽管她和公公婆婆并没有像姐姐预料的那样出现矛盾,但住在一起的不方便也是显而易见的。尤其是近来这一段,婆婆的目光无所不在,让她有一种芒刺在背的感觉。

在家里表面平静之下总有一股挥之不去的郁闷,尤其是婆婆的忧心忡忡让这个家蒙上了一种前途未卜的阴影,生活的脚步也不像以前那样有条不紊,陈陈常会有一种茫然无措的感觉。而和彭小竹的关系也不像以前那样愉快、幸福和有把握,相反在他们两人之间却总是会有一些说得出和说不出的事情像尖锐的刺一样冒出来扎着她的心。陈陈觉得自己好像走进了一条幽暗狭窄的隧道,每一步都不得不走得小心翼翼,可周围仍然充满了危机,险象环生。她找不到一个人可以为自己排忧解闷和释疑解惑,相比较还是雪雪更能够理解她一点儿。

陈陈去找姐姐,她已经有好一段没见过她了。前不久雪雪搬家了,搬到了一处地段和环境都非常理想的小公寓,两室一厅,既实用又美观,看来租金不菲。房子是雪雪的新任男朋友为她找的,说不定里面还有他的股份。这些都是陈陈从姐姐半吞半吐的话语里捕捉到的信息,在这种事情上雪雪向来喜欢半遮半掩。

有相当一段时间雪雪因为恋爱不顺心情很不好。她早已经跟出国工作的那个男朋友分手了,后来又在同事和朋友的安排下相过几回亲,也都没谈成。跟其中有一个感情还挺深厚,两人甚至还为结婚置办了不少东西。可是突然有一天那个男人就变卦了,他不再提结婚的事情,好像在他们之间根本就不存在这回事儿。雪雪哪能容忍他轻易赖账,追问他原因,他还是不说实话,只说等等再说。不久这个男人就跟另一个持有美国绿卡的女孩儿结婚了。雪雪认识那女孩儿,很丑很风骚,原先也是他们一个单位的,不过部门不同。她公派出国之后不久就转成了自费留学,据说已经读了两个学位,都以为她黄鹤一去兮不复还了,没想到折腾了好几年又嫁了回来——她生生戗了雪雪的行,而且因为是嫁给了原单位同事的未婚夫,顿时成了一条让人津津乐道的新闻。这一口气让雪雪怎么忍得下?可她忍不下又能怎么样?好在那两个婚后不久就双双出国去了,总算是眼不见为净。

再度经历挫折,雪雪终于不想跟婚嫁这件事再较劲儿了。而且按照她的标准,值得一嫁的男人实在是凤毛麟角,何况其中绝大部分早已有了家室,没有家室的茫茫人海未必能遇得到,即使对面遇到,没有缘分也还是会失之交臂。她干脆不去想结婚这件事,不想再因为这样的事情败坏了自己的心境。

俗话说退后一步天地宽,这件事情上也是一样。如果撇开婚姻,雪雪的周围也不乏围着她转的人。细想一下他们也是各具长处,不可多得。有人人好性格好,有人仪表堂堂,风度翩翩,有人豁达豪爽,为人仗义,肯为朋友两肋插刀,有人精通时尚,浪漫有情调，而且他们都有一个共同之处就是对她极好，见到她都是眼神透亮，都有一种溢于言表的兴奋感。雪雪作为一个女人完全懂得他们通过热切的目光向她传递过来的一道道秘密信息，她也知道如果她同样热切会是什么样的结果。

她开始尝试起一种崭新的生活方式。她和人好性格好的成为挚友，和豁达豪爽的约会，跟相貌风度俱佳的出去赴约，和浪漫有情调的出没于酒吧、陶吧、网吧、迪厅、音乐厅、电影院、书店、花店、商厦等等场所，乐在其中。是否还往深里走，全视情形与情绪而定。而且在绝大多数情况下，主动权很明显是掌握在她的手里。雪雪手中至少握着两张王牌，一是对他们之中任何一位都无所求，二是她不必要为他们之中任何一位守身如玉。雪雪很畅快，心情也晴朗起来。当初婚姻问题严重地困扰了她，回过头来想想真是没有必要，一个人实在不必在一棵树上吊死。

雪雪的情感和性生活一下子走进了一片开阔地带，就像长江到达了入海口一样，江阔水深，波澜不兴。在陈陈看来姐姐的私生活是一个谜，而且带着某种机密或者绝密的性质。平常雪雪不主动说起，她是从来不问的，即使她主动说起，通常也只是片言只语，藏头露尾，弄得陈陈也没办法对她推心置腹。尽管都是成年人了，雪雪还是习惯把妹妹当小孩子看待，陈陈却觉得雪雪是人大心也大，两个人倒很难再像小时候那样亲昵了。

这一天雪雪有点儿一反常态，她主动告诉妹妹自己在和一位司长同居。司长有家眷，说清楚不可能跟她结婚，年龄也比她大得多。雪雪毫不遮掩地对妹妹说着自己的情事，就像是告诉她新买的冰箱是什么牌子一样。他怎样向她示好，怎样笼络她，怎样对她下手，怎样找机会过来和她幽会，怎样放着重要的会议不开陪她出去喝茶，等等。雪雪的表情很幸福，好像很陶醉跟这位领导的这么一种关系。

"我想开了。"雪雪说，"恋爱真是不一定非得要结婚。"

陈陈问她："你真的爱他吗？"

问过之后马上有一点儿后悔，觉得自己挺傻的。

好在雪雪不介意，她说："他挺好的，真的，岁数那么大了还那么浪漫，我要是到他这个年纪还像他这样有兴致就好了。和他在一起我觉得很有爱情的感觉，跟他一分开我会想念他，整天晕乎乎的，这不能不算是爱上他了吧？"雪雪露出了一个称得上是纯真的笑容，这样的笑容在她脸上已经很少见了，"有一个感觉是我以前从来没有过的，我觉得权力其实也是挺迷人的，在他身上构成了一种很特别的魅力，被他宠爱我觉得非常幸福。张爱玲说权力是春药真是一点儿没说错。不过说真的其实我很少去想爱不爱的问题，好像无所谓。"

姐姐的话真让陈陈眼界大开，姐姐在陈陈的眼里也成了一个全新的姐姐。

"平心而论，他比一个丈夫能给我的要多。"雪雪说。

雪雪以一种更加闲适和放松的姿势斜躺在沙发里，陈陈觉得姐姐就像电影里的艳妇，真是风情万种。从前雪雪不是这样的，她一身学生气，非常纯洁，现在真的是很不一样了。她用据说是欧洲最流行的香水，佩戴的是时髦而名贵的钻饰，有满满一衣柜的漂亮衣裙，都是挺不错的牌子，而且不少一部分还是当季的新款，估计也不净是她的司长情人的馈赠。从前雪雪喜欢穿很中性的衣服，对那些非常女性化的服装不仅不喜欢甚至很抵触，现在她刚好完全掉了个个儿，她对那些艳丽妖媚的服饰不胜喜爱。她有了一个新爱好就是到处购买搜罗性感内衣，尤其对面料轻薄闪光、式样标新立异的新品情有独钟。那些内衣让陈陈感到脸红心跳，她觉得那应该是鸡穿的。当然姐姐肯定不会做鸡，相反她很清高，也很高贵，她穿上或者脱下那样的内衣估计男人是愿意把整个世界都给她的。陈陈觉得姐姐真是今非昔比，连身段也日渐丰盈起来，尤其是腰身和胸脯，看上去有了很厚的皮下脂肪，有一种大概很讨她的中年情人喜欢的"成熟美"。在陈陈眼里中年人比青年人更加好色，他们当中不乏看女人眼光色迷迷的人，也不乏说话相当露骨直奔主题的人，她不知道姐姐的情人是什么样子的，但愿他比较含蓄、真诚。

"跟你说句实话吧，除了婚姻现在我觉得我什么都有了。"雪雪态度安然地说，"我根本不看重太太的名分，不想生孩子，也不想继承他的财产，更无所谓要他对我负责，我何苦要跟他去领那张纸？况且还得没日没夜地跟人家厮守在一起。再说了，结婚眼下可能还不错，等过几年怎么样就真是很难说了。我想不用多说你也明白，毕竟我跟他年龄相差太大，别的方面也一样很有距离。不结婚肯定没坏处，要是为未来着想，这样肯定是更利落。"

姐姐说出的话让陈陈有一种凉飕飕的感觉，原来她可是很纯真很浪漫的，有许多不切实际的想法，对爱情很痴迷，对婚姻很相信，现在她全反过来了，很精明，很会算账，知道要什么和舍弃什么。她很现实，也很真实，却不再可爱和温暖，身上莫名其妙地就有了一种硬邦邦的东西，冷静而且冷酷。

陈陈原来还以为自己走到前面去了，没想到姐姐走得比她还远还超前。和雪雪比起来，她的那点子事就不算什么了。雪雪说的她的情人所有的好，彭小竹其实也都有，雪雪的情人做到的，彭小竹也都做到了，甚至做得更好，更到位。可是陈陈还是觉得不如意，她也弄不明白为什么自己不像雪雪那样拥有满足感。

"因为我们俩对爱情的想法有差别。"雪雪一针见血地说。

"是我太过分了？"

"不是太过分，是太幼稚。"雪雪非常权威地说，"其实生活里的爱情就像空气和水一样，你需要它，离不开它，你就不能太在乎，就不能对它要求太高。你不能因为空气质量差就不呼吸吧？你也不能因为水被污染了就不喝吧？你把爱情看破了，你就会发现跟男人相爱其实是一件最容易最轻松不过的事了。"

天不知不觉间黑了下来，早过了晚饭时间。陈陈饿了，走到姐姐一应俱全的厨房里，想找些吃的。她打开冰箱，里面除了几听可乐和几罐啤酒，只有几只柠檬。雪雪靠在沙发里对妹妹说："别找了，什么都没有，我不做饭的。"

"怎么把日子过成这样？"陈陈埋怨道。

雪雪笑说："这就是生活方式决定的。你不懂吧？过我这样的独身生活，什么事都应该是随兴而起，兴之所至，这是一种习惯，也是一种魅力。人都好新奇，男人更是这样。如果我也是到点儿做饭，到点儿睡觉，那不跟居家过日子没有任何区别了吗？他来我这儿还是一样的作息起居，那我不就成人家包的二奶啦？"

陈陈大笑，没想到姐姐还有这样一番大道理。

雪雪不做饭，零食还是很充分的。她拿给妹妹一筒薯片，一盒鲜奶油派，还有巧克力、香蕉片、菠萝干、话梅等等。她沏了一壶红茶，把柠檬切成月牙儿那样的一瓣瓣，整齐地摆在一只扁平的带褶边的白瓷小碟里，和装在水晶玻璃罐里的方糖一起端到沙发前八角形樱桃木茶几上。她的动作利索而轻柔，轻拿轻放，温柔灵巧，有一种含蓄的观赏性。陈陈马上想起毕业前去饭店实习老师反复强调要她们做到的就是这种"含蓄的观赏性"，没想到姐姐无师自通就做到了。

雪雪看着妹妹把柠檬汁挤到杯子里，脸上闪过调皮的神色。

"问你一个简单的问题。"她说，"柠檬是水果吗？"

陈陈说："当然是水果啦，难道还是蔬菜？"

恋爱课　231

"错啦,它既不是水果,也不是蔬菜。我就知道你会顺着思维惯式犯这样常识性的错误。所以想问题应该多换换角度,尤其是对那些自己没有十足把握的问题,别一条道走到黑。"雪雪说,"柠檬是饮料,还是香料,他对我说的。"

雪雪脸上露出难得一见的由衷的幸福和得意。

"难怪这东西这么古怪。"陈陈笑起来,豁然开朗的样子,"一般水果这么黄灿灿的肯定熟透了,可是柠檬不管看着有多熟都是酸的——原来人家根本就不是水果。"

"长知识吧?"雪雪恢复了调侃的口气,带点儿洋洋自得地说,"要是我不和他同居,我怎么会知道柠檬为什么这样酸呢!"

陈陈也调侃道:"要不是我有你这么一个姐姐,我怎么会知道生活里有这么大学问呢?你真让我茅塞顿开。"

第六章

一日夫妻百日恩

散了

爱情原来就是这么一回事儿

冬去春来

一日夫妻百日恩

杨家这一段的日子有点儿喜忧参半,高兴的事儿有几件,不如意的事儿也有几件,弄得一家人心情阴晴不定。

老太太最高兴的是她在股市下跌之前靠着秋林的信息把手里的股票全抛了,一算账,净赚了三万多,乐得她眉开眼笑。老头儿也有好事儿,他当上了"街区治安巡逻员",放在别人身上恐怕也就是那么回事儿,可他是一个一辈子都特别看重荣誉的人,没想到这么大岁数了人家还瞧得起自己,还让他余热发光,心里甭提有多高兴多激动了,每天提早一小时起床,早弯儿也不遛了,到市场去维持秩序。老爷子精神头足得很,说话的声音也比以前更洪亮,走起路来脚下生风,根本不像上了七十的人。北林晋丽的好事儿是北林单位最后一批福利分房分给了他一套两居室的新房子,面积不小,朝向很好,楼层也相当理想,夫妻俩多年的心愿终于实现了。他们打算好好装修一下,一有空就往建材市场跑,看地板,看瓷砖,看油漆,看灯具,看洁具,看锁,看合页,看水龙头,忙碌而愉快。

北林晋丽一装修完就搬走了,甚至给新房子通通风放放味儿的时间都没有留。老太太觉得他们走得这么急,让他们在老街坊面前怪没面子的。北星妈在北星爹面前叹气说:"他们在这个家里住这么些年咱们也没亏待过他们,自己有了房子就一天也不肯多待了,这帮子白眼儿狼!"她转过身去抹眼泪,哽咽了声音说,"他们哗啦这一走,我心里空了一大块。"

北星爹想说我也是一样,不过看老伴儿那副样子,不敢再雪上加霜,只是毫无表情地木着一张脸,就像什么也没听见一样。他从烟盒里摸出一根窝得皱皱巴巴的香烟,手指颤抖着怎么也点不着火。

北林晋丽一搬走,北星和陈陈也跟着说要搬出去住。老头儿老太太听了,心中不免又是一沉。

这小两口儿现在是越来越让他们操心,也越来越让他们担心,两个人各顾各的,就好像不是夫妻一样。如果问一个另一个的事儿,得到的回答常常就是三个字:不知道。有一次北星上着班突然发高烧,公司派车把他送回家。那天陈陈回家很迟,到家倒头便睡。第二天一早北星烧退上班了,恰巧他爹妈出去买早点没跟他打上照面。老太太一回来就过去叫醒了正在睡觉的陈陈问她北星去哪儿了热度退了没有,陈陈竟然连他发烧都不知道。

而且现在陈陈和北星动不动就会吵起来,一吵架就好几天不说话。老太太觉得既然住在一起,当爹妈的也不能完全装聋作哑,不闻不问,她劝劝儿子,又劝劝儿媳。劝儿子老太太说的都是一些大实话,她说:"你们年纪轻在外面玩玩照理也没有什么不可以,不过总也得有个分寸,如果你们还想好好过下去,现在这个样子可不是个法儿。"劝儿媳老太太说的又是另一番话,她说:"我已经骂过北星了,我不许他动不动跟你吵。我跟他说你一个人在这里,父母都不在身边,身子又这么弱,我要他对你好点儿。咱家条件不好人口又多,我也没有把你照顾好,让你受委屈了。"

可是老太太的周旋也并不起多大作用,小两口儿还是越来越拢不到一块儿。而且他们心里想什么,老两口儿也越来越摸不透。

不过家里最伤脑筋的还是大姐兰兰的事,康乐城的游泳中心被关闭了,明面上的理由是卫生不达标,真正的原因据说是关系打点得不周到,殃及池鱼,兰兰又一次下岗了,只好再四处去找工作。还算不错,她很快找到了一份工,在一家小宾馆做洗衣工。小宾馆离家远,她每天要倒三四趟车才能到那里,再赶上堵点儿车,路上单程就要将近两个小时,而且收入也没有在游泳中心多,现在一个月满打满算也就能挣四五百块钱。可是不吃力、收入高、离家近的工作人家用人的要求也都高,要的也不是她这个文化档次的人。兰兰有自知之明,清楚自己年龄大了,又没什么特长,能找份活儿糊口养大儿子就行了。她心不大,知道认命知足。

  这次她下岗大豆也就不再上学了,反正也是读不出来,多上一天学少上一天学没多大区别,她也就随他去了。尽管大豆智商不高,却很有孝心,看妈妈每天累成那个样子,他对妈妈说他也要出去挣钱养家。可外面脑子好使的还有不少找不到工作,谁肯用一个弱智孩子?兰兰好容易在家附近的一家卖面条的小餐馆给大豆找了一份洗碗的活儿。大豆别的不行,碗却能洗得非常干净,而且还会一只一只码得整整齐齐,这是他从小就学会做的不多几件家务活中的一件。餐馆老板答应让他试试,也是看他们母子可怜。工钱说好一天一付,每天五块,大豆和兰兰都很高兴。

  日子刚刚消停了没几天,家里又出了一件事。

  兰兰的老公有一天突然回家了,他不是自己回来的,是让人装在一辆小货车里送回来的。兰兰见到老公吓了一大跳,原来很壮实的一个人瘦脱了形,衣服穿在身上旷旷的,眼眶深陷,脸色蜡黄,一头油亮的黑发也不见了,头发焦枯,灰白夹杂,乱蓬蓬的。两个男人把他连扶带抱弄到床上,除了人还留下一只旅行包。

恋爱课

看着自己家里发生的这一幕，兰兰整个人就像被魔住了一样，说不出话来。她既没有帮忙也没有阻拦，眼睁睁看着那两个男人和她打一声招呼就走了。

老公穿着鞋子歪躺在床上，有点儿气息奄奄。他两眼望着兰兰，眼神活动起来，眼睛里竟然有了笑意。兰兰的心像是被针扎一样地痛，她走过去，非常气恼地质问他："你是怎么弄成这副样子的？"

老公望着她，好一会儿没有说话。他一开口又把她吓了一跳，声音断断续续的，几乎说不成句子。他艰难地告诉她半年前得了病，头晕，手脚发麻，浑身无力，几个月下来就成了这个样子。兰兰问他有没有去医院看过，他凄苦地一笑说："哪能不去呢？能去的地方都去了，不光是医院，连没有挂牌的私人小诊所都跑遍了。药也没少吃，连田里的死耗子都找来当药吃过。"

兰兰的脸黑下来，气愤地问他："是不是她看你这个德行就不要你啦？"

他头在枕头上笨拙地摇了两下，两个眼角各滚出一滴眼泪来。

老公这个样子，兰兰彻底没了脾气。要是他身体健壮，她肯定还是不会理他，可他现在病弱不堪，她再怎样恨他，再怎样狠心，也不可能再撵他走。她替他脱去鞋子和外衣，烧了热水帮他洗了脸，又做了热饭热菜，端到床上让他吃。做这些事情的时候她把头扭到一边，不去看他，也不跟他说话。不过她还是能感觉到老公在眼巴巴地看着她，仔细地留神着她的一举一动，就像以前他们吵了架他希望和解时一模一样。她心里恨恨的，却也无可奈何。

兰兰没想到的是饭菜放在面前老公竟连拿勺子都很困难，他舀起一勺子汤颤颤抖抖往嘴里送，半路全洒在了床单上，她只好过去喂他吃。

老公不让她喂，叫她自己也赶紧趁热吃。他的话，尤其是他的眼神让兰兰感觉自己的生活一下子又与过去接上了。中间的那么两三年好像并不存在，至少是在这一瞬间不存在了。不过她就像是被快刀割了一下，麻痹的感觉只是暂时的，很快伤口里就涌出了鲜血。

兰兰的心口一阵阵地作痛。她想从前多好啊，一家三口，日子过得井井有条，尽管也一样有不顺心，一样有不如意，但总有他跟她在一起，累了他会照顾她，心里不痛快他会安慰她几句。可是自从有了那个狐狸精之后这个家就散架了，小妖精生生把他们的好日子给搅和了！一想到那个女人兰兰就恨得咬牙切齿，那个骚货不把他折磨成这副样子恐怕他还没有回家的这一天呢。不过兰兰倒是也真没想到老公还会回来，更没想到他这个样子了才回来。

喂完了饭，她又给老公喂了一些水。老公是个不爱喝水的人，以前一整天不喝一口水是常有的事，兰兰说过他这不利健康，他根本不听。不过在她喂水的时候他很配合，还把头往前伸了一点儿。吃了饭喝了水他的精神明显好了些，他躺在床上，脸上是很安慰的表情，两只眼睛一直看着兰兰。兰兰在屋里走来走去，他的目光就跟着她的身影移动，而且眼睛里一直有笑意。

大豆在餐馆里洗完碗回家见到父亲非常高兴。这个傻孩子进屋看见一个男人躺在床上，没看清楚是谁就开口叫了声爸爸。他望着自己的爹呵呵地乐，把他床头吃空了的碗收起来，一只一只洗得非常干净。他爹招手让他过去，伸出一只干黄的手摸着儿子汗津津的小胖脸儿，眼泪又一次从两个眼角滚落了下来。

到了夜里兰兰在老公的边上躺了下来。家里就这么一张床，平常大豆睡的是一张旧沙发。兰兰已经忘了上回是什么时候跟老公一床睡的，这中间好像隔了有几十年。兰兰睡不着，老公也睡不着，一个在床上翻身，一个在床上叹气。

老公的手伸过来，过去在床上他一伸手总是先摸老婆的乳房，现在他摸她的脸。他摸得很轻，很仔细，小心翼翼地，就像摸一件极细致、极娇气的东西。兰兰清楚自己的脸早已经不细致也不娇气了，他这个动作让她想起他们刚刚恋爱的时候。她猛地摁住了他的手，眼泪哗地流了下来。

老公的手并没有停，他的抚摸既轻柔又耐心。他从她的脸颊摸到她的耳朵、脖颈、头发、肩膀，摸到了她的乳房，他的手掌在她乳房上停留下来，手指捏住了她的乳头。她轻轻地呻吟了一声，马上又忍住了。老公艰难地将身子向她移近了一点儿，手掌向下滑去。她没有躲避。他反反复复地抚摸着她的腹部，把她揉搓得热乎乎的。夫妻两个的身体不知不觉靠近了，不过却没有一句话，也没有一点儿声息。

外面屋里响起了儿子均匀有节奏的鼾声。

老公说："你瘦了点儿了，身体还好吧？"

兰兰说："不瘦，没以前瓷实了。"

这么长时间，夫妻两个第一次心平气和地在一起说话。

兰兰说："你要是不在外头瞎折腾，兴许就不会得上这个病。"

老公说："以前我身体多好啊，谁知会有这一天？这他妈就是命啊！"

兰兰说："我还以为这辈子我一个人到头了，没想到你还回来。"

老公说："我也想过一死算了，说心里话我也真没脸再回家了，不过想来想去还是牵挂你和孩子。"

兰兰在枕头上转过脸去："哼，你早有这份心就好了！"

两个人静下来，好半天没说一句话，就像睡着了一样。外屋大豆的鼾声格外响亮，还有家具干裂的声音，一直在啪啪啪地响。

好久，老公的声音在黑暗里瘆瘆地响起来。他说："打我这一病，我知道的就已经花了好几万块钱了，还有一些她经手的我不知道。说句不怕你骂的话，我觉得我不该再拖累人家了，毕竟我跟她没有个正经的夫妻名分，我这个样子已经把她害得不浅了。我知道别的不说你这个人心地正,讲道理,到了这样的时候你不会不要我。"

兰兰听了没有作声,她睁着眼睛,看着外面街上汽车的灯光明明暗暗地在天花板上一次一次闪过。半晌她哼了一声,叹着气说:"你就知道我吃哄!"

老公的手在被子底下紧紧地握住了她的手。

老公回来之后兰兰家里宾馆两头忙,她让宾馆把她调到了楼层,而且尽量安排夜班。正好夜班本来就没什么人愿意上,小姑娘们要用晚上的时间谈恋爱,结了婚的女人要用这段时间照顾家。上班之外兰兰带着老公四处求医,看了不少专家,弄了许许多多的药来吃,还请过一些半医半仙的人到家里来扎针、熏艾、催眠、驱鬼,好一通折腾。兰兰真是到了病急乱投医的地步,只要听说哪儿有治这种病的高人,也不管是神是鬼都怀着虔心去拜访,求人家救老公一命。也不知道是哪一味药或者是哪一样招数起了作用,老公晕得不再那么厉害,手脚也不那么麻木,好点儿的时候也可以起来坐一坐、走一走,最好的时候还能做点儿擦擦抹抹的轻微家务。有一天兰兰上班回来,老公居然把家里收拾得十分整洁,连她晾在衣架上的衣服也收下来叠好了。兰兰又惊又喜,说自己是瞎子磨刀总算看见亮了。可到了第二天,老公又不行了,连上厕所都没法儿自己走到卫生间。就这样时好时坏，秋天就慢慢过完了。

不管怎么说，老公回来了兰兰心里还是踏实多了。尽管比以前更劳累，操心的事情也更多，但是她心里很充实，两个多月里里外外忙下来，脸色倒比以前滋润了。

兰兰为老公的病忙得连娘家都没工夫回，好在老两口儿这一阵身体还行，否则她顾了这头又得顾那头。她爹妈听说姑爷回家了，又是病成那个样子，都说兰兰根本就不该收留他。他们在电话里压低了嗓门说女儿："人家一朝被蛇咬十年怕井绳，你倒好，是个咬不怕的！他今儿是回来了，明儿病治好了没准又走人了，你不成竹篮子打水了吗？这种负心人还理他干什么？"

尽管爹妈的话句句都是站在她的立场上说的，兰兰还是觉得他们太势利。她想以前老公对他们可真不错，她给娘家送钱送东西他从来没说过一个"不"字儿，他自己也一样没少为他们出力，哪回上门也没空过手。人家说"一个姑爷半个儿"，他可是拿他们当自己的亲爹妈。所以爹妈这么一说，兰兰心里就挺别扭，她也不好替老公说什么，要是她为了他顶撞他们，他们就又该心里别扭了，所以她忍着什么也没说。

不过老头儿老太太说归说，心里对女婿也并没有恶意。他们四处打听治女婿这个病的方子，老太太还亲自到药房给女婿抓了药熬好了送到家里来。见着女婿也是嘘寒问暖的，劝他安心养病，心宽才能体健，弄得女婿一个劲儿地为自己的过去悔过和叹气。

有一天兰兰从外面回家，发现家里的门没关严，留着一条宽宽的门缝。这几天老公又不太好了，根本起不来床，她心想不至于是自己出去时忘了关门吧？她赶紧跑到房间里去看老公，竟然看见一个女人正坐在他床头在跟他说话。她突然走进去，把他们两个都吓了一跳。老公的脸上是一种极其为难、极其尴尬的表情，倒是那个女人非常镇定，她站起身，恭恭敬敬对兰兰叫了一声"大姐"，大大方方地说："对不起，我自己找上门来了。"

兰兰一看见这个女人就猜到是谁了，不过她真没想到她会这么胆大，这么厚颜无耻，竟然敢跑到她家里来。兰兰本来是要发火的，把她骂个狗血淋头，叫她滚出去，让这个送上门来的小婊子尝尝厉害，长长记性，可一看老公脸色灰白又焦急又担心的样子，不由动了恻隐之心，心想不看僧面看佛面，毕竟他是个病人，好容易治得好转了一点儿，可别因为这个狐狸精着急上火又犯回去了，那才叫因小失大呢。便咬咬牙忍住了火，倒要看看这个小骚货有什么戏要唱。

那个女人对兰兰说："要不我们到外面屋子去说？"

兰兰正有此意，走出去的时候她带上了门，把老公和他既关切又焦虑的目光关在了门里面。

兰兰不冷不热地请那个女人坐，她没有坐，还跟刚才一样恭恭敬敬地站着跟她说话。

"我早就知道您了。"那个女人话说得很慢,好像在搜肠刮肚尽力寻找合适这种场合的话。她谨小慎微,尽量当心不得罪女主人。她说,"说心里话,我也没想到过我们会见面。"

她极轻极短促地笑了一声,以一种清亮的眼神望着兰兰,好像不知道下面该怎么说了。

兰兰只是听着,并不说话,也没有说话的意思。

那个女人只好又开口了。她说:"大姐,过去的事情我希望您不要太介意了,他现在病成这个样子,我想我们还是先为病人考虑。"

兰兰还是不说话。

那个女人看着她的脸色,小心翼翼地接着说:"他这个样子,看了真让人难过!这么长时间了,病还是一点儿没好转,人也更不像样子了。所以我想……"

兰兰听得实在忍不下去了,终于说话了。

"你是谁啊?"

那个女人被吓了一跳,她说:"噢,我叫芳君,芳香的芳,君子的君。"

"我没问你叫什么。"兰兰的声音更高了一点儿,她绷着脸说,"我问你是谁,跑这儿管起我们家的事情来了?"

"大姐,您别生气,您别生气,您听我再说一句话。"芳君软了口气,一脸的谦卑。

她这个样子让兰兰心里一动,没想到这个小骚货也会这样。既有胆跑到人家里,又怎么不敢一硬到底？兰兰看她的长相也就是一个平头正脸的普通人,顶多是年纪比自己轻一点儿,要说也轻不到哪儿去,也是三十好几了吧？别的方面更是看不出比自己强在哪里。兰兰一点儿不明白这种相貌的女人怎么也敢做吃青春饭的狐狸精,她也不明白自己老公哪根筋搭错了会看上这么一个货。

　　见兰兰不太客气,芳君也不再努力跟她套近乎了,干脆直截了当地说:"他是趁我不在的时候自己走掉的,我一直到处找他,我没想到他会回家。今天我来想把他接回去。"

　　"凭什么你？"兰兰有点儿怒不可遏。

　　芳君说:"他人都这样了,我接他过去还能怎么样？说句也不算是伤他的话,他这个样子,还不定哪天才能好呢,我想我们也用不着再多说什么了吧？"

　　兰兰脸都气灰了。她冷冷地说:"他好也好,不好也好,要你插什么杠子？有你什么事儿？"

　　芳君凄楚地一笑:"你以为我是来和你抢啊？到了这个份儿上咱俩还能有什么敌意呢？我接他过去无非是替他治病。我把话说在这儿,不管他能不能好我都愿意管他,他活一天我照顾他一天,怎么说也是一日夫妻百日恩！"

　　兰兰一听这话,压着的火像井喷一样全冒了出来。她指着芳君大骂道:"你他妈什么东西？你以为你想管就轮得着你管吗？红口白牙在我面前胡扯八道什么夫妻不夫妻的，我跟他才是明媒正娶的结发夫妻，你跟他又是哪一路的夫妻？你别在这儿招我把难听的话说出来，就是他死了，寡妇还轮不着你来当呢，当自己是什么东西！"

芳君被兰兰恶狠狠地奚落了一通，就像突然挨了一棍，人蒙了，脸色青紫，浑身瑟瑟发抖。原来她一直听他说老婆是一个又善良又厚道的人，今日总算是领教了她的"善良"和"厚道"。芳君毕竟年轻，面对这么一个歇斯底里发作的泼辣女人，也不像刚才那样沉得住气了。

她顾不得像见面之初那样讲究方式方法了，态度强硬地对兰兰说："反正今天来了我就是要接他走的，车还在下面等着呢！"

兰兰狠狠地唾了一口道："他是我老公，你有什么资格跟我说这个话？你要是想学雷锋你别处学去，没人拦你。今天我倒要看看，你能从我眼皮子底下再把人弄走。"

芳君仍不甘心，她想从门缝里再看他一眼，可是门刚才让兰兰关得紧紧的，一点儿缝儿都没有。她提高了声音对兰兰说："怎么样我们问他一声行不行？"

兰兰知道她是有意想让他听到，她简直火到了极点，声音比她还高地说："甭问，这屋里我说了算。你赶快走吧，别等我不客气撵你！"

兰兰说着抓住芳君的一条胳膊连拽带扯把她推到了门外，

恋爱课 247

芳君长得纤弱,又穿着一双鞋跟细高的高跟鞋,根本不是兰兰的对手,被她粗暴地一搡几乎摔倒在地。兰兰根本不管,在里面嘭的一声关上了门。

兰兰心力交瘁地倒在椅子里,心还在突突地狂跳着,好半天才把梗在胸膛里的这口气顺了过来。

她想起了老公,倒了一杯开水进里屋去看他。

老公躺在床上,口眼歪斜,泪流满面,痴痴地瞪着污迹斑斑的天花板。

兰兰忙里偷闲到娘家走了走,把狐狸精到家里来的这一段说给爹妈听。爹妈正戴着老花眼镜坐在麻将桌上和侯大爷文大妈一起摸牌,四个老人听得都十分惊诧,然后是相对叹气。

她妈说:"也就是我们家兰兰脾气好,要是我,准上去抽她几个大嘴巴。"

她爹却说:"倒也难为她还有这份心!"

娘儿俩都狠狠地瞪着他,说他老糊涂,不着四六。

文大妈操着舞台味儿很浓的京腔说:"过去男人三妻四妾多得很,那可是万恶的旧社会啊,怎么现在也那样儿了呢?"

"这可就说不清楚啦。"侯大爷不胜感慨地说,"前儿个我听我小孙子说,有个律师替小偷打赢了一起官司。怎么回事儿呢?小偷入户行窃,一进屋就让掉下来的灯给砸着了,啥没拿走人还受了伤。小偷告了这个人家,让这家对他人身财产意外伤害进行赔偿,结果是赔了他一笔医药费了结。我听了不信,这不成耗子逮猫了吗?不过这儿狐狸精都登堂入室了,居然还敢对着明媒正娶的太太说什么'一日夫妻百日恩',要不是亲耳听说,我也肯定不信会有这种事儿。哈哈哈,真是天大的笑话!我活这么大岁数,又开了一回眼。"

这天侯大爷回到家就突发脑溢血,还没来得及送到医院就咽气了。

散了

陈陈和北星在外面找了一处房子，一室一厅，月租金一千五百元，好处是带家具，床、橱柜、桌椅都是现成的，缺点是离父母家远了，而且没有直达的公共汽车。陈陈觉得其实这也不算是什么坏处，不方便可以少来往，还更自由一点儿。本来搬出去住就是为图自在，还整天你来我往的，不和不搬一样？

他们搬走北星妈很不乐意。老太太说她每天睁眼就想看到家里的每一个人，北林一家搬走她已经很难过了，现在她最疼爱的小儿子小儿媳也要搬走，老太太背着人掉了好几回眼泪。

有一天一家人吃过晚饭，老太太坐在收空了碗筷的桌子边，无限向往地说："知道我最想什么吗？我现在整天都在想要是咱家有很多钱，就买一个很大很大的房子，让北疆一家，北林一家，北星一家，还有兰兰一家三口都搬过来一起住，那该有多好哇!"

没有人接腔。

北星爹说一句:"你痴人说梦呢。"

老太太叹气道:"人老了,什么也做不了了,顶多就是做做梦了。"

北星和陈陈搬走之前老太太有许多话要对他们说,可是两个小的都有点儿躲着她,好像生怕她说出什么会让他们为难。老太太一想干脆什么也不说了吧,他们是长是短是好是赖都由他们自己去算了,毕竟也都不是小孩子了。过去老头子就总这么劝她,说孩子大了,甭从头到尾管他们了,她想想这话也是对的。

不过在他们离家前夕老太太还是特意教了陈陈几个菜,重点传授了做鱼的几种方法。她心里想的是北星爱吃鱼,搬走之后就不容易吃到她做的了。陈陈心里想的却是彭小竹,每次一起吃饭他少不了要点一道鱼,而且他是一个好吃的人,她从时髦杂志上看到过这样一句话:"要抓住男人的心首先得抓住男人的胃",便想要是自己有一手绝活,能为他做几道吃了离不开的菜,那该有多好!这对感情的加深和稳定肯定也是大有好处。因此婆媳两个一个教得尽心,一个学得专心,两个人在厨房里切磋技艺,情意融洽。

婆婆说:"做鱼之前先用切开的姜擦一下锅,这样煎鱼的时候不粘,两边鱼皮就能完整好看。"

陈陈递给婆婆一块切好的生姜。

婆婆说:"煎鱼的时候一定要头尾都煎透,都煎透了才烧得入味儿。"

陈陈把一条鱼"嗤啦"一声放进滚热的油锅里。

婆婆说:"喷料酒主要是为了去腥,也是为了拔味儿。"

陈陈从婆婆手里接过料酒瓶。

婆婆说:"做鱼的酱油一定要好,差的酱油有一股子酱子味儿,也不透亮,反倒把鱼的鲜味儿盖住了。"

陈陈把婆婆递过来的酱油倒一点儿在锅铲里,伸出舌尖仔细地尝了尝。

婆婆说:"放糖也有讲究,加糖不是要它的甜味儿,而是为了把汤汁收干一点儿,所以糖一定要放得准,略多一点儿就跑味儿了。"

陈陈小心翼翼地增减着勺子里的白糖。

婆婆说:"汤汁最好比鱼肉咸一点儿,这样鱼的味道才好。"

一条做好的鱼出锅了,装进了青花鱼盘里。

以前只有在请客的时候婆婆才舍得拿这套青花瓷碗出来用,而且洗碗的时候格外小心,差不多都是她亲自动手,别人谁来洗她都不放心。陈陈没见过像婆婆这样心疼东西的人,对家里一针一线都非常爱惜,最看不得别人粗手大脚,东西稍微放重了一点儿就会忍不住说上一句半句。陈陈发现婆婆近来却不这样了,对家里磕磕碰碰的声音不再那么敏感,而且也不那么爱东西了。她不清楚婆婆是想开了,还是心力不够了。

婆婆看着陈陈把鱼端端正正地摆在桌子中央,她长长地叹了口气说:"不过我还是愿意你们在家里住,天天我做给你们吃。一家人在一块儿多好多乐和啊!"

陈陈和北星搬出去之后两个人的生活重点并没有放在做饭和吃饭上,他们各有各的事情要忙。刚开始一阵陈陈还确实是下了班就回家,买菜做饭,把做好的饭菜一盘一碟像模像样地摆到桌子上。但是,到了点儿北星却总是不回来。她忍着不给他打电话,直到饭菜全放凉了,她终于再忍不下去,打他的手机。差不多每次都这样。有时他不接,有时接了也就匆匆两句话,说自己在外面正谈事情,不回家吃饭了。几次之后,陈陈也就自取其便了。高兴了做一顿饭,不想做饭的时候就在外面吃过再回家。

陈陈一步一步放弃了维持好(至少是表面上吧)家庭生活的努力。北星的好处是只要她不管他的事,他也不会多问她的事。两个人搬到外面住之后,连在父母兄嫂面前装装样子也不必要了,所以他更加随心所欲,经常是到了下半夜才回家。有时候喝得醉醺醺的,有时候并没有喝酒。陈陈心里自然也猜测他去了什么地方,跟什么人在一起。那些猜测很刺痛她,但猜测总归是猜测,别说可能并没有她想象的那样不堪那样坏,就是比她想象的还要不堪还要坏,那又怎么样?她心里尽管猜疑、生气、难受、失落、空虚、郁闷还包括嫉妒,百感交集,可她却没有什么稳妥有效的办法对付他。她不想把他们之间的空气弄得太紧张,因为她自己也不是没有事儿,所以她无论心绪怎样,头脑不能不保持足够的清醒,做事也不能不留有足够的余地。因此她绝不会主动出击去过问和追究他,她不想打破眼下这个平衡。

有一天陈陈上班走得匆忙,竟然拿错了北星的手机。一半是出于好奇心,一半也是出于无聊,她随手打开了"信息"一栏。在"收到的信息"里她看到了这样一条:"你走了我总在想你,想你的拥抱,想你的亲吻,想和你∽,真不该让你走!我把你名字写在T恤上,现在正穿着呢。我太爱你了,快要疯了!你不想我吗?"

陈陈像被烫着了一样,顿时傻眼了。

铁证如山,那些猜想在刹那间都得到了证实,果真他在外面有事儿。这条短信息最刺激她的是那个横躺着的S,她凭直觉就明白是指什么。她怎么看怎么觉得那个躺着的S是赤裸的,而且在扭动和翻滚。她胸口像挨了一拳一样闷闷地疼。她觉得热血上涌,真想立刻打个电话问问北星这个不要脸的女人是谁,然后把他的手机狠狠地摔向坚硬的地面。即使这样,也难解她心头之恨。

可是她突然之间就清醒了,想到自己的手机很可能也落在了北星的手里，而自己的手机里同样也有着不能让他看见的信息。其实她一贯都非常小心，可是有那么两三条短信息来自特殊的时刻，有着特殊的意义，所以她一直保留着没有舍得删掉。如此说来，北星很可能同样掌握着她的证据。整整一天，她心情烦闷，头疼欲裂。

　　当晚回到家里她把手机还给北星，除了一句"对不起，拿错了"什么也没有说，而且神色也极平淡，就像什么事儿也没有一样。北星一句没提她手机的事。

　　可是几天之后，又一件事深深刺激了她。

　　到了周末北星又要去出差了，过去陈陈对他周末的外出也不是没有过想法，现在疑心病无疑是更重了。她看着他收拾了几件干净的衣服，洗漱用具，电动剃须刀，还在旅行包里放进了一本没有读完的小说。在北星出门的那一刻，陈陈奇怪地有一种他从此一去不回的感觉。她急忙追出去，北星还在，正在等电梯。看她慌慌张张地冲出来，他吃了一惊，眼光狐疑地望着她，气氛顿时有几分尴尬。情急之中陈陈问正在往电梯里走的北星钥匙带了没有，他刚点了点头，还没来得及说话，电梯门就关上了。陈陈回到屋里，心里有说不出的抑郁和惆怅。

　　北星不在家陈陈自然就想到和彭小竹约会，电话打过去彭小竹却说今天不行，已经说好下班以后陪老婆去买鞋。陈陈心里非常不痛快，自己的约会竟然比不上他陪老婆买鞋重要，这样的男人真不值得搭理。她很想奚落彭小竹几句，却连奚落他的兴致都没有。她在电话里沉默着，彭小竹却又回过来对她说了不少好话，说自己陪老婆完全出于无奈，她已经盯了他好久了，要是再不陪她一次，眼看她就要闹事了。他哄陈陈说也就仅此一回，就算是舍孩子打狼吧，安抚住她等于也是争取到了时间和空间。他的语调显得很轻松，但陈陈却觉得他是故作轻松，尽管他十分耐心地对她做着解释，但她还是感觉到了他心里压抑着的不耐烦。

这一天她过得百无聊赖，好容易熬到了下班，却并没有任何有趣的节目等着自己。她去超市买了一些吃的，一个人慢悠悠地在大街上闲逛，有一搭没一搭地看看路边时装店里新的和已经不算太新的时装。

在一家别开生面的另类时装店的对面有一个生意兴隆的餐馆，天还没黑里面已经坐满了人。完全是出于下意识，陈陈在时装店里转了一圈之后向对面的餐馆张望了一眼。透过硕大的玻璃窗，她看见一个穿着淡绿衬衣的背影。今天早上北星穿的就是这样颜色的一件衬衣，她因此又多看了一眼。

那个背影恰巧被一根柱子挡住了，但是他对面的女孩儿却能看得十分清楚。那是一个打扮入时的女孩儿，头发很时髦地盘在头顶上，有一束像鸟翎一样的发梢从发髻中间披散下来，相当吸引人的眼光。她的嘴唇涂得鲜艳欲滴，衣裙相当漂亮，看不出年纪。陈陈用目光估计着她比自己大还是比自己小，不由多看了她两眼。突然心中一闪，觉得这个人有些似曾相识。

她终于想起来她来参加过自己的婚礼，尽管发型变了，但是她笑起来的样子还是让她一眼就认了出来。她退后了几步，那个绿色的身影果然不出所料。

陈陈拨通了北星的手机，第一次他没有接。她又拨了一遍，在响第八次铃声的时候他接了。

她躲在一个报亭后面，心狂跳不止。

她刚"喂"了一声，北星马上就说："我已经到了，路上挺顺利的，接待得不错。现在刚进餐厅，准备吃饭。"

他装得这么像，而且这么沉着，这么平静，陈陈噎住了，一句话也说不出来。

北星说："你听不见吗？信号不好，我出来一点儿，你等着。"

陈陈远远望见那个淡绿色的身影站了起来，在餐桌之间穿行，移向了临街宽大而透明的窗口。

她啪地关掉了手机。

她快步穿过马路，完全不顾街上的汽车正向她疾驰而来。她走进餐馆，径直走到北星面前，不顾他一脸的惊愕，狠狠地抽了他一个耳光，扭头就走。

北星在临出门前跟她说过三天就回来，现在三天过了他并没有回来，三个星期转眼也过了，他还是没有回来。在挨了她一个耳光之后，这个人就像是消失了。起初陈陈心里恨恨的，她想跟他离婚，从此一了百了，永不见面。可是过了一段日子，他始终音讯全无，她开始反思自己的举动，觉得自己太不冷静太不沉着了。当时自己真是气疯了，没有考虑那样做的后果。像北星那样一个爱面子的男人，在公共场合而且还是当着另一个女人的面挨了老婆一记耳光，肯定很下不来台，他肯定不会原谅自己。既然不想离婚，陈陈后悔自己做事太莽撞了。

这样音讯不通过了大约一个月，有一天下班之前她接到了北星的电话。

北星在电话里说话的口气很柔和，丝毫听不出他还在生她的气。他问她下班以后有没有空？他约她去一个餐馆见面，一起吃晚饭。陈陈心头一喜，马上想到他大概是想跟她和解了，两个人绷了这么久，也该到和解的时候了。从前他们恋爱的时候也是这样，为了一点儿小事她不理他，如果他觉得自己有理也会绷几天，不过从来没有绷这么长时间，而且回回都是他首先向她求和。这次闹得确实是有点儿过，陈陈心里其实也早就想收场了。

但她估计错了，北星约她是想跟她谈谈离婚的事情。

北星没想到这一次他和小玉两个人竟然都当真了。小玉原本对他就很负疚，而且余情未了，北星主动返回来找她，让她的生活一下子有了重见阳光的感觉，她甚至认为北星的出现是她脱离眼下这种混乱而又混沌的生活的一次极好机会，而且这样的机会显然也并不是总有，如果失去，可能就很难再出现了。

前面失意的婚姻让小玉学乖了，她对北星浓情蜜意，却处处给他自由和自在，北星来与不来，什么时间来，什么时间走，她都悉听尊便，从来不把喜怒做在脸上。尤其是只要北星家里有事，无论见面改期还是取消约会，小玉都极好说话，而且总是表现得高高兴兴的。和陈陈一比，自然就占了上风。

小玉的一片真心也让北星感动。只要他来，小玉就把这一天当成了节日，去哪里吃饭，去哪里消遣，她都有多种计划供北星选择，而且每次都不重样，每次都有新意。和小玉在一起北星最明显的感觉就是愉快，因为她处处以他为主，围绕着他这个中心，让他领略到一种被宠爱的感觉。这种感觉他在陈陈那里就从来没有得到过，即使他们情浓的时候，也只有他处处宠着她，她是不可能反过来对他这样做的。还有，小玉在和他好了之后就去找老公谈了，要他答应离婚。这件事前后磨了有半年多，终于解决了。这不是一个顺利的过程，起起落落折腾了好几个回合，具体细节小玉一句也没跟他多说。不过即使她重新成了自由之身也没有和他提过一句婚嫁的话，连暗示性的话也从来没有说过。这件事情上小玉头脑极为清醒，她说自己离婚只是因为她已经看到了结果，她清楚不可能再跟老公一块儿生活了。她还说相爱是一回事，婚姻是另一回事，没有必要为了某种形式上的东西破坏了爱情本身的滋味。她说的这些话略微想一下都是从北星出发的，她真是一点儿也不愿意他为难。过去北星也一直把"婚外"和"婚内"区分得非常清楚，他对爱情并不十分相信，相反他相信爱情总是会过去的，而爱情一过去局面往往总是比较被动，残局也不怎么好收拾。假如每一次爱情都和婚姻挂钩，那有多少费心劳神自然是可想而知。为了防微杜渐，他在和女孩子们来往的时候尽量都不往感情上扯，为的就是避免日后的麻烦，也不想花大力气去善后。在男女之事上他早已经习惯了避重就轻，死缠烂打会让他不堪忍受。可是小玉如此替他着想，也让他心有所感，固有的情爱观反而有了一点儿动摇。她这样明白，也令他对她愈加敬重。

在北星充满爱意的眼光里，小玉真是有着太多太多的优点，她的妩媚，她的伶俐，她的乖巧，她的克制忍让，她的大方豪爽，尤其是性上的奔放和无私，都令他对她入迷，甚至因为她，他对女性都有了全新的看法。以前他认为女人都是些感性的动物，一切都是从自己出发，从自身的需要出发，所以她们头脑都比较简单，既好哄又麻烦。而有了小玉之后他再也不这么想了，他知道女人是有另一面的。某些时候她们比男人更能忍耐，也更大度，感性之外也一样是非常理性的。他见到过许许多多的女孩儿，也交往过不少的女孩儿，但没有一个人在他心里引起过如此巨大的反应。他觉得就好像自己已经乘上一辆车远行了，可是为了小玉他一定要返回去。他还从来没有为了谁返回去过呢，他也从来没有为了谁想要返回去。绕了这么大一个圈子，他觉得其实自己和小玉才是最合适的，真后悔当初生生把她错过了。不过他既然已经把她错过了一次，就不想把她错过第二次。

他已经错了一次,不想再错第二次。

但是小玉却反过来劝他不要离婚,尤其是不要为了她离婚,她坦率地告诉他离婚带来的种种伤痛和伤害,要他千万千万慎重。北星确实也很犹豫,尤其是当他想到自己爹妈那么喜欢陈陈,如果他要离婚他们肯定会从中阻拦,所以尽管和小玉百般恩爱,离婚的决心却也迟迟难下。那天餐馆里陈陈一记响亮的耳光总算打掉了他的犹豫,让他下定了决心,事情的结果也是在那一刻突然摆在了他的眼前。

北星站在餐馆外面等着陈陈。外面刮着风,不小的风,空气里有许多扬尘。从他的站姿来看,他已经等了不短的一段时间了。

陈陈从出租车里出来,他朝她一笑,态度随和而绵软,就像他们恋爱期间一样。他们并肩进了餐馆,面对面坐了下来。

北星从服务员手里接过菜谱递给陈陈,让她点菜。

他点上烟,静静地吸着。谈恋爱的时候他是不吸烟的,刚结婚的时候偶尔吸一支半支,是和朋友在一起的时候闹着玩儿,现在他已经烟瘾很大了。

陈陈的目光从"卤水拼盘""芥末鸭掌""铁板牛柳""明炉鳜鱼"一行行看过去,心里想着他们这样在一起吃饭,已经好久没有过了。她一直没怎么说话,也没怎么和他对视,她心里多少有些不自然，生气倒是谈不上，但要她一下子和他和好如初她也做不到。

菜很快上来了。北星要了扎啤。陈陈先没要，但她很快改变了主意，和北星一样也要了大杯的扎啤。

他向她举起了酒杯，她一愣，也赶紧把杯子举了起来。

"我们好久没在一起吃饭了。"北星声音低低的，像是在自言自语，他说："你多喝一点儿。"

陈陈也说："你多喝一点儿。"

两人相视一笑。

"快三年了，一晃，就像一场梦。"他说。

"什么？"

"我们结婚。"

"就是。"她说。

他举起杯子，和她碰杯。

北星一口气把杯里的酒全喝了下去，放下杯子他朝她笑了一笑，又要了一扎。

两个人默默地坐了片刻，没什么话说。半晌，北星说："我们散吧。"

他的口气十分温柔，就像是和她商量是去看电影还是去打保龄球。

"你说什么？"

其实她已经听清了他说什么。

"我们散吧。"

他又重复了一遍。

她的眼泪突然之间像水一样流了下来。

"你别这样,快别这样!"

他赶忙把桌上的餐巾纸递给她,她接在手里,捂住了脸,无声地哭泣起来。

等她安静下来,北星挑词择句地说:"我觉得我们的婚姻到这个地步已经没有什么意思了,我不想说责任在谁,这样的话说了也没意思,反正我自己肯定是有责任,这一点我不赖账。我已经想了好久了,分开也许对你对我都更好,你说呢?我希望我们好聚好散,我这个人做什么都不喜欢撕破脸皮,你知道的。"

他望着她,脸上的表情很平和。

她的眼泪又一次不受控制地流下来。

"你是不是觉得太突然了?还是觉得你损失很大?"他问她。

"没有。"她语气干脆果断,眼泪一下子干了,脸冷冷的。

尽管北星说话非常小心,这句话还是伤害了她的自尊心。难道在他眼里她是一个被抛弃者?难道她还要赖着他不成?他把自己当谁了。陈陈冷冷地一笑,坐正了身体,跟他公事公办。

"说吧,你怎么打算?"她说。

北星微微一笑,态度更加柔和了一点儿。他说:"要说我们两个也不是就到了一定过不下去的程度,不过情况发生了变化,如果我们还这样继续过下去,肯定会痛苦的。我觉得我们都没这个必要。既然不是非得这样，我们何不做另外一种选择？所以我想也许分手是明智的。"

陈陈说："也许是吧。"

北星说："我们没有财产，不需要费心分割。只是有过三年不到的短暂婚史，不过现在一般人也都不计较。"

陈陈说："好在还没有孩子，省了好多麻烦。"

两个人都笑了，笑得很短促。

"我觉得你这个人挺好的，真的。"北星说，"我想说以后我们还是朋友，不过说老实话我有点儿底气不足。这样说吧，我愿意仍然是你的朋友，你记着我这句话就是了。"

北星自始至终也没提陈陈对他们这个不成功的婚姻也同样负有责任，认错之外他对什么都没有追究，他当然不可能对陈陈在外头的事情一无所知，这一点他做得十分君子。在财产分割上面他也一样做得十分君子。他们存款不多，两人平分，电器和其他用品都归陈陈，房子和家具都是租的，也留给了她。北星只带着一口箱子离开了家。

爱情原来就是这么一回事儿

现在陈陈剩下的全部希望就是彭小竹了,她对彭小竹简直是怀着一种痴迷的感情,他才是她真正的爱人,所以在北星提出跟她离婚的时候,她的心头竟然有点儿且忧且喜——一方面她也的确有一种受伤害的感觉,另一方面也有一种解脱的轻松感。

其实她又何尝不想跟北星离婚?她爱的是彭小竹,她早就不想和他过下去了。只是她在彭小竹这儿得不到她想要的承诺,在彭小竹身上她看不到一丝一毫这方面的意思。曾经在某一个情浓的时分,她对他撒娇,要他娶自己,彭小竹居然马上就严肃认真地给她讲起了道理。他这样说:"我们两个如果要结婚就得先拆掉两个家庭,成本实在太高了。"他到了这会儿倒是十分精明地想到要计算"成本"了,真是可笑——陈陈觉得这可不像一贯潇洒如风的彭小竹,他完全可以用一两句聪明话搪塞过去的，又风趣又体面，意思也表达得一清二楚，不至于如此缺乏幽默感。彭小竹的表现真让她失望，一到真刀真枪马上就露出了畏缩的面目。不过现在有一个家庭已经自动解体了，如果彭小竹当初说的和心里想的一致，那么陈陈完全可以认为这等于是朝自己内心的目标迈进了一步。可是彭小竹真正怎么想，她依然没把握。

反过来说，如果没有彭小竹，她也许不会这样痛快地和北星离婚。就像北星说的，他们也没有真到一定过不下去的地步。而且陈陈手里是有王牌的，就是她的公公婆婆。在他们协商离婚的那一段，北星始终瞒着家里，而且让她跟他一起保密。她答应了他，当然她也完全可以不答应的。

现在陈陈没有了婚姻，没有了丈夫，也没有了婆家，除了一个成天忙于谈情说爱的姐姐，在北京就是孤身一人。当然她还有一个情人彭小竹，不管怎么说，在心里她把他当成自己的亲人，他是她在这个世界上最爱恋也最放不下的人，而他是不是也把她当成自己的亲人她并不知道，他是不是把她当成这个世界上最爱恋也是最放不下的人她就更加不敢奢望了。她觉得自己就像走进了大雾之中，眼前一片迷茫，真不知道前面等待自己的是什么。

她是在离婚之后才告诉彭小竹的，之前对他只字未提。因为她觉得对他说也没用，他帮不上她，况且他也未必有帮她的意思。

这天彭小竹的老婆又随队出国去了，他们在相当一段没见面之后有了一次从容的约会。陈陈来到彭小竹家门外就闻到了浓郁的咖啡味儿。喝着滚烫的咖啡，陈陈把自己离婚的事告诉了他。

彭小竹听了，竟然长叹一口气。他说："你怎么说离就离了，到底因为什么嘛？我是一贯反对离婚的，我记得我跟你说过。一个婚既然结了，不到迫不得已是不应该离的。唉，你要是早点儿对我说，我肯定会劝你别离的。"

"我已经离了。"她把"已经"两个字说得很重，还故意做出几分轻松，意思不言自明，现在就看他的反应了。

"你对男人欠了解。"彭小竹言恳意切地说，"其实男人都差不多，只是有的人不说真话，有的人还说一点儿真话。可是，事情常常相反，他不说真话的时候你觉得他挺不错的，反过来，他偶尔说了两句真话，你就觉得跟这个人过不下去了，这个人对婚姻不忠，这个人背叛了自己，这个人是个彻头彻尾的大混蛋！"

彭小竹不让陈陈打断他，继续用一种高屋建瓴的姿态说："其实忠和不忠都是相对的，背叛不背叛在我看来更是一种非常狭隘非常荒唐的想法。有些时候你不知情，可事实是摆在那里的；有的人他们可能未成事实，但他们未必就没有起过那样的念头。其实人都是差不多的，想做的事情也差不多，所以说即使你换了一个人跟他共同生活，该有什么事儿还会有什么事儿，所以你又何必对某一个男人耿耿于怀呢？"

彭小竹的话让陈陈颇为惊愕，她觉得他的逻辑真是荒唐，尤其他作为她的情人这么说，更让她有一种荒谬的感觉。转而一想她也不免心灰意冷，本来她离婚他应该高兴才对，这样她就可以完全地、完整地属于他了，可他却把她当成了一只烫手的山芋。她真没想到自己的处境会这么尴尬。

"那你的意思就是他怎么样我都假装不知道？"她放下杯子，眼光灼灼地望着他。

"不是假装不知道，而是你知道他是怎么一回事儿，但你不在乎，你就超脱了。"

"可是我在乎，我超脱不了。"她语气坚决地说。

"那你也没必要一定要跟他离婚嘛！"他的语气比她还坚决。

"你错了。"她说，"不是我，是他要跟我离婚的。"

"都一样。"他说，"反正你跟他离婚了对不对？"

他向她伸出了手，他们手拉手进了卧室，脱了衣服躺到床上。

"你口口声声反对离婚，你自己不也离过婚？"

他们赤身裸体抱在 起，话也说得更加直接。

彭小竹一边吻着她，一边说："反正离婚是一件非常非常没有意思的事，除非这一辈子不再结婚了，否则你跟谁结婚都会发现照样会有矛盾，旧问题不一定没有，新问题一定少不了……我离婚那时候太年轻了，要是换到现在，我是绝对不会离婚的……"

他竟然把这话如此明确地说了出来,陈陈感到惊愕和伤心,身体瞬间变得僵硬。

彭小竹却似乎毫无觉察,或者说他故意忽略,装得对此毫无所感。他的手紧贴着陈陈优美的身体曲线,抚摸她细腻柔滑的肌肤,他补充说明道:"其实,一个人只要你跟他结了婚,你就会发现他并不是你想要的那个人。或者说不管那个人是谁,只要你跟他结了婚,要么你发现这个人特别好,是你梦寐以求的,你简直想跟他下辈子还做夫妻,这种时候通常是你自己把自己给蒙了;要么你就会发现他跟你不合适,而且是最不合适的,这在我看来倒是更接近正常情况。也许我这么说比较悲观,在我看来婚姻差不多就是这个样子。"

他停止了说话,凝神体会进入的愉快。他抱紧了她,百般温存。她就像失足跌下悬崖一样和他一样沉浸到一种快乐和美妙的感觉之中。两个人的身体像风浪里的船只一样颠簸起来。在他充满激情的冲撞之中,她把他抱得紧紧的,心甘情愿他把她融化。快感淹没了她的意识,她在蒙蒙胧胧之中想只要有这一刻其他都可以不计较,她什么都无所谓,什么都不在乎,她恍恍惚惚地觉得自己是一个非常豁得出去的女人。

沮丧和空虚的心情在快感消退之后像暴雨前的乌云一样向她袭来。以前她也有过这样的时候,尤其是在一次倾情投入的做爱之后,但是哪一天也没像这一天这样让她不堪承受。伴随而来的绝望感几乎把她淹没。

她穿衣起床,坐在彭小竹家式样华贵的意大利原装进口的梳妆镜前仔细地梳理着头发,重新涂上口红,表情和动作因为心情沮丧有几分木然。忽然她好笑地想,最经常坐在这把椅子上费心费力梳妆打扮的按彭小竹的说法就是一个跟他最不合适的人,可是那个人大概并不知道自己老公会这么认为吧?而她自己恰恰是想做这个"最不合适的"都没有可能。

她看着镜子里的自己,想到第一次坐在这里是多么欣喜。现在镜子里的这个女人还是当初的那个人吗?她的头发长长了,脸更瘦削了,而且相当苍白。在这个时候她本该是红润的,应该在幸福感之中融融地化去,可事实上却不是。她的心正在一点儿一点儿地变冷。

陈陈想起和彭小竹好上不久有一天他们去亚运村玩,她在一个迪厅的洗手间门后面看到了信笔涂鸦的几句话,别的都忘了,还记得这两句:"爱了也是恨了,再见了也是不再见了。"现在她真的是非常恨彭小竹,他让她爱上了他,却并没有真心和诚意来对待她。他只是要和她上床,除此没有也不想为她做任何一件有助或者有利她的事情。她猛然警醒,自己怎么竟然爱上了这样一个人?

她怀着痛楚和失落离开了彭小竹的家,他约她一起吃晚饭她也拒绝了。她打车去了一家冰淇淋店,点了一大份冰淇淋。她向来喜欢这种极甜的冷食,简直是情有独钟。有一位中医告诫过她吃太多生冷的东西对她不好,她每月的痛经与此多少也是有关联的。但是她管不了这么多,她是一个好了伤疤忘了痛的人,只要不在疼痛的当时,她绝对不会在乎冰淇淋可能会是痛经的隐患,而且她也根本不相信这么一个说法。尤其是在今天,她更是觉得对自己爱惜也是一种浪费。

她一边贪婪地吃着冰淇淋,一边呆滞地望着宽大的玻璃窗外人们裹紧了厚厚的外衣在凛冽的寒风里来来往往,心情混乱不堪。

一场突如其来的寒流使气温陡降,外面似乎换了一个世界,而她内心经历的是比天气更大的变化。

天色正在暗下来,外面的世界被一种蓝幽幽的光线笼罩着,这是一天中最令人忧伤的时候,她的心里充满了孤独和失望。冰淇淋很快地消失了,只剩下磨花玻璃杯壁上挂着的一层奶油,还有最初送上来时插在冰淇淋球上的那把小伞,也像开败的花朵一样凋零了。对着面前空了的杯子,陈陈抑制不住心酸,就像一个孩子一样委屈地掉下了一串眼泪。

眼泪滚过面颊,她没有去擦。

眼泪也是凉的。

她想,爱情原来就是这么一回事儿。

恋爱课 271

冬去春来

家里大大小小有过那么多事情，北星和陈陈离婚这件事给老太太带来的打击最大。她一点儿也没想到两个孩子竟然会分手。吵架、生气、磕磕碰碰这些都不算什么，夫妻嘛，家嘛，这些都是难免的。再说他们又是自己相中的，自由恋爱，自由结婚，两个人又般配，也这么说离就离了，实在令她伤心。而且他们主意大得很，事先不跟家里商量不说，连个招呼都不打。等生米煮成了熟饭，说啥都晚了，她心里真是有苦说不出。

北星离婚他爹不跟儿子生气却跟老伴儿生气，说都是她惯的，要不是她纵着他，他哪有这么大的胆子？老头子说着说着火暴脾气发作起来，把桌上吃饭的碗一只一只摔到地上，最后连锅和半锅汤也一起扫了下去。老太太劝不住他，招得半院子街坊都过来看出了什么事儿。老太太一口气没顺过来，心口疼的老毛病发了,在床上一躺就是一个多礼拜。勉强挣扎着起来,两条腿都是软的,头也晕得厉害,走路像踩在棉花上,连坐都坐不了多一会儿,麻将牌自然是打不动了。

文大妈每天都过来看她,问长问短,给她搭搭脉,望望气色,还带了一个便携式血压仪,一日三次替她量血压。文大妈劝她想开些,说一些诸如"人活在世上不容易,要自己心疼自己,自己多保重自己"一类的话。文大妈还拿她们的牌友侯大爷举例,说:"像老侯那样硬朗的一个人,说走就走了,连句遗言都没留下,一想起来就叫人伤心。所以活着一天就要好好儿活,不要心事太重,不要太烦恼。特别是儿女们的事儿,放手由他们自己去,谁能跟着儿女一辈子呢?"

文大妈一劝,北星妈就流泪。文大妈一走,她又心思重重地唉声叹气起来。心想儿女们的事儿是他们自己的事儿,可自己亲生的骨肉,断了骨头还连着筋呢,哪能不替他们操心?她觉得文大妈是站着说话不腰疼。

心口疼慢慢好转了一些,但老太太明显觉得自己精神短了。以前吃过晚饭收拾完厨房还很精神,现在太阳还没落山困劲儿就上来了。其实也不是真困,就是乏,真躺到床上也睡不着。睡不着她就翻来覆去想心事,她自己倒是没什么大不了的事情,股票出清了,不用惦记了,挂心的还是几个儿女。兰兰是真命苦,有一个大豆还不够,手上又添了一个重病号,工作又是早不保夕的,听说她上班的那家小宾馆因为修路要拆掉,这样一来说

恋爱课 273

不定她又要下岗了，看来她是要苦一辈子了。不过她劲头儿倒是挺足的，忙里忙外，从来不听她喊一声苦。北疆也是不容易，一个人撑着两份家业，顾上顾下，里头外头都不容易应付。前不久李海又找过他，问他外头那个断得怎么样？李海说李梅已经从别处都知道了，这回他也没办法劝住她了。好在李梅没有大闹，她只装作不知道。她倒真是学乖了。和以前不同的是她不太回这边来了，偶尔跟北疆回一次家也是拉长了一张脸。听北疆说她现在变得爱钱如命，经常不声不响就把他钱包里的钱掏得一分不剩，弄得他都不敢揣着百元的票子回家。北疆还说李梅一方面捏紧了自己手里的钱，一方面又挥霍无度，常常把钱包里的钱一花而尽，可是买了东西回家又嫌不合心意去退，就这么来来回回瞎折腾。要说李梅这人作归作，她也的确是挺可怜的，北疆当然也只好随她去。他外头的那个女人也不叫他省心，吵着要他给他们娘儿俩买房子，还要买这买那。孩子也一天一天长大起来，也没个正式户口，总不能这么一辈子黑着吧？真不知道今后怎么弄！北林晋丽算是最好的，平平静静过自己的日子，不生事儿，自己顾好自己，一家三口小日子过得还挺不错。要说国家单位还是好，有房子分，收入也稳定，就他们最踏实。最不踏实的就是北星了，和陈陈过得好好儿的就自作主张离了婚，又跟小玉腻到了一块儿，真不知道当初他们俩是干吗的？谁也想不到他们两个人各自都结了婚又回过头来闹起这一出！真是儿大不由娘，替他们操心也不顶什么用，不过是白替他们着急上火……

天气又冷了一层,北星妈心口疼还没好利索又得了感冒。感冒也不算重,只是鼻塞胸闷,浑身更加没力气。几个孩子轮番来看她,给她带了吃的喝的各种补品。孩子一来她精神就一下好了许多,靠着床头或者沙发上慢慢地跟他们聊家常,除了气短一点儿,跟平常没什么两样。可孩子一走,她就像一盏黯淡下去的油灯,眼看着就快支撑不住了。

也不知是碰巧还是真有什么蹊跷,从北星妈开始躺倒,她养的一株绿萝就发黄变枯。这棵绿萝她已经养了好几个年头了,一直是生机勃勃的。本来绿萝也不是什么娇气的植物,浇点儿水就能活,可这一回浇水施肥都不顶多大用了,老太太心里便有了一点儿不吉利的感觉。尤其是一个多月过去了,身上不但不见好,反而又添出几样症状。她去看中医,中医说她并没有什么大毛病,只是体弱。北星妈清楚自己是老了,而老是没有什么方子可医的。

北星妈素性迷信,凡事都留意兆头凶吉,大清早上和天黑以后即使是家里穿开裆裤的小孩子也不许说不吉利的话。她属狗,这年正好是龙年,按老话说是"犯"的。这一年家里一连出了这么些事儿,包括北星他们离婚,真是人不信命不行!老太太吃了三天素,沐浴焚香,打算给自己占一卦。打卦她还是跟祖母学的,平常轻易不做,不过回回都是挺准的,有时灵得都让人吃惊。这次她想问问自己这个病会怎么样,并无大碍还是凶多吉少？

晚上老头子去前院打牌了，她关好门窗，放下窗帘，拿了一本卦书和三个古铜钱一个人静静地坐在橘黄色的灯下。她已经有一段没这么做了，上一回是北星和陈陈苗头不太好的时候她替他们问过婚姻。那天她打的是一个兑下震上的归妹卦，这一卦本身就是论婚嫁之道的，不过却是个凶兆。她当时便眼前一黑，果真没出几个月他们就离婚了。

等心里完全松静下来，老太太把三枚古铜钱合掌轻轻摇动着，然后投放到擦得干干净净的桌面上。她投了六次，得出一个离卦。离卦本身倒是没有什么，但"离"代表的是"火"，她是"木"狗，木遭火焚，终究经受不起。不过卦象还在其次，变爻就更加不妙了。这一卦中九三是个老阳，偏偏不是什么好兆头。"天将向晚，生命垂暮"，这是九三爻象征的图景。九三处于下离之终，光明已接近终点。从卦象上看这回她是好不了了。

北星妈收好了卦书和铜钱，重重地叹了一口气。她步履不稳地溜着墙边走到床前，坐在床沿上出了一会儿神，侧身躺了下去。目光所及的地方正好是墙上挂着的一排镜框，里面都是家里人的照片，照片上的她和北星爹都非常年轻，也非常精神，眼睛都是亮亮的。他们身边的孩子也一个一个多起来，而且一年一年长大起来。那时候他们那么穷，没有钱，连饭都吃不饱，真不知道哪来的兴头花钱去拍了这么多的照片？而且照片上他们一家人个个容光焕发，穿戴得整整齐齐，好像过着多么富足的日子。其实他们的确是苦过来的，不过是苦中有乐。"一辈子啊！"她嘴里喃喃地感叹着。她看着照片上自己和家里人的一张张笑脸，心头一松，慢慢地平静了下来。

第二天老太太把银行的存折翻了出来，交给了老伴儿。老头子双手掩面，突然就号啕大哭起来。北星妈平静地劝他说："你别哭，我这不是以防万一吗？让你这一哭就好像我真不行了！"

她替老伴儿抹去眼泪，还是平平静静地说："你要是觉得能给他们几个一点儿，你就给他们一点儿。逢年过节他们都有钱给我，只当我替他们收着呢。咱们这几个孩子还都算孝顺，心里头有爹妈，往后你跟他们还是一样有来有往。"

北星爹含泪点点头。

"不过你也别一把全给出去了，你自己还得过日子，总得给自己留着些。毕竟自己手里有还是方便，他们倒是不会不管你，可你也不能连买个香烟手纸什么的都跟孩子去要吧？"

北星爹好容易憋住的泪水又哗哗地流了下来。

北星妈又一次替老伴儿抹去眼泪，口气轻柔地说："你好好儿的，我也就没什么牵挂了！"

进入腊月没多久，一天傍晚时分老太太安安静静地去世了。她走的时候边上正好没有人，所以也没有留下一句话。

在去世前一天，她把自己换洗得干干净净，还把临终要穿的那些袄裤叠得方方正正摆在床头的方凳上，鞋袜也是齐备的，不必麻烦别人为找这些东西翻箱倒柜，也不必担心他们拿错了。家里人都非常感叹，敬佩老太太精明了一辈子，临了还是这样一个心中有数的人。

陈陈知道婆婆去世的消息已经是几个月以后了。

已经是第二年的春末夏初，空气里飘荡着洋槐花的香气，在一条热闹的马路上，陈陈迎面碰到了好久好久没见过面的晋丽。晋丽步履匆匆，与陈陈擦身而过。陈陈叫住了她，她转过脸来的那一瞬间不胜惊喜。

晋丽本来是打算赶在下班前去买一些急用的东西，见了陈陈她就把买东西的事儿抛到了脑后。她们一见之下还是那样亲热，就好像昨天还住在一起。两个人站在马路边上聊了起来。

"你还不知道吧？妈不在了。"

"啊？！"

她们可以有许许多多的话头来开始她们久别重逢的倾诉，可晋丽在见面的第一分钟里就把这个噩耗告诉了她。晋丽的眼圈儿马上红了，她望着别处，竭力不让眼泪流下来。这个不幸的消息让陈陈呆了一下，她嗓子一紧，差点儿站在大街上就失声痛哭起来。她心里非常非常难受，整个胸腔都被一种酸涩的东西堵住了。婆婆的笑容，婆婆的体贴和关照，婆婆的隐忍，婆婆对她的偏袒，还有近三年来一起生活的种种细节一下都涌上了心头，陈陈突然感到很对不起她，她对自己那么好，可自己却没有相应的回报，她那么疼爱自己，自己却毫不留情地伤了她的心，甚至也没能在她临终前尽一点儿孝心，哪怕是去看一次她。除了难过，她心里也很内疚。她想到自己已经不是杨家的儿媳，所以婆婆去世杨家也没有通知她，自己都没能在最后去送一送婆婆，心里的难过又添了一层。

陈陈问起公公，晋丽说："他还好吧。过不多久他要娶前院文大妈了。"

陈陈不胜惊讶，当初公婆之间的玩笑话竟然就要成真了，而且这也未免太急了点儿吧？怎么说婆婆还尸骨未寒啊！

晋丽显然比她要通融得多。她说："以前上中学的时候学过一句诗，'头白鸳鸯失伴飞'，当时没什么感觉，现在我真是感触很深。妈死后老爷子不吃不喝，每天坐在屋里发呆，突然就会大哭起来，除非睡觉，什么时候他都是那个样子，人也变得痴痴呆呆的，把我们都吓坏了，也拿他没办法。要是没有文大妈总过来劝着他，恐怕他都过不了这个坎儿。他们两个老人你情我愿要在一块儿过，我们当然没什么可说的。都是风烛残年的人了，他们有什么心愿我们怎么会拦着他们？我们觉得结婚不结婚无所谓，要说不结婚恐怕还简单些呢，不过他们有他们的想法，做什么事也都有他们自己的那一套。他们两个为人正派了一辈子，到了这把岁数还是要明媒正娶，我们做小辈的就成全他们吧。"

晋丽的"成全"也不是一句空话,她告诉陈陈这后面是有实际行动的。文大妈的孩子在去年合资买了一套两居的商品房,给母亲养老,免得她这么大岁数了刮风下雨还得跑外面上公共厕所。现在既然杨大爷要与他们母亲共度晚年,他们便和杨家的孩子商量让他们也出一半的房钱。一开始杨家的孩子还有一点儿不乐意,认为他们买房的时候还没有这件事情,再说他们买什么样的房子也没问过他们这边,如果来跟他们商量,未必会买那样一套又小又贵的房子。嫁一个老爹,倒要赔上人家半套房子!可是再看一眼老爷子,抑郁悲苦地坐在破旧的老房子里,心灰意冷地一天一天耗日子,四个孩子谁接他去住他都不肯,他们也就没脾气了。几十万块钱确实不是个小数字,不过看在孤苦伶仃的老爹晚年能得到幸福的份儿了,他们还是爽快地答应了。

"人死不能复生,我们尽可能把活的顾好。我们现在都很少回去,各过各的。回去就是送点儿东西,看一看老人。以前一家人聚在一起吃吃喝喝热热闹闹多好啊,现在可是再没有了。妈不在了,这个家其实也就散了。"晋丽感叹道,"妈那样要强的一个人,她肯定想不到她不在了家里发生了这么些变化。所以前后想一想,人生真是蛮没意思的,再不好好儿活真是对不住自己。"

晋丽笑眯眯的,她拉了拉陈陈的手,问她:"你怎么样?你好吗?"

她的神情温柔体己，让陈陈想起她们在婆家的和睦相处，嗓子不由又是一紧。

"不算太好。"她苦笑着说。

"这不应该。"晋丽仔细地端详着她说，"我觉得你不是那种没有办法的人。"

"不过有的事情我真的是毫无办法。"

"你怎么打算，往后？"

陈陈摇摇头。

"要我说你还是结婚比较好。"晋丽用一种家里人才会有的直率说，"有的人可以不结婚，但我看你不是。你不是那种很能折腾又特别经得住事儿而且能独当一面的人，所以还是有个老公更好些。我劝你一句话，既然想结婚，那就趁早结，至少现在你还可以挑挑人家，选择的余地也还大，可别等到尽是人家挑咱们。"

陈陈含笑点了点头。

她们聊了很久，晋丽差不多提到了家里的每一个人，却始终没有提到她的前夫北星。有几次她似乎就要说到他了，但她还是小心翼翼地绕了过去。其实陈陈心里倒是挺希望晋丽能对她说说北星，她已经好久没听到过他的消息了，离婚之后她和他就几乎再没联系过。分手的时候北星还对她说以后他们仍然是朋友，但彼此已经不在视野之内了。陈陈想，人和人的关系，原来这么脆弱。

陈陈和晋丽两个在街头分了手,各奔东西。

夕照明晃晃的,连空气都是金黄的,有轻微的风刮过,四周的一切都十分灵动,生机勃勃。陈陈站在很时尚的街头,耳边是路边商店一遍又一遍重复播放的呼机手机降价的叫卖声和早已经听得烂熟的感伤的流行歌,心里有一种恍然梦里的很不真实的感觉。她悲观地想,也许今后连晋丽也见不到了。那么她以往两三年也曾热热闹闹的一段生活又是什么呢?除了记忆里的一点儿温情和一点儿隐痛,剩下的大概就是一片空白了。

第七章

蓝天碧海
又见何先生
大团圆

蓝天碧海

陈陈又回到了蓝天碧海，她是在突然之间决定回去的。

售楼处一向是铁打的营盘流水的兵，售楼的小姐流动性很大，有的是被公司炒的，多数是有了更好的去处反过来炒了公司的。陈陈一直没有走，她已经成了这里最老的人员之一了。眼下幸福花园大部分房子都已经售出，对投资方来说正是形势相当喜人的时候，可是首批入住的业主因为居住条件和当初楼书上开列的条件不符对投资商有了很大的不满，比如楼书上写的是二十四小时热水，结果打开水管放不出一滴热水，就是冷水也时有时无；楼书上写的超市、配送中心、公共自动洗衣房、书店、酒吧、游泳馆、网球场、儿童乐园、音乐灯光喷泉，眼下除了一个外地人开的漫天要价的小超市以外也都不见踪影，顶多就是堆着黄沙和石子的工地；楼书上写的有两个双层地下停车库，结果根本就没有完工，地面停车位明显短缺，业主回家常常无处停车等等。管理方面的不到位使业主和投资商矛盾日深，后来不知怎么就闹大了，几家房地产报纸和一家电视台也掺和进来，爆出了一些更为惊人的内幕。据说当初投资方刊登在报纸上的楼盘广告中的住房预售合同都是伪造的，这些建筑根本未经主管部门验收，合格不合格自然也就无从说起。业主们一惊而起，马上从住房隔音效果不佳推测出建房没用货真价实的材料，以此类推房子的质量当然也就有问题了。再对每一堵墙和每一面天花板进行仔细审视，目测的结果更是加深了这方面的疑虑，对这座外表华丽的大厦一肚子的意见。这还没完，电视台的一个楼市专题片里又播出了与小区内幼儿园邻近的一座二层小楼是某学校的一个废弃多年的化学实验室，据说里面还堆放着一些实验用的药品，很难确保安全无毒。这一下更是闹得人心惶惶，让那些本来就有一肚子不满的业主更加寝食难安。从某一天一个大胡子男人冲进售楼处发了一通脾气之后，隔三岔五就会有火气很大的人冲进来为某一件或某几件事指责售楼处的人欺骗了他们，损害了他们的利益。这些业主们在别处可能都是些温文尔雅的人，有的还是身居高位的领导和社会名流，在这儿可是说翻脸就翻脸，火气大得很，说出的话也相当难听，甚至不够起码的文明礼貌。而且只要他们出现在售楼处他们就是受害者，需要有人去安慰他们。陈陈因为坐在那么一个"迎客松"的位子上，常常首当其冲受他们责难。而根据规定她对待客户必须耐心：耐心倾听，耐心解释，耐心劝慰。她也的确是十分耐心，耐心地听他们抱怨，耐心地对他们说好话，耐心地向他们赔笑脸，使出种种手法让他们消火，直到有一天她彻底失去了耐心。

　　回头一想陈陈觉得真是有意思，当初如果不是嫁给北星，就不会有可能听从他爹妈的建议来这儿做售楼小姐，如果她不来做这个售楼小姐，也就不会认识彭小竹，如果不认识彭小竹，也许她就不会跟北星离婚。陈陈觉得这一轮的因果十分有趣，就像一个人走完了一圈才知道自己原来绕了一个圈，但这个圈可把她的生活绕得面目全非。她想公婆本来是想种瓜得瓜的，没想到结果却是鸡飞蛋打。他们为了北星和她真是没少操心，不过在她看来也真是瞎操心。

　　蓝天碧海还是老样子，陈陈觉得连空气里的鱼虾的淡淡的腥气和炒菜用的花生油炝锅的味道都丝毫没有变，熟悉得简直就像回到了自己家里一样。

　　大梁　点儿都没有想到陈陈还会回来，他很高兴，真心地高兴，高兴极了。他放下手头正忙着的事情，领着陈陈到大厅和每个包间里转了一圈，兴致盎然地向她讲述自己宏大的装修计划。蓝天碧海在陈陈走后已经装修过了，看上去还是簇新的，陈陈不知道大梁为什么又要装修了。他还领她看了新改造过的鱼缸，告诉她现在水里的氧气比原来增加了百分之二十还多（陈陈心想这大概又是产品说明书上的介绍，否则大梁怎么会知道水里的氧气比原来增加了），海鲜就是多养几天也没问题。他对鱼呀虾呀蟹呀贝呀那种特殊的眼神让陈陈心里一动，大有昔日重来之感。大梁的话特别多，而且几乎每句话都带着发自肺腑的笑声。她知道他真的是开心，因为自己而开心。她已经好久好久没有碰到一个人因为自己这么开心了，心里有了一种踏实的感觉，心情变得格外轻松。她看着一直在说个不停的大梁，觉得他笑起来的时候特别像一条鱼，眼角比以前多了许多的鱼尾纹。

大梁却说陈陈一点儿也没有变。"还跟我第一次见到你的时候一样，真的，一模一样。"他说，"知道我看见你走进来的时候怎么想吗？我想这不会是一个梦吧？"

这种十分温情十分婉转的恭维让陈陈非常舒服，也很感动，她马上觉得自己回来得没有错，心里有一种胜券在握的良好感觉，她甚至想其实自己早就应该离开幸福花园回蓝天碧海的。

转完一圈之后他们又回到大梁的办公室，这个时候他们应该谈谈工作条件和薪水问题，上一回他们就是按这样的程序进行的。可是大梁却没有在这个时间和陈陈谈这些问题，好像这些问题是用不着谈的。陈陈心里也就更加有底了，本来她也不仅仅是为了挣钱才回蓝天碧海的。

大梁东找西翻，从几个纸箱里拿出好几种新进的饮料请陈

恋爱课　287

陈喝，饮料都是大盒装的，陈陈没有动。大梁以为她不喜欢，随即打电话让楼下送矿泉水上来。陈陈请他不要忙，大梁一笑，很腼腆，很孩子气。

他们坐下之后大梁的手机响个不停，他接了两个就不耐烦了，自言自语道："不接了，随它去！"

他顺手就把手机关掉了。

"怎么样？"他问陈陈，"你过得还好吗？"

他的神情那样专注，而且包含着亲切，的确是一种发自内心的关心，陈陈顿时有了一种可信赖的感觉，竟有一种要对他一吐为快的冲动。

"我离婚了。"她说。

"怎么回事啊？"

陈陈便把她离婚的前前后后都告诉了大梁，她还从来没有对一个人说得这么详细，对姐姐都没有。连她自己都不知道哪里来的这么一股说话的激情，她不仅说了北星，甚至还说到了彭小竹。

大梁一边听一边默默地吸着烟，似乎很沉湎于她的讲述。他不时地抬起脸凝望她片刻，他的目光清澈而直接，没有同情，没有怜爱，没有感同身受的那种理解，没有任何一点点的花头。他看她就像是在看一个有血缘关系的亲人，或者干脆就是在看镜子里的另一个自己。

一束阳光从窗户里照进来，正好照着陈陈的眼睛。大梁起身放下了一片窗帘,把那束金红的夕阳挡住了。陈陈还在说,她的声音和夕照的余晖在房间里回荡着,让这一刻有了一种特别的意味。大梁从沉湎变成了沉醉。他稳稳地坐着,还是以那种明净如水的眼光凝视着她。

房间里的光线幽暗下来,两个人面对面坐着,已经有点儿面目不清。外面的路灯和霓虹灯亮了起来,五颜六色的光映到房间里来。他们没有开灯,好像忘了开灯这回事儿。大梁绕过办公桌走了过去,伸出热乎乎的双手捧住了陈陈的面颊。

"你已经是一个有阅历的女人了。"他低低地说。

陈陈没有躲让,而是把脸深深地埋进了他温暖的手掌之中。

他们在半明半暗的房间里拥抱在一起。

这一刻就这样自自然然地来了。他俯下脸吻她,一口一口地吮吸着她,就像鱼缸里的鱼呼吸和进食一样。他搂着她进了里面的休息室,小心仔细地脱去她的衣裙,上上下下抚摸她软缎一般的皮肤,一直不胜感慨地叹息着。他把她拥进自己宽阔暖热的怀里,贪婪地进入了她的身体。

他压在她身上,就像一座城市一样庞大。但是这座城市却是那样温存和体贴,细致和周到,可心可意,应有尽有。他不断变换着姿势,时而迅急,时而舒缓,让她充分享受性爱带来的快感。他是乐意给予的,只要能让她高兴,他也是在所不惜的。她非常清晰地感受到了他的好意,还有他那种不计得失不图回报的大度和善良。他是可靠的,她没有办法不依赖他,所以她想都来不及想就把自己交给了他。而他对她也的确是无比珍爱,他托住她的后腰,用坚硬的器官将她擦出火花。他们融为一体,好像在一起唱着一首低回婉转欲生欲死的歌。一种宽阔的酥软像从远处涌来的海浪一样裹住了她的全身,她忍不住叫出声来。她觉得这一刻真是死而无憾。

正是晚饭的高峰时间,楼下餐厅里食客们的说笑声隐约可闻,包间里的一个客人正亮开嗓门唱着一首失恋的歌,重低音和他浑厚的嗓音结合得很好,有一点儿苍劲悲凉如泣如诉的味道。霓虹灯的闪烁在他们赤裸的肌体上不时涂上不同的颜色,银白、紫红、橘黄、湖绿、深蓝,反反复复地交替着。他们就在这样的歌声和灯光中静静地满足地躺在一起。

陈陈又在蓝天碧海上班了。从前和她一起的那些小姐们如今都不知去向,早换过好几茬人了。厨师倒有两个还在,说起原来的那些人,都有一番抚今追昔的感慨。他们说春花和秋叶被同一个大款包养了,海棠去了一家上海馆子做领班,现在是人家那边的当家花旦,受老板器重得很,小倩和小凤跳槽到夜总会做坐台小姐了,还有几个岁数大了被酒楼辞退了,也不知下落,等等,都是情理之中的出路。陈陈问他们翘翘呢?他们已经想不起翘翘是谁了。后来总算回忆起来有这么一个人,不过都不知道她的下落。一个厨师说:"早走了,大概是嫁人了吧。"

另一个厨师说:"没听说她结婚啊,她不是被人甩了吗?"又说,"好像听说过她回乡下了,是不是和人一起开了个小吃店?"

大梁对陈陈还像从前那样好,对她总有一些政策倾斜。比如她的薪水比所有服务小姐都高,每天她可以晚到一些时候,从前衣柜紧张的时候他给她一个指定的衣柜,现在她在楼上有自己的小休息间,没人看见的时候她甚至可以直接到老板的休息室里来换衣服。这也是没人享受过的待遇,就是那些传说中和大梁有一腿的小姐们陈陈也没见过她们在老板的办公室随随便便地出出入入,更不要说是换衣服了。

还有一条也跟从前一样,就是陈陈和服务小姐的服装是有区别的。小姐们的衣服又重新换过了,她们穿红色的背心裙,裙幅很大,裙子很短,在餐厅里走来走去就像芭蕾舞里的小天鹅那样活泼可爱。陈陈当班的时候穿的是一袭黑色的衣裙,款式和质地随季更换。这身衣服穿在她身上格外地典雅大方,还有一点儿恰到好处的高贵,非常冷艳。大梁显然十分喜欢她这个样子。

可是她这么一穿却得罪了其他跑堂的小姐们,她们都对她侧目而视,和从前的那帮人一样,她们一个个都不与她亲近。这两三年大梁手上又培养起了几个得意的新人,个个伶牙俐爪,恃宠而骄。陈陈没回来的时候酒楼就似乎是这几个红人的天下,她一回来,她们想跟她平分秋色都轮不上,自然非常郁闷,而且积怨在心。

她们在背后损陈陈:"她当她是谁呢?我们都是卖的小姐,就她是不卖的妈咪!"

其实陈陈并不喜欢这身黑衣裙,她觉得这么一穿自己显得太成熟了。本来她就比那些小姐们大了三五岁,她不愿意自己在她们面前显得太老气,而且她们的妒意也太明显了,而她现在的心思也并不在跟她们争风吃醋上,她无心与她们为敌,宁肯跟她们混同一片。她试着穿过小天鹅那样的红色背心裙,可那种粗使丫头的感觉让她受不了,赶紧就脱掉了。她也试过她从前穿的那身藏青色的职业套装,但是两三年过去了,本来觉得不会过时的样子穿在身上也有一种陈旧落伍的感觉。而且藏青也是一种十分古怪的颜色,年纪轻脸色好的时候被它一衬白白嫩嫩,清纯可爱,而略有一点儿黯淡憔悴穿上它就显得人老珠黄。陈陈发现自己不过二十六岁,但已经穿不起藏青这种颜色了。

她干脆不去在乎那些小姐们的态度,我行我素地穿着黑色长裙,而且还染了通红晶亮的指甲,并且用上了通红晶亮的口红。她落落大方地给客人领座,落落大方地为客人介绍菜肴,落落大方地跟客人说笑调情,俨然是这座酒楼的半个主人。那些小姐们再也无法跟她暗中较劲了,都明着巴结她,嗓音甜丝丝地叫她"姐",对她说恭维话,无论她说什么她们都手脚麻利地抢着去做,即使她说一句很平常很无聊的话她们也会发出一连串银铃般的笑声。

陈陈和大梁常常在酒楼打烊之后在休息室里做爱,有时他们为了避人耳目也在存放货物的仓库里做爱。仓库在地下一层，没有窗户，灯光也很昏暗，而且有一种不知是酱油还是蔗糖发出的甜兮兮的霉味儿。不过这些对他们都没有影响，他们从来"性"趣甚浓，"性"致极高，只是高潮来到的时候他们觉得有一点儿缺氧，好在做爱时的高潮不过是一时片刻的事儿。

现在他们不敢太明目张胆，因为大梁的老婆来了。大梁的老婆结束了养蟹生涯，离开了家乡，如今就住在北京近郊的一座大别墅里，平常并不经常出来，只是偶尔来酒楼走走。陈陈跟她见过，四十多岁年纪，长得比实际年龄要老气得多，皮黑脸皱，腰身垮塌，姿色是根本谈不上的，就是一个吃苦耐劳的农村劳动妇女的样子。她和大梁站在一起显然很不般配，所以大梁很少跟她出双入对。这个女人话不多，但她看人的眼光却很锐利。第一次到蓝天碧海，她把陈陈从头到脚仔仔细细打量了一遍，似乎对她心知肚明，给她的笑容也特别地宽厚和持久。陈陈顿时有了一点儿心虚的感觉，对大梁的这位糟糠之妻不敢轻慢，上前挽了她的胳膊叫她一声"大姐"。大姐又正眼瞧了瞧她，对她还像刚才一样和蔼可亲。大梁在一边只是面无表情地看着，态度里有一种只可意会的不偏不倚。

陈陈和大梁在性事上面越来越默契，他们就像是一对年深日久的夫妇。两个身体只要交合在一起，彼此马上就能心领神会。大梁最大的好处是可靠，他不做冒险的事情，而且从来不让陈陈失望。对陈陈来说他还有一个优点，就是他不需要她讨好他，也不用她刻意地去迎合他。只要她高兴,她觉得好,她心满意足,他就会非常开心。他是一个容易满足的人,到了床上脾气尤其好,惯小伏低,曲意温柔,一点儿不像是一个拥有几千万资产的老板。

陈陈觉得自己真是离不开这个男人,尤其是在性上离不开他。她从心里涌出一种对他的认同,觉得自己不会在乎他的长相,也不会在乎他的年龄,只要有他就足够了。这个男人能让她融化,能让她飞,能让她死而复生,而且这个男人不仅厚道还非常有钱,她觉得自己不知不觉地已经爱上他了。

不过爱情总是不可靠,婚姻相对来说要牢靠一些。陈陈脑子动到这里,她觉得其实大梁真是一个结婚的理想人选。可是大梁却从来没对她表露过一丝一毫这方面的意思,也没对她说过任何一句情话或者是忘情的话,他对她向来只有行动,他通过亲吻、抚爱、交合与她接触和交流,凭着老到熟练的床上功夫尽心尽意地让她获得性上的满足。要说他对她每一次重复的只是做爱这一件事,除此之外,比如了解,比如相爱,都谈不上。陈陈既存了这样一份心,便渐渐地有点儿不满足起来。她希望大梁能开口对她说"我爱你"这样滚烫的话,在她以往的经验里,两个人好到了一个份儿上,自然而然就会这么说的。可是大梁却始终不说,就像他只知道跟她做爱,之外没有任何一点儿别的想法。

陈陈以种种方式暗示过他,但他好像并不领会她的意思,或者是懂也故意装作不懂。陈陈一直等着听他说出那句一锤定音的话,但他连一句预示他们关系可以更进一步的话都不说。

当然如果大梁真的把那句她希望听到的话说出来,也许她还是要犹豫的,但他不说,她竟备感失落,而且也有一点儿生气。

有一天,他们刚刚上床,刚刚脱掉衣服,陈陈问大梁:"你就从来没想过要跟我结婚吗?"

如此主动出击,又是如此单刀直入,大梁听了不由一怔。在这样的情形和气氛之下,本来这也可以当作是一句撒娇的话,或者是一句邀宠的话,但是陈陈在他面前是从来不需要这样做的,她也确实从来不这样做,所以她一说出这句话,气氛就严峻了,成了一件事儿摆在了大梁的面前,而且不容他回避。

大梁没说什么,他无话可说,只是伸手搂住了她,安抚性地在她的光滑的背上轻轻拍了两下,然后就下床去找香烟。

他拿着香烟打火机走了进来,赤身裸体坐在床沿上,吸起烟来。

"你说话呀!"

"我们现在这样不是挺好的吗?"他讨好地朝她一笑。

"好什么!"她赌气地说。

"我看挺好的,真的。"他声音低低的,口气很柔和,不想激化矛盾。

她把脸扭到一边,不去理他。

"结婚真的是挺没有意思的,我跟你说实话,我是结过一次之后就再没想过这一辈子要结第二次。"他带着一种敞开心扉的真挚对她说,"男女要好,我觉得我们现在这样是最好的,一结婚弄进一大堆柴米油盐的事情,孩子啦,财产啦,双方的老人和三亲四戚啦,再锅不响碗响三天两头吵吵架,会有什么好味道?"

大梁顺手拿过一只一次性纸杯,把长长的一截烟灰弹了进去。

"打个比方说吧,人生一辈子要说也挺长的,好几十年呢,其实就像这只杯子一样,用过一次它还是一只杯子,不过不能再拿出来使用了,只得扔掉。是不是这个道理?"

"狗屁道理!"陈陈翻身从床上起来,利索地穿好了衣服,冷冷地说,"不过你的意思我懂了。"

大梁急忙拉住她:"你怎么啦?我嘴笨,是不是得罪你了?你别不高兴啊!"

她含着两包眼泪说:"你不是说像我们这样的只能扔掉吗?"

"你没听明白。"大梁扔掉香烟,伸出手臂搂住了她,"我是说,我是说其实什么东西最好的只有一段,男女关系也是一样。"

她颓然地坐了下来,两道眼泪滚过面颊。

"想想是挺没意思的,是吧?"大梁用嘴唇轻轻碰了碰她的脸颊,贴在她的耳边问她,"还生气啊?"

他脱掉了她刚刚穿起来的衣服,抱紧了她,动作非常火爆激烈。

"我一直没好意思对你说,"他在剧烈的喘息中断断续续地说,"其实我知道我根本就配不上你。"

大梁依然对她很好，依然和她保持着性关系，和一般情人不同的是他对她的终身大事也很关心，甚至很热心，就像一位父亲或者大哥一样希望她能够有一个理想的归宿。有的时候他们并头躺在床上，他会细细地帮她排一排有可能的男人，包括一些上蓝天碧海来吃饭的新认识的客人。陈陈觉得这很荒唐，跟人家不过是一面之缘，而且人家来餐馆的目的是吃饭怎么也不会是来找对象结婚吧，这边就琢磨上人家了，就像故事里说的一对傻瓜弟兄看见天上飞过的大雁蹲在地上商量是炖着吃还是炸着吃。况且还是大梁在替她盘算，她更是有一种哭笑不得的感觉。

　　但是大梁的好意又是那么明显，他真的是为她着想，真的是希望她幸福，也真的是替她着急。看她这样一天一天、一个月一个月地混下去，对今后也没有一个具体的打算，也从来不主动去跟男人们接近，大梁一边和她做爱，一边自责是自己耽误了她。这么一来，陈陈倒觉得自己和他上床好像是一个错误，还不如当初跟他清清白白的好。她想起雪雪说过的精辟之言，雪雪说：男人接近你，把你看得与众不同独一无二，最根本也是最原始的目的就是想跟你睡觉。如果你只接受他的真诚，过滤掉他的那点儿心思，你们就是朋友；如果你既接受他的真诚，又接纳了他的心思，那你们就是男女关系。

　　陈陈无奈地想，反正自己跟大梁已经是退不回去了。

恋爱课　297

又见何先生

陈陈回到蓝天碧海,原来的一些熟客也慢慢回来了,其中有一个就是何先生。

三年不见,何先生发福了许多,头发也掉了不少,小腹微凸,戴着一副小框架的金丝边眼镜,完全是一副资深中年人的模样。因为不擅经营,何先生已经从海里上来了。他换了一个部门,仍然是当一把手,一样还是有签单权。

何先生还像以前一样带着一帮男女迤逦而来,不过这些男女不如以前的那些年轻漂亮,也不如以前的那些活泼风雅,一个个都是一副呆板木讷的样子,都挺一本正经的,在何先生面前还有些唯唯诺诺。他们不称呼他"何先生",也不叫他"老何"或者"小何",当然更不会直呼其名。他们都叫他何主任,态度都极谦恭。他们坐在包间里吃饭就像坐在会议室里开会一样不苟言笑，一旦说话又很逢迎，极没趣味。陈陈心里马上有了一个感觉，她觉得何先生的事业明显在走下坡路了。

不过何先生看见樱花小姐他的心情还是很振奋的，他拉住她的手，久久不放开来，脸上是旁若无人的非常纯情的笑容。他用一句既像是恭维，又像是十分由衷的话表达自己和樱花小姐久别重逢的喜悦和亲近之感，他说："你没有什么变化，你的容貌还是很好，这我就放心了。"

何先生很快就单独约樱花小姐吃饭，当然不是在蓝天碧海。他还没有忘记为上回的事情道歉，好像那就发生在不久之前一样。不过他一道歉时空就拉近了，而且两个人之间的关系也一下拉近了许多。

何先生说话比以前更慢了，慢条斯理，字斟句酌，有讲述有分析，深入浅出，很引人入胜。他看上去温文尔雅，彬彬有礼，让陈陈觉得他平和了许多，稳重了许多。他跟她大谈情感困惑和中年危机，说到了他这个年纪和这个份儿上已经没有什么斗志了（往上一步已经没有可能了，不犯大错也不会被撸掉），攫取的意识也不像以前那样强烈了，有时候甚至对什么都提不起兴致，觉得做什么都没有意思，连泡妞这样的事情也提不起多大的热情了。他一口一口慢悠悠地喝着加了冰的白兰地，兴之所至说着许多没头没脑的话。陈陈并不清楚何先生的这一大把感慨都是因什么而发的，但她能感觉到他对她说的句句都是肺腑之言。她实在闹不懂这么长时间没有见面，况且从前也并没

恋爱课　299

有多么深厚的感情基础,何先生何以一眼就把她认作了知己?

随后何先生就说到了对她这个人的感觉。他说起第一次见到她时的印象,用了一连串诸如"可人""清纯""伶俐""妩媚"这样的好词来形容她,还用了"十分""非常""特别"等等来加强这些形容词的效果,而且差不多每一句话里都有一个"真的"或者"说真心话"。陈陈觉得他这么说真是可笑,他对她有几分了解,何以句句都说得如此肯定?不过听这么一个有年龄有身份的人这样说还是挺受用的,她也不觉得何先生有多么讨厌,甚至对他逐渐生出了几分好感。

这一次何先生没有像上一回那样急于求成,他甚至似乎没有什么具体目的,好像跟樱花小姐说说话就很满足,或者真像他自己说的,"对什么都提不起兴致,觉得做什么都没有意思,连泡妞这样的事情也提不起多大的热情了"。

第一次单独请吃饭之后,大约每两个星期何先生就会约陈陈一次,每次都是很高级的饭店,每次都点很丰盛的菜,每次的话题也大致相同。不过不同的是在表达上一次比一次放松和随意,因此话也说得一次比一次更加亲近和直接。

比如现在何先生可以在陈陈面前自我感觉良好地回顾他当年曾经那样地受到女士们的青睐。

"那时候一天到晚呼机手机响个不停,有时候躺下了还有人来电话要约见面,也不看看都什么点儿了,弄得我老婆都烦了。没有办法呀,谁让我那么招人呢!"(现在呢?)何先生说,

"现在可不成啦,没那么大吸引力了,人家看我们都没有那种明晃晃的眼神了。"(不会吧?)他半笑半叹地说,"老啦老啦,人不服老真是不行啊。我有一个体会(他停顿了一下,并且加重了语气),我想也是一个事实吧,在这个娱乐场上,年龄、体重还有腰带的长度等等和交易成本是成正比的,我已经渐渐拿不出她们所需要的东西。既然拿不出人家需要的东西,我也就不能换来自己想要的东西。市场就是这么残酷无情,不认不行,你拿它没有办法。"

"那总还得讲点儿感情吧?"陈陈说。

何先生哈哈大笑起来,他把一只手放在樱花小姐单薄的肩头上,使劲儿揉了一揉,很有一些抚爱的意思在里面,不过神色却很干净。

他说:"你知道吧?我一直对你是另眼相看的,尽管你也年轻,你也漂亮,说真的我从来没把你看成是职业狐狸精那一路的女孩子——对不起,我话说得太直了一点儿。你知道吧,我最喜欢你那种单纯不谙世事的样子,当然了,这并不是说你不够聪明。现在还有谁讲感情?也就是你这样的傻妹妹还在讲感情啊!"

何先生又很诚恳地剖析了自己。他说:"我一直以为自己挺坏的,说实话在男女关系方面确实是比较随便,也比较无情,就像《沙家浜》里阿庆嫂唱的那样'相逢开口笑,过后不思量'。但我这个人多少还是有原则的,甭管在外面怎么花,我对我老

恋爱课　301

婆还是挺不错的,钱随她花,而且回家从来不对她乱发脾气。还有一条,那种性方面的买卖关系我也是接受不了的,你想吧,躺下去的时候恩爱缠绵,从床上一下来就要掏腰包付钱,感觉多坏啊!要是再染一身脏病,那就更加得不偿失。所以我绝对不会去嫖娼。"

最后何先生总结性地说道:"要是放在从前,我这样的就可以算是流氓了,如今勉勉强强还能算个绅士吧。现在社会上也见不着流氓了,都成各界人士了。"

何先生候到了一个他认为是成熟的时机,他终于对心仪已久的樱花小姐开口了。

他微笑着说:"想跟你商量一件事,可以说吗?"

他的一双近视的眼睛从眼镜框上面望着她,目光那样温存和赤裸。

"做我的情人,好吗?"

陈陈还没来得及表态,何先生补充说道:"当然喽,是在不影响各自家庭生活的前提上。"

陈陈莞尔一笑,说:"我没有家庭。"

"还没结婚?"

"结了,又离了。"

"那就这么说吧,"何先生换了一种说法,"我们可以做到不越线吗?——你明白我说的吧?"

"我知道。"陈陈直截了当地说,"不就是再情热也别往结婚上头扯吗?"

"你比我想象的还要聪明。"何先生由衷地夸奖她,竟然没觉得这么说有什么不妥。

陈陈在心里想这个时候她真应该还像上次一样抽他一个大嘴巴然后拂袖而去。不过她觉得自己真要是那么做也是挺可笑的,就像一个贞洁烈妇。她知道自己不是,而且对那种把贞操放在第一位的人心里早已经没有一丝一毫的认同。相反她倒是更认同何先生一点儿,包括他作为男人的那点儿"心思"。她觉得何先生挺真实的,也很真诚,而且还很文明和文雅,他没有直接扑她,也没有一伸手把她拽到床上去,而是跟她好说好商量,把什么都摊开来说清楚,直率坦白。而且用何先生的话说,他们本着的是互利互惠的原则,也就是说,同做一件事,两个人都不吃亏,而且都能获益。樱花小姐于是不失娇憨地浅浅点了一下头,并且对何先生嫣然一笑。

大团圆

陈陈经人介绍认识了祁老师。祁老师四十出头,离异,带一个上小学六年级的女儿。祁老师长得有北星那样高,有大梁那样胖,身上有几分秋林的儒雅气质,还有几分何先生的世故练达,看她第一眼的眼神让她想起了彭小竹。陈陈一点儿也说不清楚她对祁老师的印象,模模糊糊感到他身上混杂着不同的成分,就好像他是几个男人的混合体。

他们的第一面是在一个主营家常菜和各种煮面条的小餐馆里见的。里面简易的桌椅像小学生课堂一样排得密密麻麻,桌上铺着带静电的一次性塑料桌布,跑堂的女孩儿又矮又胖而且还丑。这个地点是祁老师定的,陈陈真不知道他怎么会选中这么个地方。他们坐下不久,祁老师就主动说出这个地方离他家很近,走路也就几分钟,平常是他和女儿的饭厅或者说食堂。

祁老师说:"我这个人对吃最不挑剔了,能填饱肚子就行,米饭、面条、馒头我吃起来都一样香,你会发现我这人特好侍候。"

陈陈在和祁老师见面的头十分钟里就听到了这样的话,她觉得真是好笑,即使是一个假设性前提,他也未免太有把握了点儿吧?不过她并没有笑,因为祁老师有一种为人师表的自信和平易,所以她暗自认为也可以把他这句话理解成他向她透露(或者是自然流露)出对她第一印象颇为满意。

三言两语说完了吃,祁老师就把话题一转说到了情感上。他说和前妻是大学同学,各自找了一圈之后才彼此发现。"也没谈什么恋爱,岁数都大了,就赶紧结婚了。"两个人过了四五年平静的婚姻生活,然后就离婚了。"也说不清楚具体都是些什么原因,两个人就是合不来,不过我们也不像人家夫妻不和吵得天翻地覆,我们合不来就是不说话,你也不说话,我也不说话,最后没办法,离吧。"

说过前妻祁老师很自然地追溯起离异这几年的感情生活。"他们也给我介绍过好些个,嘿嘿,不过都不行,不是我看不上人家,就是人家看不上我。到了像我们这样的年纪,考虑问题复杂了,婚姻上面倒不像年轻时候那么简单。相处一段倒还可以,可真要让我跟她结婚,多少还是——"他停顿下来,他想说"心有不甘",考虑了一下,还是说了"下不了决心"。他似乎经过了深思熟虑之后补充说道,"还是没有真心爱上吧。"

陈陈心里忍不住暗笑,她真没想到原来祁老师还这么看重爱情啊。

"我喜欢年纪轻一点儿的女孩子，相貌当然要过得去，尤其是身材要好，要瘦而不柴，肌肤白皙，一身肉的肥胖女孩子最让我受不了。"祁老师颇带几分羞涩地说，"这么些年，要说也不是绝对没有遇到过。不过看上了吧，唉，偏偏又没有缘分。"

他说有一个女孩子他非常喜欢，"个子高高的，头发长长的，眼睛小小的，皮肤白得像润肤霜一样，长得特别清纯柔美，招人怜爱"，和她相处了一段，感觉也非常好，可是那个女孩儿突然之间就出国了，他们的情缘也就中断了。

"多情总是伤离别，人生不如意事岂止二三？"祁老师感慨地说，"不过苍天不负有情人，刚才你走进来的时候我好像看见了她一样（他很自然地把一只手放到心口的位置），高高的个子，长长的头发，肤白胜雪，"他略微停顿了一下，而且绽露出了一个很美的笑容，"不过你的眼睛可不小，你长得比她要漂亮得多！"

祁老师的一堂课圆满地讲完了，他向陈陈提问："你的感情经历怎么样？可以说说吗？"

陈陈忽然就想起了秋林。也许是因为坐在这个简陋的餐馆里，她想到了和秋林坐在简单生活里的情景，但那里的简单是非常刻意的，精心的，是有格调的，绝对不是这种捡在篮子里就是菜的简陋。她想起了那些洋溢着浪漫气氛的下午和晚上，和秋林面对面坐着，心里充满了无法言说的激动和快意。现在回忆起来，那些场面就像梦境一样都是幽暗的，带着一种感伤的情调，让人一想起来心里就涌过阵阵的惆怅和失落。

她说起了秋林和跟他的交往，她说得很简单，也就是一个大致的轮廓，但已经费了很大的力气，因为她找不到能把自己那种心情表达清楚的句子，而且她也说不清楚为什么那个时候她对秋林会那样迷恋，简直到了一种痴迷的程度。最后他们结束得也是莫名其妙，她也无法做出一个恰当的解释。她讲得前言不搭后语，矛盾百出，而且许多关键的内容都漏掉了。但是祁老师还是被她的讲述吸引住了，不仅听得相当专心，还不住地轻轻点头，而且还不断地说一句"我理解"，鼓励她把这段情事尽可能全须全尾地讲出来。

陈陈一说完，祁老师就带着一种庄重的表情对她说："对不起，我可以向你提几个问题吗？"

征得她同意之后他问道："这事儿是发生在最近吗？"

她摇头。

他又问："是发生在婚后？"

她点头。

祁老师以一种剖析的语气说道："你们不过是异性相吸，其实并没有什么。在如今这么个开放程度比较高的社会里，一般人都有可能会遇到的。"

陈陈不置可否。

"可以再问你一个问题吗？"祁老师把脸凑近了一点儿，

恋爱课　307

表情也更加庄重,"你和他发生过性关系吗?"

"没有。"

"真的?"

"真的没有。"

"那就更没有什么了!"祁老师如释重负地舒了一口气。

见过这么一面之后祁老师就杳无音讯了,陈陈多少有一点儿出乎意料,不过也无所谓,很快就把祁老师给忘了。可是大约过了一个月,祁老师毫无预兆地突然打来电话,并且在电话里热情地邀请她"赏光到舍下便饭"。

"我也就是弄一些家常便饭,请你过来体验一下一个单身男人的日常生活,也顺便品尝一下我的烹饪手艺。"

祁老师的话说得还算幽默,尤其是他的态度很洒脱,不大像会纠缠人的,陈陈就答应了去吃这顿饭,她想反正闲着也是闲着。

祁老师的家宴是黄瓜拌粉皮、熏干炒芹菜、炸茄合儿和红烧鱼,香肠和酱肘花是从熟食店里买来的。这顿饭也不算太省事儿,尽管粗糙了一点儿,但祁老师已经忙得满头大汗。

"随便吃点儿,随便吃点儿!"他一边帮她脱下外衣,仔细地在衣柜里挂好,一边热情地招呼她。

他把她侍候得像一个公主,在她面前摆上小碟,放上茶碗,为她斟上茶，又为她倒上一小杯红葡萄酒，又忙着为她搛菜，不断地把她喜欢的菜换到她面前，一顿饭吃得手忙脚乱，眼花缭乱。

"怎么样，我还合格吗？"饭后他这样问她。

他拉住了她的手，开始用一种比较抒情的语调说话："有一本书上说男女在见过第一面之后，如果彼此有意，间隔四周再见面效果最好。据说这是在大量的实验基础上得出的结论，应该是挺有科学道理的。我想四周时间正好可以让思念充分发酵，时间太长了一面之交的两个人就有可能会忘掉。不知你留心没留心，上回咱们是什么时候见的面？是八号嘛。今天是五号，上个月有三十一天，所以要刨掉三天，你算吧，刚好是四周。"

他得意扬扬的，很满意自己把书本知识如此巧妙有效地运用到生活实践当中。陈陈听他这么一说觉得可笑之极，他计算日子的方式竟然跟她有性生活的月份计算经期的方式一样仔细，以二十八天为一个间隔，逢到三十一天的月份要刨掉三天。

他搂住她，吻她的脸，把手伸进她的衣服里摸她的乳房。她推开他，他反而把她搂得更紧了一点儿。

"别这样！"她努力克制着心里的厌恶和不耐烦。

"好的，好的，我听你的。"他心悦诚服地说，而且规规矩矩地坐正了身体。

不过没过一会儿他的嘴和手又活跃起来，而且幅度和力度也比刚才更大。

恋爱课

"真的别这样！"她觉得自己的忍耐已经快到头了。

"别这么绝对嘛。"他劝她说，"你想想我们俩认识是为了什么？见面又是为了什么？我们这是在别人的介绍下正正经经地谈恋爱，不是胡来，你不要这么不好意思。"

见陈陈不说话，祁老师更加和颜悦色。

他说："你放心，我不是那种道德败坏不负责任的人，我保证绝对不会对你始乱终弃。其实从和你交往一开始我就是非常认真的，跟你坦白地说，为了和你接近，我对自己的言行是经过一番设计的。也不跟你细说那些了，反正我是挺喜欢你的，而且是真的挺想跟你结婚的。"

他双手抚着陈陈的肩头，两只眼睛定定地看着她，就像等待审判结果一样等着她对他这份感情做出取舍。陈陈突然就有一点儿招架不住，这样庞大的一个人，以一种孩子乞求糖果的眼神可怜巴巴地盯着她，实在让她很受不了。

"别说那么远的话。"她小声地说。

"不。"他坚定地又像是跟谁赌气似的说，"我真的是要跟你结婚的！"

好像是为了向她证明，他动手很费力地解她毛衣上的纽扣，一直把她脱得一丝不挂。陈陈真想马上自己再穿上衣服，但觉得那样做未免太伤祁老师的面子。

正在她犹豫之间，祁老师开始讲一个黄色笑话。他说有一个老尼姑让小尼姑替她送尿到医院去化验,半路上小尼姑不小心把尿给打翻了,怕挨老尼姑骂,就自己撒了一点儿从窗口递了进去。化验报告出来是"阳性",小尼姑把化验单拿给老尼姑,老尼姑一看,还以为是自己呢,长叹一声说:都说男人靠不住,现在连胡萝卜也靠不住了。

陈陈会过意来,笑了起来,祁老师如释重负。

"你没有不高兴吧?太好了!你笑起来的样子特别好看。"他俯下脸很深情地看着她,抚摸着她的头发对她说,"知道吧,我对你怀着的是一种深沉的爱。"

他这样杂乱无章又是不顾一切地讨好她,弄得她实在狠不下心来穿起衣服一走了之。祁老师便抓住了这个时机积极地行动了起来。他手法别致地抚弄她,一边自己用一种撩拨性的气声发出"啊——""啊——"的呻吟。这一回不知是不是还是按照预先的设计,他翻身压到她身上,不过不到一分钟就结束了。

三个月之后陈陈和祁老师结婚了,因为祁老师学校里最后一次福利分房,如果他不结婚只能原地不动,要是结婚就能搬到新楼里,而且面积也更大。这样的好事情祁老师当然不会放过,况且这还是一石双鸟的事情。祁老师为了加快恋爱的进度,在陈陈面前下了不少功夫,甚至说动陈陈把她父母接到北京旅行了一趟。祁老师忙前忙后,不仅陪着逛故宫游长城,参观世纪坛,还请了假陪着这一对努力争取之中的岳父岳母在大冷的天气里去了避暑山庄和北戴河。功夫不负有心人，陈陈的爸爸和后母临走前都对她说祁老师人不错，真的很不错。

他们说："嫁人就要嫁给像他这样会疼人的人。"

婚事很快就敲定了。

祁老师说，两个人都不是初次结婚，最好动静小一点儿。陈陈没意见。祁老师说，寒假咱们就结婚吧，寒假学校里清静。陈陈也同意。祁老师说，就在学校教工食堂办吧，那儿比外面要便宜得多呢。陈陈说好。

他们新婚那天是正月十六，取意"重新开始"和"大喜过望"。结婚的日子是祁老师亲自选定的。从前有"正月不娶亲"的老话儿，祁老师不迷信，陈陈更是无所谓。年刚过完，过年的气氛还在，学校的大门口拉着"欢庆春节"的红布横幅，到了晚上教学大楼的一圈轮廓灯会闪闪烁烁地亮起来。除此却也不见得有多少喜气，但学校里清静却是真的，偌大的一个校园，也见不着几个人影。不时有孤零零一两声爆竹在半空里炸响，远远地传过来，更觉清寂。

不过他们的婚礼还是挺热闹的，他们包了一个教工食堂，在大门上贴了大红金纸的双喜字，日光灯管上牵了五颜六色的金纸拉花，布置得喜气洋洋的。祁老师的系主任和系里不少老师都来了，有的还是拉家带口，还来了一帮子学生，人头攒动，非常热闹。陈陈这边大梁作为娘家人的代表早早地就来了，他还领来了一群装扮一新的酒楼里的小姐们,给婚礼的场面增色不少。略晚一些何先生也坐着奥迪A6赶到了。他们都有厚礼相送。

美中不足的是双方父母都没有到场。祁老师的父亲年纪太大,行动不便,已经有两年没下过楼了。母亲血压高,尤其受不了闹哄哄的场面。陈陈的父亲和后母因为不久前刚到过北京,不想这么短时间再次北上。他们在南方住惯了,北京干燥的天气他们也有点儿适应不了,陈陈的后母回去之后三个星期了还在流鼻血呢。

姐姐雪雪这一次也来不了,她的司长情人替她运筹,她在两个月前去夏威夷进修了。对陈陈和祁老师的婚事雪雪是唯一的一个反对者,她见了祁老师一面,就用一句"这个人不可取"把他给全盘否定了。雪雪单刀直入地问妹妹:"你到底看上他什么?"雪雪归纳了男女可能达到和谐的三个重要方面:一是精神上的默契,二是生活观(尤其要紧的是金钱观)一致,三是性方面彼此有吸引力。她说即使这三条都达到了,也只不过是具备了走向婚姻的前提和可能性,仍然不能保证结婚之后百分之一百的和谐与美满。雪雪毫不客气地说妹妹:"你已经有过一次失败的经历了,怎么不吸取教训呢?"

雪雪到了夏威夷还给妹妹发来电子邮件,劝她结婚这件事一定要理智要慎重,没必要仓促上马,考虑好了再结不晚。雪雪哪里知道祁老师在这边用了更多的心思更大的力度挖山不止？最后电子邮件终究没能抵挡得住爱情的力量，有情人终成眷属，祁老师如愿以偿地娶到了她的妹妹。

婚礼上的意外之喜是祁老师的女儿茱茱答应做花童捧场。这个十二岁的女孩儿很早熟，已经有了少女的羞涩。她对陈陈的态度一直是不冷不热的，见面叫她一声阿姨，除此再没什么话对她说，神色也很莫测高深，让陈陈完全摸不透她。祁老师说起过从前跟她妈妈一起生活的时候也是两个人整天没一句话说，看来这孩子是随了她妈。陈陈倒是不介意做茱茱的后妈，她自己也有后妈，太清楚后妈是怎么回事儿了，对该怎么样当后妈也自以为颇有心得。所以她倒不会跟茱茱过不去，也不会对茱茱太苛刻，怎么样大面子上总是会维护好的，毕竟她只不过是一个小孩子，真有需要做丑人的时候也让她亲爹去做。可实际上这个小姑娘却没陈陈想的这样简单，尽管她不声不响的，心里却有自己的想法。尤其是看见爸爸对陈陈好，态度里的敌意便很明显。陈陈心想过一阵也许她就好了，女孩子懂事早，未免有些计较，不过一旦明白过来就没事了。可茱茱什么时候才能明白呢？她这个样子要朝夕相处在一起生活也是够别扭的，陈陈也不是没有担心和烦恼。祁老师答应和女儿好好谈谈，他向陈陈保证孩子不会成为他们两个之间的障碍。今天茱茱果真表现很好，穿了她最好的一身裙子，还抹了一点儿口红，从头到尾一直是笑眯眯的。

婚礼的气氛很不错，新郎新娘很放得开，来宾更是不拘束。

大家有说有笑，边吃边喝，把按每人五十元标准准备的凉菜热菜吃个一干二净。看着桌上盘净碟空，祁老师急急地找到了食堂的负责人，让他再上几个菜。食堂负责人面有难色，他说学校放假没什么人吃饭，东西都是可丁可卯现买来的，临时哪里加得了菜？祁老师连连点头说理解理解，拱手抱拳求他无论如何想想法子。这位负责人想起食堂冰柜里还有一些昨天过元宵节剩下的元宵，马上打发人全煮了端上来，也被一扫而光。

除了元宵，还有一些过节剩下的焰火，食堂负责人也一起拿来送给了他们，说是为他们的婚礼添些喜气。马上有几个学生自告奋勇地拿到小山包上面去放。焰火大概没存放好，有点儿受潮，有的一点就灭了，有的还能放起来，带着哨音，升得高高的，在空中盘旋着跳着舞，组成花朵和彩练的图案。五颜六色的光照过来，银白，紫红，橘黄，湖绿，深蓝，把这边观看的新人和来宾的脸映得忽明忽暗。

宾主尽欢。

婚后不久祁老师对新婚妻子说："你那个工作环境不好，乱糟糟的，成天吃啊喝的，来的人也杂。再说了，说到底这一行也是青春饭，你年纪轻现在还想不着这些呢。但你想不到不要紧，我得替你想到。所以啊，我打算给你换换工作，最好能调到我们系里做个资料员，清清静静的，我觉得和你的性格也挺合适的。"

他四处托关系,很快就活动得差不多了。

"怎么样,我还是挺模范的吧?"他踌躇满志地问陈陈,做丈夫的感觉相当良好。

对这个比自己年长十五岁的老公陈陈也乐得依赖他,由他替自己安排。毕竟他也的确是处处为她着想,件件事情都是为她好。除了性生活不够理想之外,陈陈觉得她和祁老师的这个婚姻方方面面都很美满。

        2002 年 4 月 19 日 一稿
        2002 年 7 月 05 日 二稿
        2002 年 9 月 10 日 三稿

           北京 莲花

后记

那些有温度的人生经验

程青

我经常在没有准备好的时候就开始做某件事，更多的时候不是没有准备好，而是根本没有准备。我上大四那一年，某天老师忽然在课堂上宣布说我们可以用小说代替毕业论文，而在这之前我们学习的方向是文学批评，除了最基础的作文课，老师并没有教过我们如何写小说。在我的那些学问渊博品格高洁的教授眼里，写小说似乎就是一件应该无师自通的事情。我迄今也不知道我们的教授怎么会做出那样一个异想天开的决定，我同样不知道自己当时怎么会头脑一热就决定写小说。而对我来说，这恰恰是一个契机，就像天意一般引导我走上了一条我所深爱的，也是未来我要一直走下去的道路。

2001年，我成了北京作协签约作家，终于有了一个机会可以不用上班在家写作。我没想到这又成了一个契机，开启了我的长篇小说时代。此前我以写中短篇为主，而且并无写长篇的计划。记得刚签约不久，某天北京作协开了一个会，会上说要出一套签约作家作品，德高望重的作家出自选集，年轻活跃的作家出长篇，当然是新长篇。我被归为后者。当时一听便蒙了——我头脑空空如也，心里毫无感觉，我真不知道如何去完成这顿无米之炊。而且还有时间要求，九个月必须完成初稿，一年之后出版。也就是说，这是规定动作。所幸的是，我总算完成了这个任务。我和一起被圈定写长篇的另外三位作家一起出版了"北京青年新锐作家丛书"，我的就是这本《恋爱课》。

写《恋爱课》对我来说真不是一件容易的事，尽管写每一个小说对我来说都不容易。我觉得最大的困境是缺乏内心准备，我没有找到故事的核，没有积攒起叙事的能量，也缺乏写作长篇的经验，更缺乏的是构建长篇的生活经验。一句话，几乎该有的都没有。我曾在一篇文章里这样写："写作这几年我常常在焦虑中度过，没开始写之前坐立不安，写之中惶惶不可终日，写之后又很失落怅惘，一年之中好像也没几个真正轻松愉快的日子留给自己过。"其实这就是写《恋爱课》前后的真实写照。但也正是从写《恋爱课》开始，我真正进入到职业写作的状态。那九个月我每天都写，从早到晚，严格认真，毫不松懈，不受外界干扰，甚至不受自己情绪的干扰。所以当《恋爱课》写完，我不像是完成了一个长篇，倒像是完成了一场训练。

我从来不知道写作者应该以什么样的姿态写作才是正确和恰当的，或者有没有这个所谓的"正确"和"恰当"存在。在写《恋爱课》之前，我写小说基本是兴之所至，对我来说写作就是娱乐。而在写《恋爱课》的时候，娱乐的成分少了，工作的成分多了。

因为这不知不觉间的转变,这个小说在风格上也发生了变化。现在回过头去看,这个变化实际上相当明显。表面上它更像是一部现实主义的作品,实际上它变得开阔了,这个开阔更多的是走出了自己,走进了别人的世界和心里。这个小说也因此获得了《当代》文学拉力赛2002年分站冠军,这是我第一次荣获此奖,也是我第一次因写小说而获奖。

《恋爱课》比我之前的小说更加写实,里面甚至有许多就像是直接从现实生活中采撷来的鲜活的故事和人生经验,似乎很像当时一个颇为热门的电视节目"讲述老百姓自己的故事"。当然,小说与电视节目的视角与切入方式肯定是不同的,电视节目不管如何起承转合,抉隐发微,侧重的往往是感人的内容。而小说提供的恰恰是另外一些诸如灰暗、隐秘、难以描述、无法言说,甚至是说不出口的东西。当然,到最后很可能取得的效果也是感人至深的。可是这个感人和别的感人很可能是不一样的。这个感人可能包含了更多的眼泪、鲜血、辛酸和痛苦。就像是甜,它不是单纯的甜,是苦尽甘来,是劫后余生,是盖过了酸涩苦辣等等滋味的甜。

十五六年前我写《恋爱课》时在写长篇方面基本还算是一个新手,而这个小说对我更多的还不是写作经验上的考验,而是生活经验上的挑战。说实话,当时我对写这样一个以三代北京人生活为背景内容的小说并没有充分的生活积累,甚至没有必要的生活积累。我和老北京接触得比较多的是我在蒲黄榆路九号楼住过几年,那时这个楼里还住着我所景仰的著名作家汪曾祺先生。这里有不少是回迁户,我经常能在我们院子里和副食店门口看到他们遛弯儿、晒太阳、下棋、买东西,有时也会在同事家麻将桌上碰到他们。不过我对他们的观察仅限于此,了解是说不上的。而且作为一个二十出头的小姑娘,那会儿我对家长里短毫无兴趣。以如此贫瘠的生活积累来写一个长篇,即便放在今天,我也觉得是难以想象的。而另一方面,或者可以说是相反的方面,通过耳闻目睹和阅读获得的生活细节和经验却扑面而来,它们汹涌澎湃,泥沙俱下,让我无法甄别和判断,甚至顾不上仔细打量和怀疑,我已经被这种感官上的丰盛淹没。也就是说,在写《恋爱课》的时候,我面对的是自己生活积累的严重匮缺和涌入的生活观感芜杂多样到无法判别的双重困境。

在《恋爱课》中,我写了最普通平常中规中矩的婚恋嫁娶,也写了不伦之恋和婚外恋等等,对此我没有道德评判,对我而言我写的就是生活而已,有欢笑有眼泪,有幸福有悲伤。我一点儿不想去写所谓都市的五光十色,我只想写在这个特定的地方特定的家庭里每个人的生活是什么样的,他们各自的感受是什么样的,他们各人的生活走向又是什么样的。我想透过小说看见我笔下人物的生活,他们的一日三餐,他们的所思所感,他们的希望和欲望,他们的呼吸与疼痛。

马尔克斯在《番石榴飘香》中谈写作那一章中说:"我认为,小说是用密码写就的现实,尽管前者以后者为依据。这跟梦境一个样。"我觉得"这跟梦境一个样"这句话极妙,梦境可以十分真切,也可以超越经验,甚至超越想象。在《恋爱课》中我写的是我当时并不熟悉,后来才一点点慢慢熟悉起来的生活,但却是这个城市里很多人相当熟悉的生活,甚至是他们日复一日过着的生活。也就是说,小说里的生活不是杜撰的,它有某种现实的依据,是真正接地气和落地生根的。这是我追求的或者说是我想要的表达和呈现。我力图做到原汁原味,让小说像一棵生机勃勃的树,而不是枯萎的树。同样是以家庭生活为内容,我不会让我的小说像那种精美造作的表现所谓"人情美"的家庭故事那样飘荡着鸡精的鲜味。我无法忍受把生活粉饰成石膏模具,我喜欢那种真正透气和透光的东西,是打开天窗说亮话,是面对面和你说贴心话。我认为小说就应该是这个样子的。

按理说《恋爱课》这样的小说是需要借助那些有温度的人生经验来写的——据我所知有不少作家确实是积攒了许许多多的人生阅历和人生经验才开始写小说。他们因为懂得太多,了解得太透彻,知道事物的微妙与奥妙所在,甚至凡事都有独到的心得,因此必须写出来,让世人通过他们也能看到那个绚丽多姿的世界。在我看来他们写小说是因为他们对这个世界有话要说。而我恰恰相反,我是因为自己所知甚少,企望借助小说来了解世界,看清事物,接近他人。杜拉斯在写福楼拜的那篇文章里有这样的话:"我首先是一位作家,其次才是一个人,一个生活中的人。在我度过的那些年头,我作为一个作家要甚于做一个饮食男女,我就是这样看待我自己的。"对此我深有同感，我觉得我自己就是通过文学更加贴近现实。对我来说，生活中那些有温度的人生经验能够滋养小说，小说同样提供有温度的人生经验，而且小说里的人生经验或许比来自现实生活中的人生经验更凝练集中，更直接深刻，更有借鉴价值。除了向生活学习，我更多地是从小说中学习生活。我知道生活不是它应该的样子，因为它根本就没有所谓应该的样子。生活就是你我看到的样子，即便我们看到的样子不同，但就是它本来的样子。因为它对我们每个人来说就是现实存在，因此我们只能面对现实。《恋爱课》写的正是面对现实的人生故事，但它时时刻刻用另一个声音在说的却是我们如何面对世界和内心。

2016. 10. 8

再版后记

我的四部长篇小说《今晚吃烧烤》《恋爱课》《成人游戏》《发烧》再版,对我来说无疑是一件非常高兴的事,我内心颇为庆幸的是至少说明这些小说出版至今还没有在时间里朽坏。

这四部长篇是我从20世纪末到2009年十年间写的。《今晚吃烧烤》(初版时名为《织网的蜘蛛》)是我的第一部长篇小说,这部长篇写得并不艰难,完全没有因为第一次写长篇准备不足而遇到茫然、不知所措,相反,写来颇为顺手。这部长篇在手稿阶段就已经被一家影视公司购买了版权,在当时可以说是一个天价。《恋爱课》是我和北京作家协会签约之后完成的第一个作品,对我来说,算是由此真正走上了职业写作的道路。虽说签约期满后我又回到新华社《瞭望周刊》上班,但那种职业写作的心态和状态一直没有改变。《成人游戏》也是我作为签约作家时期的作品,大概因为离开单位日久,因此对办公室政治写来毫无拘束之感,现在看来依然犀利、深刻。此书与十年之后我的另一部写媒体人卷入政治漩涡的长篇小说《回声》可以看作是姊妹篇。《发烧》是我写得十分辛苦的一本书,差不多写了整整两年,真正地费时费力。

我个人的感受是,每本书都有它自己的命运,它的受欢迎程度与内在价值或许不成正比,但如果是真正的好书,肯定会得到慧眼赏识。对作者来说,每部作品都是自己写作链条上的一环,如果没有这一本书,就可能没有下一本书,或者说,假如没有这样的一本书,就可能不会有下一本那样的书。对于我这种即兴创作的人来说尤其如此,每一本书都犹如溪水中的石头,它们在水里构成一座若隐若现的桥,尽管我不知道这座桥通往哪里,但我相信它有坚定的走向,它通向的地方就是我尽力想抵达的目的地。

这次,我花了两个月时间修订了《今晚吃烧烤》,校订了另外三本书,从写作至今我还从来没有如此集中、如此认真地阅读自己的作品,这是站在"现在"对"过去"的作品进行审视,说句心里话,这种审视令我内心忐忑甚至是不无恐惧。好在这四部小说幸运地经受住了我自己的考验,这一关算是顺利通过了。

记得马尔克斯说过,对一个小说来说,后一版总是比前一版更好,对此我得说是。自从过了写作的青春期,我的小说都是历经反复修改,再版时候自然更加认真和审慎。我认为这不仅仅是一个态度的问题,也不仅仅是一个自我要求的问题,这其实是一种飙高和炫技,是放烟花的机会,尽管这个过程可能并不轻松愉快,甚至绞尽脑汁痛苦不堪。

现在对我来说可以轻松愉快地忘掉这四本书了,就像把礼物送了出去,我心里希图的只是收到礼物的人能感到快乐。而我自己就是从新的地方开始,去寻找写作那种最私密、最自我的愉悦,去探索世界和人心的秘密。

程青

2016 年 11 日 23 日于北京